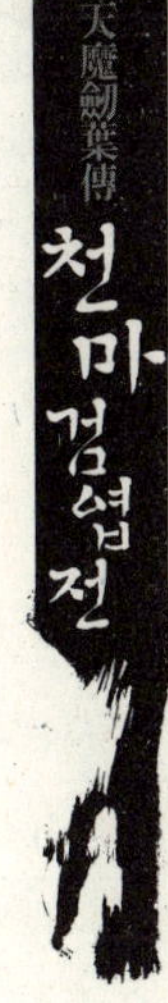

天魔劒葉傳
천마검섭전
임준후 新무협 판타지 소설
FANTASTIC ORIENTAL HEROES

천마검엽전 7

임준후 新무협 판타지 소설

초판 1쇄 찍은 날 § 2010년 4월 8일
초판 1쇄 펴낸 날 § 2010년 4월 15일

지은이 § 임준후
펴낸이 § 서경석

편집장 § 문혜영
편집책임 § 서지현
편집 § 주소영 · 이수민

펴낸곳 § 도서출판 청어람
등록번호 § 제1081-1-89호
등록일자 § 1999. 5. 31
어람번호 § 제2-1914호

주소 § 경기도 부천시 원미구 심곡2동 163-2 서경B/D 3F (우) 420-822
전화 § 032-656-4452 팩스 § 032-656-4453
http://www.chungeoram.com
E-mail § chungeoram@chungeoram.com

天魔劒葉傳

천마검엽전

임준후 新무협 판타지 소설

철혈무정로 1부

7

第一章

천마
검협
전

“빙하곡이 폐쇄되었다……?”

들릴 듯 말 듯 작은 중얼거림.

손에 쥔 서신을 읽어 내려가는 소자량의 얼굴엔 곤혹스러운 기색이 가득했다.

그는 다 읽은 서신을 탁자 위에 올려놓았다.

습관처럼 탐스러운 은빛 수염을 쓰다듬던 그는 놓았던 서신을 다시 집어 들었다.

“칼라즈가 공포에 질려 죽었다고……?”

시간이 지날수록 점증하는 의혹과 불신으로 인해 흔들리던 그의 눈길이 닿은 곳은 서신의 중반부였다.

……(중략)…….

소식을 전한 칼라즈는 저희에게 빙궁의 만년한철을 인도할 때마다 빙궁 무리를 이끌던 신뢰할 수 있는 자입니다. 다만 극심한 내상과 정신적인 충격을 받은 상태인 데다가 우리를 찾아와 소식을 전하던 도중에 죽어버린 터라 미심쩍은 부분이 아예 없다고 하기는 어려운 것이 사실입니다만.

빙궁의 봉문은 깊은 주의와 더불어 철저한 조사가 조속히 진행되어야 할 사안이라고 생각됩니다.

백웅천 북해 지단주님을 비롯한 열 명의 북해 지단 소속 분의 소식이 완전히 두절되었으며, 생사 확인조차 되지 않는 상태입니다.

운신할 수 있는 범위와 폭을 결정할 권한이 그분들에게 구 할 이상 부여된 상태이나, 막북 총단의 생사확인에 대한 응답은 어떤 상황에서라도 가장 우선시 되어야 할 일입니다. 그러나 천리전서응에 대한 그분들의 응답은 없었습니다.

그것은 칼라즈의 전언이 믿을 만하다는 것을 증명한다고 생각합니다.

마지막으로 말씀드리고 싶은 것은, 소식을 전하던 칼라즈의 태도에 대한 것입니다.

그는 공포에 질려 있었고, 빙궁의 봉문이 어떻게 진행되었는지 제대로 설명하지 못했습니다.

그는 분명히 빙궁이 자의가 아닌 타의에 의해 봉문당했다고 했으나 그것을 강요한 적의 정체가 무엇인지에 대해서는 한마디도 언급하지 않았습니다.

착각일 수도 있겠으나 하좌가 볼 때 그는 적에 대해 언급하지 않는 것이 아니라 못하는 것처럼 보였습니다.

적을 떠올리는 것만으로도 그의 신체는 이상 반응을 보였으며, 하좌의 추궁이 계속되자 믿을 수 없게도 그는 심장이 멈추며 그 자리에서 사망했습니다.

하좌는 두려움이 그의 심장을 정지시킨 것이 아닐까 생각하고 있습니다.

이는 숙고해야 할 사안이라고 봅니다.

칼라즈는 절정의 고수였습니다.

그런 그가 두려움에 심장마비를 일으켜 죽을 정도로, 적은 공포스러운 능력을 가지고 있는 듯합니다.

북해 지단주를 비롯한 북해 지단이 만일 적에 의해 궤멸되었다면 칼라즈의 반응은 이해할 수 있는 일이지 않겠습니까.

그는 죽기 전 악마가 남쪽으로 갔다는 말을 두 번이나 중얼거렸습니다. 아마도 빙궁을 봉문시킨 적의 행보가 남쪽을 향하고 있다는 걸 알려주려 함이 아니었을까 싶습니다.

그리고 하좌는 빙궁을 봉문시킨 존재가 발로르에 의해 축출되었던 토레두 일파의 짓은 아니라고 생각합니다.

그 일파의 수뇌인 카크타니는 무공이 보잘것없는 여인에 불과하고, 실질적인 무력을 이끄는 바야드와 부누테이는 초절정고수이나 칼라즈가 두려워할 만한 자는 아닙니다.

무엇보다도 그들은 백지단주와 발로르를 상대할 만한 능력을 갖고 있지 않으며, 봉문 이후 남쪽으로 갈 이유가 없습니다.

당주님.

백지단주와 공야 부지단주가 맡고 있던 북해 지단을 궤멸시킬 정도의 능력을 가진 적이라면 마땅히 최상의 노력을 기울여 추적해야 옳다고 사료됩니다.

―막북 총단(漠北總團) 순찰당(巡察堂)

제칠향주(第七鄕主) 올림.

"칼라즈… 칼라즈라……."

비록 직접 대면한 적은 없었지만 소자량도 칼라즈를 알고 있었다.

회(會)의 막북 지역을 총괄하는 막북 총단의 모든 정보와 감찰에 대한 전권을 가지고 있는 순찰당주가 바로 그였기 때문이다.

"그런 자가 공포로 심장마비를 일으켰다는 말이지……. 웅천 그 친구와 공야 늙은이를 비롯한 북해 지단은 증발하듯 사라졌고… 빙궁은 봉문을 했다……."

중얼거리는 그의 눈에 삼엄한 빛이 떠올랐다.

그것은 맹렬한 분노였다.

"발로르는 중원 진출의 야망으로 가득 차 있는 자. 자발적으로 봉문 같은 어리석은 짓을 할 자가 아니다. 설령 그런 생각을 갖고 있다 하더라도 그는 북해 지단을 어찌하지 못한다. 뒷감당을 할 수 없다는 걸 누구보다 잘 아는 자가 그이니까. 그렇다면 역시 결론은 적에 의한 강제 봉문. 지난 수십 년간 회의 이목을 벗어난 대형사건은 존재하지 않았다. 그럴 능력을 가진 자나 세력이 없었기 때문이지. 개인인가 세력인가? 빙궁을 봉문시킬 정도라면 당연히 세력이겠지. 절대자라 할지라도 개인이 빙궁을 상대한다는 건 불가능한 일이니까, 회주님이라면 모르겠지만. 후후후, 우리에게 천하가… 넓다는 걸 다시 한 번 깨닫게 해주려는 것이냐. 하지만 빙궁을 봉문시킨 자들이여. 너희들은 곧 알게 될 것이다, 회의 행사에 개입하는 것이 얼마나 어리석은 짓인지를."

의자에서 일어나는 소자량의 전신에서 흘러나온 것은 음습하기 이를 데 없는 살기였다.

"칼라즈가 칠향주에게 말한 대로라면 빙궁의 봉문은 이 개월 전에 일어났다. 적이 남쪽으로 향했다면 벌써 막북 총단의 권역에 도착했거나 통과했을 시간이다. 하지만 지난 이 개월 동안 총단의 권역 내에서 대규모의 적이 준동하는 징후가 포착된 적은 없었다. 알려지지 않은 절세고수의 등장도 없었고……."

소자량은 문을 열고 석실을 나섰다.

칠향주의 보고는 그의 선에서 마무리를 지을 수 없는 것이었다.

빙궁의 봉문.

이는 막북 총단을 넘어 최고위층에 최지급으로 보고되어야 할 사안이었다.

앞으로의 행로 또한 위에서 결정해 줄 터였다.

하지만 소자량은 사안의 처리 절차를 떠나, 가슴속에 들끓는 살기를 참기 힘들었다. 소식이 두절된 북해 지단주 백웅천은 그의 평생지기였기에.

＊　　　＊　　　＊

오란호특(烏蘭浩特).

요동과 인접한 초원지역.

지평선까지 펼쳐진 드넓은 푸른 초지.

막북이라고도 부르는 북방의 초원은 봄이 되어도 아직 춥다.

온기를 제대로 느끼려면 여름은 되어야 한다.

갑작스런 돌풍과 모래바람이 자주 불어서 기후에 익숙하지 않은 외지인들을 당황하게 만들기 일쑤다.

대지와 하늘 사이에 둥실 떠 있는 듯하던 지평선에 작은 점 하나가 찍혔다.

작은 점은 점점 커지며 사람의 형상을 이뤘다.

순백의 피풍으로 전신을 가린 사내.

후우우우우웅―

사람도 날려 버릴 듯한 거센 바람이 대초원을 휩쓸며 지나갔다.

검엽은 바람이 흩뜨려 놓은 머리카락을 다시 백건으로 묶

14

었다.

천제산을 떠난 지 닷새 만에 그는 대초원에 들어섰다. 조금 빠르게 걸었을 뿐 그는 무공을 펼치지 않았다.

급할 게 없었고, 급하게 하려고 해도 상황이 그것을 허락하지 않았다.

'청랑파(靑狼派)…….'

검엽은 자리에 멈춰 사방을 둘러보았다.

보이느니 광대한 초원이요, 손에 닿느니 광포한 바람뿐이다.

'북방의 마적집단 백여 개를 통합한 대(大)마적집단…….
몇 군데의 거점을 가지고 있지만 한 곳에 정착하지 않는 무리…….'

청랑파를 목표로 초원에 발을 디뎠음에도 그가 서두르지 않는 이유가 그것이었다.

새외오마세의 한 축이며 사실상 북방 새외무림, 막북의 패자라 할 수 있는 초거대 세력 청랑파는 근거지를 갖고 있지 않은 집단이었던 것이다.

청랑파의 역사는 북해빙궁에 비하면 일천하다 할 수 있었다.

그들이 막북에서 일어선 것은 불과 일백여 년 전이었으니까.

지금도 막북 일대에서 전설로 회자되는 불가일세의 대마적 청랑마존(靑狼魔尊) 야율덕휘(耶律德輝)는 단 삼백 명의 무사만을 거느리고 무서운 기세로 막북무림을 정벌했다.

십 년의 정벌기가 끝났을 때 호륜호에서 고비사막에 이르는 광대한 지역 내의 마적집단 일백여 개가 그에게 복속을 맹약했다. 그리고 야율덕휘는 이들을 기반으로 거대한 단일문파를 세웠다.

그것이 청랑파의 시작이었다.

당시 막북의 시대적 상황은 조금 묘한 부분이 있었다.

거란족이 세운 요(遼)나라가 욱일승천의 기세로 지배력을 확장해 나가던 시기여서 민간에 소속 인원 이만 명이 넘는 거대한 마적집단의 성립이 용이하지 않은 시대였던 것이다.

그래서 청랑파에 대해 조사를 한 중원무림의 호사가들 중에는 청랑마군 야율덕휘가 그때 요의 이대황제였던 태종과 관련이 있는 사람이라고 주장하는 이들도 있었다.

요태종의 이름은 야율덕광(耶律德光).

그의 이름은 야율덕휘와 한 글자만 다를 정도로 비슷하다. 게다가 그의 이름 맨 뒤의 광(光)은 야율덕휘의 휘(輝)와 뜻이 같다는 것이 주장의 근거였다.

그들의 주장은 그저 추측에 불과했지만, 마냥 헛소리로 치부하고 흘려버리기에는 걸리는 점들이 있었다.

청랑파는 성립 이후 최근까지 북방의 지배자인 요와 상당히 밀접한 관계를 이어왔기 때문이다.

이는 아무도 입에 올리지 않으나, 또한 누구도 부인하지 않는 사실이다.

지난 일백 년간 청랑파에서 요의 군부에 상당한 규모의 고수들을 파견해 병사들의 조련을 도와왔고, 요인들의 호위에도 적지 않은 힘을 투입하고 있다는 소문이 끊이지 않고 초원을 떠돌았다.

물론 요의 황실과 청랑파는 일고의 가치도 없는 소문이라며 부인했지만.

'혈사풍(血死風)을 무너뜨리면 반응이 있겠지.'

대초원의 바람을 맡으며 걸음을 옮기는 검엽의 뇌리는 복잡하지 않았다.

'내가 찾을 수 없다면 그자들이 나를 찾아오게 하면 된다.'

복잡할 이유가 없었던 것이다.

혈사풍은 청랑파의 영역을 넷으로 분할하여 다스리는 사대외단 가운데 동부지역을 통할하고 있다고 알려진 마적집단이다.

그들이 똬리를 틀고 있는 곳은 임서(林西).

오란호특의 서쪽으로 일천 리를 더 가야 나오는 지역이다.

검엽이 이곳까지 오는 동안 들은 소문에 의하면 혈사풍은 일천여 명으로 구성되어 있었고, 일류 이상의 무인은 일백오십에서 이백 명가량이었다.

검엽은 소문을 전적으로 신뢰하지는 않았다.

누구라도 마찬가지리라.

하지만 소문 중 일부는 사실과 부합하는 부분이 있으리라 생각했다.

설령 혈사풍의 무력에 대한 소문이 사실과 완전히 동떨어져 더 많은 고수가 웅거하고 있다 해도 상관은 없었다.

검엽에게 중요한 것은 혈사풍이 지닌 무력의 수준이 아니라 그들의 근거지가 임서라는 것이었으니까.

'정말 넓군.'

백여 리를 걷는 동안 검엽이 본 것은 푸른 하늘과 대초원뿐이었다. 간간이 야트막한 구릉이 보이지 않았다면 제자리를 맴도는 것으로 착각할 만큼 주변 풍경의 변화가 적었다.

중원도 넓었지만 이렇게 넓은 대초원은 본 적이 없었다.

잠시 자신의 지난날을 떠올린 검엽의 입가에 쓴웃음이 떠올랐다.

그의 강호 경험은 고작 일 년여에 불과했다.

대부분의 날들을 멸망한 가문과 척천산장의 와호당에서 보냈던 그가 아니던가.

대륙무맹과 관련된 일 년 정도가 그가 지닌 강호 경험의 전부인 것이다.

짧고 격렬했던 날들.

하지만 심마지해를 떠나고 난 지금에 비한다면 정말 평온했었다고 해도 과언이 아닌 날들.

'려아…….'

그 평온했던 날들을 함께했던 친구의 얼굴이 검엽의 마음에 선명하게 그려졌다.

'단목천…… 천운기…….'

검엽의 입가에 떠올랐던 쓴웃음이 흔적도 없이 사라졌다.

무표정해진 그의 눈가에 서늘한 기색이 스쳐 지나갔다.

심마지해를 거치며 그가 무공 분야에서 이룩한 성취는 창룡 신화종 사상 초유의 경지였다. 그리고 정신적인 부분 또한 상 궤를 벗어난 수준이었다.

복수심은 인간의 감정 중 가장 뿌리 깊고 끈질긴 것의 하나 이지만 검엽을 온전히 함몰시키기에는 무리가 있었다. 그의 정신은 오욕칠정에 매이지 않는 경지에 도달해 있었으니까.

그러나 검엽은 운려를 잊지 않았고, 운려의 몸이 흩어져 가 던 순간을 영혼에 담고 있었다.

세월이 흐를수록 그 순간들은 잊혀지는 것이 아니라 오히려 화인처럼 더 깊게 그의 영혼 속에 새겨졌다.

그것은 복수심이라는 감정에 매몰되어서가 아니라 온전히 그의 의지에 따른 것이었다.

'너는 나를 세상과 연결해 주는 끈, 또 하나의 세상으로 가 는 문과 같았다.'

검엽은 시선을 들었다.

서편으로 기울어가는 태양이 눈에 들어왔다. 서녘 하늘에서 시작된 붉은 노을이 대초원을 태우려 하고 있었다.

검엽의 눈동자도 붉게 물들었다.

단목천과 천운기는 상상도 하지 못할 것이다.

운려가 검엽에게 어떤 존재였는지를. 그리고 그들이 운려를 죽인 것이 검엽에게 어떤 의미인지를.

검엽은 운려와 더불어 사람일 수 있었다. 그리고 그녀의 죽음으로 인해 검엽은 사람으로서 살아갈 수 있는 세계와의 연결 통로를 상실했다.

운려의 처절한 죽음은 한 사람의 죽음에 그치지 않았던 것이다.

지금의 검엽은 인간이되 인간이 아닌 무엇이었다.

단목천과 천운기가 어찌 이를 알 수 있으랴.

검엽은 가지런한 흰 이를 드러내며 소리없이 웃었다. 대기가 얼어붙고, 전율스러운 공포가 초원을 휩쓸던 바람마저 침묵시켰다.

'그날의 일에 연관된 자들은 자신들의 행동에 대한 대가를 치르게 될 것이다. 상대가 설령 대륙무맹을 넘어 천하 전부가 된다 해도, 그래서 천하를 시산혈해로 덮어야 한다 해도 나는 멈추지 않겠다. 려아… 내 친구여, 그것이 너를 위한 나의 진혼가다!'

검엽의 상념은 갑작스레 그의 귀를 파고든 말들의 거친 투레질 소리와 도검이 부딪치는 소리에 끊겼다.

두두두두두.

챙챙챙..

소중한 추억을 방해한 자들이 마음에 들지 않은 검엽의 눈빛이 서늘해졌다.

'팔 리 밖. 두 무리로군. 이백여 명쯤……'

귀에 들리는 소리로 대략적인 상황을 파악하던 검엽의 신형이 아무런 예비동작 없이 고무줄처럼 주우욱 늘어났다.

일보에 이십여 장.

마치 공간과 공간을 건너뛰는 듯한 경공.

그가 지나간 자리엔 흰 빛 한 가닥만이 남았다.

본래의 위력과는 하늘과 땅만큼 다른 위력을 발휘하는 경신법. 십수 년 만에 펼쳐 보는 이천룡의 성명절기, 섬전유운신법이었다.

날뛰는 말들.

처참한 비명과 투레질 소리.

도검이 충돌할 때마다 울려 퍼지는 자극적인 소음.

짙은 피와 땀 냄새.

장내는 아수라장이었다.

팔짱을 낀 채 삼십여 장 떨어진 야트막한 구릉 뒤에서 전장을 내려다보던 검엽의 미간에 가는 골이 패었다.

수는 일백오십 정도.

무리는 예상했던 대로 둘이었다.

그들이 입고 있는 옷은 가축의 가죽으로 만든 것이었고, 형식이 비슷비슷해서 한눈에 구분하기가 쉽지 않았다. 하지만 검엽은 곧 두 무리의 차이점을 발견할 수 있었다.

한눈에 보아도 세력이 월등하게 우세한 자들의 눈은 살기와 조소로 물들어 있는데 반해 열세에 몰려 있는 자들의 눈엔 진득한 독기와 처절한 한이 서려 있었던 것이다.

무기도 달랐다.

우세한 측은 잘 정련된 도와 검으로 무장하고 있었으나 열세한 측의 무기는 도와 검, 도끼와 창까지 중구난방이라는 느낌이 들 정도로 다양했고 조악했다.

두 무리 모두 악머구리처럼 기합과 비명을 지를 뿐 다른 말이 없었다. 싸움이 벌어진 지 시간이 꽤 지난 듯했다. 양측의 얼굴엔 피로의 기색이 역력했다.

검엽이 자리 잡은 곳은 두 무리가 부딪치고 있는 전장의 우측면이었다. 그가 지켜보는 동안에도 열세에 처한 무리의 수는 빠르게 줄어들었다.

구릉에 그가 도착했을 때 육십여 명이던 수는 일각이 지나기도 전에 삼십여 명이 되었다.

전세는 완전히 기울었다.

전멸을 예감한 듯 열세한 측 무리의 분위기가 비장해지며 그 움직임이 발악에 가깝게 변했다.

하지만 그들이 상대해야 하는 자들은 강했다. 아무리 각오를 다져도 비장함만으로 적의 목을 베는 건 가능하지 않았다.

"부리그, 초원의 형제들 사이에 퍼진 네 명성이 구차스럽다. 순순히 목을 늘이는 게 명예롭지 않겠느냐. 으하하하핫!"

조롱기가 다분한 말투.

말을 한 사내는 우세한 무리의 후위에 있었다.

윤기가 흐르는 갈색 말 위에 탄 사십대 초반의 중년인.

그는 등에 긴 칼을 메고 여유있게 장내를 주시하고 있었는데 눈이 가늘고 턱선이 뾰족해서 날카로운 기세가 느껴지는 생김새였고, 콧등을 중심으로 그어진 열십자 모양의 칼자국이 섬뜩했다.

"개소리. 라다키 부족의 용사는 항복을 모른다! 야율료가 와도 코웃음 칠 내가 혈사풍의 일개 대주인 네놈 따위에게 항복하느니 차라리 혀를 물고 말겠다!"

맹렬한 분노와 그에 걸맞은 강렬한 호기가 넘치는 말이었다.

아마도 부리그라 불린 자일 터였다.

검엽의 시선이 그를 찾았다.

손에 각기 넉 자가 넘는 거대한 도끼 두 자루를 들고 좌충우돌하고 있는 마상의 청년이 그의 눈에 들어왔다.

나이는 이십대 후반가량.

신장이 팔 척에 달하고 어깨에 하늘이라도 올려놓을 수 있을 듯 장대한 체구.

선 굵은 이목구비와 불이 뿜어져 나올 것처럼 강렬한 눈매.

사방을 태풍처럼 휩쓰는 대부.

쾅, 쾅.

대부와 부딪친 무기는 형편없이 찌그러졌고, 그 주인과 말은 튕겨지듯 뒤로 서너 자나 밀려났다.

백만 인 속에 섞여 있어도 눈에 뜨이리라. 생각될 만큼 청년의 모습은 인상적이었다.

그가 타고 있는 흑마 또한 한눈에 준마임을 알 수 있을 만큼 위용이 넘쳤다. 그러나 쉴 새 없이 거친 콧김을 뿜어내며 투레질을 하는 게 금방이라도 쓰러질 듯했다.

기수의 체구를 생각하면 흑마는 잘 버티고 있는 것이라 할 수 있었다.

혈사풍의 대주라 불린 중년인, 바오얀의 안색이 스산해졌다.

"감히 파주님의 이름을 함부로 입에 올리다니… 네놈을 죽여 늑대의 먹이로 주리라!"

바오얀의 말이 전장을 울린 순간 혈사풍의 마적들은 지금까지보다 더 강한 살기를 뿜어내며 부리그라 불린 청년의 무리를 향해 무기를 휘둘러댔다.

두 배가 넘는 수가 원형으로 포위하고 휘둘러대는 무기다.

"으아아아악!"

그 한 번의 충격으로 십여 명의 무사가 비명을 지르며 죽어 갔다.

부리그의 악다문 입술이 터지며 피가 흘렀다.

이 자리에서 죽어간 형제의 수가 일백이 넘었다. 그들은 이렇게 죽어서는 안 되는 사람들이었다.

그들과 함께 복수와 부족의 재건을 가슴에 안고 초원을 떠돈 세월이 몇 년인가.

청랑파 본진은 구경도 못하고 하부의 일개 대에 궤멸당하기 위해 그처럼 엄혹한 날들을 보냈던가.

피눈물이 날 것 같아서 부리그는 이를 갈았다.

찢어진 입술 조각이 이에 씹혔다.

하지만 살 조각이 씹혀도 부리그는 의식하지 못했다.

심장이 갈라지고 영혼이 으스러질 것처럼 고통스러운 동료들의 죽음이 그의 옆에서 바로 지금도 계속되고 있었으니까.

계속해서 쇄도하는 혈사풍의 마적들에 의해 라다키 부족 무사들의 수가 십여 명으로 줄어들었다. 그에 비해 혈사풍의 마적들은 아직도 칠십여 명이나 되었다.

바오얀의 입가에 드리워진 조소가 짙어졌다.

그때였다.

"혈사풍의 대주라고 했나?"

조용한, 하지만 난장판 같은 전장을 단숨에 침묵시키는 무시무시한 기세가 실린 음성이 장내를 강타했다.

혈사풍에 소속된 마적들이나 그들과 싸우던 라다키 부족 무사들이나, 사람들의 손이 벼락에 감전이라도 된 것처럼 정지했다.

꿀꺽.

누군가의 목울대가 꿈틀거리며 침 넘어가는 소리가 전장을 관통했다.

그제야 멈췄던 사람들이 조금씩 움직이기 시작했다.

바오얀도 멈췄던 숨을 길게 내쉬었다.

그의 두 눈은 두려움에 젖어 있었다.

방금 전 일어났던 현상은 강요된 것이었다.

칼날이 요요한 빛을 발하며 상대의 목숨을 노리던 전장에 느닷없이 찾아든 정적.

아무도 원하지 않았음에도 정적은 이루어졌다.

바오얀은 무슨 일이 일어났는지 이해할 수 없었다.

그가 아는 한도 내에서는 결단코 벌어질 수 없는 일이었으니까.

그는 움직이지 않으려는 목을 억지로 틀어 음성이 들려온 방향을 보았다.

그리고 볼 수 있었다.

칠흑처럼 긴 머리를 백건으로 묶고 눈처럼 흰 백삼과 백색 피풍을 두른 조각처럼 아름다운 사내를.

그는 빠르지 않은 걸음으로 전장을 향해 걸어오고 있는 중이었다.

저벅. 저벅.

빠르지 않으나 느리지도 않은, 자로 잰 듯 일정한 보폭.

바오얀의 몸이 부들부들 떨렸다.

그는 방금 전까지 결코 이해할 수 없었던 전장의 정적이 어떻게 이루어졌는지 백의인을 보는 순간 깨달았다.

뱀을 만난 개구리들은 움직이지 못하고 그 자리에 못 박힌 듯 정지한다.

그와 같은 경우였다.

단지 음성만으로 백의인은 그들의 정신과 육체를 장악한 것이다.

그 음성에 실려 있던 기세의 정체는 처절한 공포였다.

빙궁의 수뇌부조차 공포에 떨었던, 파멸천강지기가 스며 있는 일갈을 그들과 같은 자들이 어찌 버틸 수 있으랴.

초원을 붉게 물들이던 태양이 졌다.

사방은 어둠에 잠겨들었다.

쉬이이이이.

밤 기운을 머금어 선뜻해진 바람이 전장을 스치며 지나갔다. 그러나 아무도 바람결을 느끼지 못했다.

검엽은 전장과 삼 장 정도 떨어진 곳에서 걸음을 멈추었다.

천천히 뒷짐을 진 그의 시선이 두 무리의 수장이라 할 수 있는 바오얀과 부리그를 훑었다.

그들은 말에 타고 있었다.

검엽의 입술이 천천히 벌어졌다.

"내려라."

짤막한 명령.

후다다다다닥.

철커덕. 철커덕.

옷자락 스치는 소리와 무기를 집어넣는 소리가 요란하게 전장을 헤집었다.

'내려라' 라는 말의 '라' 자의 여운이 사라질 즈음.

말을 타고 있던 팔십여 명의 무사는 머리카락이 휘날릴 정도의 속도로 지면에 발을 디뎠고 무릎을 꿇었다. 그것은 두 무리의 수장인 바오얀과 부리그도 예외가 아니었다.

그들보다 배는 강하다 할 수 있는 빙궁의 정예들이 저항할 꿈도 꾸지 못했던 것이 검엽의 기세다.

비록 빙궁의 무사들이 보았던 것과 같은 가공스러운 광경을 보지 못했다고는 하지만, 그들 정도의 하수들이 검엽의 기세에 저항하는 건 애당초부터 불가능했다.

무릎을 꿇은 바오얀과 검엽의 거리는 사 장 정도였다.

바오얀의 무공은 일류.

한 번의 도약이면 충분히 공격이 가능한 거리였다. 하지만 바오얀은 공격이라는 말조차 떠올리지 못했다.

오직 빨리 눈앞의 자가 볼일을 보고 사라져 주기만 바라고 있을 뿐이었다. 개구리가 막다른 골목에 몰린다고 뱀을 공격하지는 못하는 것이다.

바오얀은 안간힘을 다해 시선을 들었다.

두려움에 심장이 오그라들고 있었지만 백의인의 얼굴은 봐야 한다고 생각했기 때문이다. 그래야 나중에 돌아가서 뭐라도 보고할 수 있을 것이 아닌가.

검엽의 눈과 바오얀의 눈이 마주쳤다.

마주치자마자 바오얀은 시체처럼 창백한 얼굴로 시선을 검엽의 발끝에 떨어뜨렸다.

그의 전신이 눈에 보일 정도로 와들와들 떨렸다. 두 손이 지면에 닿았고, 이어 이마가 닿았다.

혈사풍의 풍주에게조차 해본 적이 없는 오체투지였다.

강대한 공포가 그의 목을 찍어누르고 있었다.

그에 반해 부리그의 무릎은 땅에 닿지 않았다. 고개도 숙이지 않았다.

식은땀에 푹 젖은 그의 얼굴은 가련할 정도였지만 금방이라도 찢어져 핏물이 흘러내릴 듯 부릅뜬 두 눈은 살아 있었다.

"떠나라."

누구를 향한 것인지 애매한 명령이 검엽의 입에서 떨어졌다.

하지만 바오얀을 비롯한 혈사풍의 인물들은 소스라치듯이 자리에서 일어났다.

정수리를 뚫고 심장에 와 닿는 기이한 압박감이 그들을 일어서게 했다. 그리고 그것으로 백의인이 떠나라 명한 상대가 자신들임을 직감했다.

혈사풍의 마적들은 감히 말을 타거나 챙겨갈 생각을 하지도 못하고 뛰어서 자리를 떠났다.

사력을 다해 달려가는 그들의 얼굴이 환희로 물들었다. 지옥에서 살아 돌아온 자가 있다면 지금 그들과 같은 표정일 것이다.

탁탁탁탁탁.

흐트러진 발자국 소리가 반 각가량 이어졌고, 구릉을 넘어간 혈사풍 마적들의 모습은 더 이상 보이지 않게 되었다.

부리그를 비롯한 십여 명의 무사와 검엽만이 장내에 남았다.

"네 이름이 부리그냐."

부리그는 입술을 악물며 턱을 움직이지 않으려 했다.

백의인은 불가사의한 능력을 가진 자였으나 정체를 알 수 없었고, 그는 라다키 부족의 수장이었다.

남의 부림을 받을 사람이 아닌 것이다. 그러나 그의 노력은 허무하게 끝이 났다.

부리그의 입술이 벌어졌다.

"그렇습니다."

극도의 경외감이 담긴 음성.

그러나 여전히 그의 무릎은 지면과 한 치 정도 떨어져 있었고, 비스듬하긴 해도 목은 굽어지지 않았다.

마음속의 두려움과 싸울 수 있는 용기를 지닌 자는 대우를 받을 자격이 있다.

검엽이 말했다.

"일어나도 좋다."

그 말과 함께 부리그와 살아남은 십여 명의 무사는 자신들을 짓누르던 무형의 기세가 흔적도 없이 사라졌음을 깨달았다.

그것이 오히려 그들에게 더 큰 두려움을 주었다.

미약하긴 해도 그들은 무공을 배웠다.

이렇게 경이로울 만큼 강력한 기세를 찰나지간 펼쳤다 거두는 자의 본신 능력이 어느 정도일지는 가늠조차 되지 않았다.

부리그와 무사들은 일어섰다.

그리고 침묵했다.

　백의인에 대한 궁금증이 목까지 차올랐지만 아무도 질문을 하지 못했다.

　백의인에게 허락받지 않은 행동을 해서는 안 된다.

　그들의 본능은 그렇게 말하고 있었다.

　초원의 부족들은 강자를 존경하고 따른다. 그것은 아득한 세월 이전부터 대초원에 뿌리 깊이 박힌 전통이었다.

　그들은 검엽에게 경외감을 느꼈고, 감복했다.

　부리그만이 안간힘을 다해 검엽의 눈을 응시할 뿐 다른 무사들은 어깨를 굳히고 고개를 숙였다.

　적이라고 생각되었다면 사정은 물론 달랐을 것이다. 그러나 검엽은 그들에게 적의를 보이지 않고 있었다.

　검엽이 부리그를 보며 물었다.

　"라다키 부족인이라 들었다. 어이해 혈사풍의 무리에게 쫓기고 있는 것이냐."

　"저희 부족은……."

　부리그는 입술을 깨물었다.

　대답은 그의 의지를 배반하고 입술 밖으로 튀어나왔다. 그의 부릅떴던 눈에 힘이 빠졌다.

　백의인의 기세에 버티는 것이 얼마나 의미없는 짓인지 그는 절실하게 깨달았다.

　저항을 포기한 순간, 그의 이마에서 샘솟듯 솟아나 흘러내려 온 후 턱에 매달렸던 땀방울들이 빠르게 사라졌다.

　확연히 공손해진 그의 말이 이어졌다.

"아시는 대로 라다키입니다. 팔 년 전 혈사풍에 의해 멸망하기 전까지 저희는 임서의 북방 석림호특에서 말과 양을 기르는 한편 사냥을 하며 살았던 부족입니다."

"멸망했느냐?"

"예."

"왜?"

부리그와 무사들의 안색이 참혹하게 일그러졌다.

부리그가 대답했다.

"혈사풍주가 제 어머니와 누이를 납치했습니다. 저희 부족은 푸른 늑대의 후손. 가족을 납치당한 채 살기보다 차라리 죽는 게 나았기에 저희는 혈사풍으로부터 어머니와 누이를 구하려는 시도를 했습니다."

말을 하는 부리그의 입술이 터지며 피가 흘렀다.

"저희들의 시도는 실패했고, 어머니와 누이는 혈사풍 수하들에게 윤간당하고 죽었습니다. 혈사풍은 그것으로 그치지 않고 저희 부족을 공격했고, 당시 사냥을 나갔던 부족의 청년 삼백여 명을 제외한 이천여 명이 학살당했습니다. 그렇게 저희 부족은 멸망했습니다."

사람들의 얼굴은 한과 분노로 얼룩졌다.

하지만 검엽은 무표정한 얼굴로 부리그에게 다음 얘기를 재촉할 뿐이었다.

"부족이 멸망한 후 저희들은 초원을 떠돌며 복수의 날을 기다려 왔습니다. 그러다가 바오얀에게 종적이 발각되어 추적당

했던 것입니다.”

검엽의 한없이 맑고 무저처럼 깊은 눈이 부리그를 향했다.

부리그는 자신을 덮치는 갑작스런 오한에 전신을 떨었다.

검엽이 말했다.

“그렇단 말이지?”

“예…….”

검엽은 살짝 고개를 끄덕이고는 물었다.

“부족의 멸망이 팔 년 전이라고?”

“예.”

검엽은 잠시 시선을 하늘에 두고 생각에 잠겼다.

공교로웠다.

빙궁에서 반역이 일어났던 것 또한 팔 년 전이 아니던가.

하지만 막북의 일개 부족이 멸망한 일을 빙궁의 반역과 연결시키는 것은 지나친 비약이었다. 좀 더 확인해야 했다.

부리그와 무사들은 침을 꿀꺽 삼켰다. 그들의 눈에 드리워졌던 감정의 그림자가 짙어졌다.

그것은 방금 전과 비교할 수 없을 정도로 확연해진 경외감이었다.

뒷짐을 진 채 하늘을 바라보는 백의인의 모습에서 마치 천지간에 홀로 서 있는 것과 같은 느낌을 받은 것이다.

천지가 백의인 앞에서 숨을 죽이는 듯한 광오함과 오연함, 그리고 절대적인 고독.

검엽이 고개를 움직여 부리그에게 시선을 돌렸음에도 그의 분위기는 변하지 않았다.

"팔 년 전 멸망당한 부족이 너희뿐이었느냐?"

"그렇지 않습니다. 그 해에 혈사풍에 멸망한 부족은 저희 부족 외에도 두 개의 부족이 더 있었고, 초원 전체로 보면 더 많다는 얘기를 들은 적이 있습니다. 그 이후에도 혈사풍은 초원의 여러 부족을 멸망시켰습니다. 죽어간 사람들의 수가 일만을 넘어 원성이 하늘을 찌르고 있는 것이 현재 초원의 실상입니다."

검엽의 눈빛이 깊어졌다.

"요황제의 군사들이 그런 패악을 두고 보고 있는 건가?"

"혈사풍이 황군에게 제재를 당했다는 얘기는 듣지 못했습니다."

검엽은 고개를 끄덕였다.

예상했던 대로의 대답이었다.

"혈사풍이 청랑파에 속해 있다는 것은 알고 있겠지?"

"그렇습니다."

부리그의 대답은 지체가 없었다.

북방에 거주하는 사람들 중 청랑파를 모르는 사람이 있을 수 있겠는가.

부리그의 말이 이어졌다.

"혈사풍의 패악 뒤에 청랑파가 있고, 청랑파가 황제의 눈을 가리고 있다는 얘기가 공공연히 떠돌고 있습니다."

"팔 년보다 전에 청랑파나 혈사풍이 초원의 부족을 학살한 전례가 있었느냐?”

“있긴 했지만 이렇게 자주, 그리고 대규모의 학살이 있었던 적은 없었습니다.”

검엽은 자신의 추측에 확신을 할 수 있게 되었다.

‘청랑파는 일백여 년 동안 막북에 대한 요의 지배력을 강화하는 첨병 역할을 해온 문파다. 그런 자들이 나라의 기틀이 흔들릴 만한 대학살을 계속하고 있고, 그런 패악을 나라에서 방치한다는 것은… 청랑파의 수뇌부에 문제가 생겼을 가능성이 충분히 있다.’

그가 물었다.

“혈사풍이나 청랑파의 수뇌 중에 막북인이 아닌 중원인이 있다는 얘기를 들어본 적이 있느냐?”

부리그는 미간을 잔뜩 모으며 일다향 정도를 생각하더니 고개를 가로저었다.

“일반 마적들 중에 중원인이 있다는 얘기는 심심찮게 들었고, 실제로 보기도 여러 번 했습니다만 수뇌부에 중원인이 있다는 얘기는 듣지 못했습니다. 죄송합니다.”

부리그의 답변을 마지막으로 정적이 내려앉았다.

검엽은 더 이상 물어볼 것이 없었다.

그는 조용히 하늘에 시선을 고정시킨 채 생각에 잠겼다.

부리그도 승복한 마당이다. 장내에 있는 자들 중 그의 사색을 방해할 만큼 담이 큰 사람은 없었다.

얼마가 지났을까.

검엽이 부리그를 보며 말했다.

"나는 임서로 가는 길이다. 함께 가겠느냐?"

부리그의 눈이 번뜩였다.

그는 부족의 용사들을 이끌고 모처로 가던 중 바오얀의 습격을 받았다.

팔 년을 떠도는 와중에 백여 명이 죽었다. 끈질기게 생을 유지했던 이백여 부족원 중 이번 습격에서 살아남은 사람은 불과 십여 명에 불과했다. 무엇인가를 도모하기엔 터무니없이 적은 수였다.

그의 마음은 아직 십여 명이나 되는 라다키의 용사가 살아있다고 외치고 있었다. 그러나 세상사는 마음만 가지고는 되지 않는다.

이 숫자로는 본래의 목적지에 가도 원하는 목적을 달성할 수 없었고, 복수 또한 아득한 훗날로 미루어야 할 입장이었다.

부리그가 물었다.

"무엇 때문에 가시는지 여쭤보아도 되겠습니까?"

검엽이 흰 이를 드러내며 소리없이 웃었다.

"초원에서 혈사풍이란 이름을 지우기 위해서."

부리그와 무사들의 눈이 왕방울만 해졌다.

第二章

천마
검섭
전

퍼억!

정신없이 이 장을 뒤로 날아간 바오얀은 붉은 융단 위를 볼썽사납게 나뒹굴었다. 턱이 부서진 그의 얼굴은 흉하기 이를 데 없었다.

내부의 너비가 십여 장이 넘는 거대한 빠오의 안이었다.

바오얀의 턱을 일격으로 뭉개 버린 사내는 허리춤에서 흰 손수건을 꺼내 손을 닦았다.

그는 허리에 석 자 일곱 치 길이의 반월도를 찬 사십대 초반의 냉혹한 인상의 중년인이었다.

보통 사람이라면 정신을 잃었을 상처였으나 바오얀은 정신없이 일어나 엎드렸다. 지금 정신을 놓으면 죽을 것이 분명한 터라 그는 기절할 수도 없었다.

"푸… 푸… 주… 니……. 용… 서를……."

이빨의 절반이 턱과 함께 으스러진 터라 그의 입에서 나오는 말은 알아듣기 어려웠다.

칼미크는 피식 웃었다.

"허황된 보고로 부리그를 놓친 죄를 면하려 한 네 간이 정말 크구나. 네 덕분에 내 귀가 더러워졌다. 오랜만이야, 바트!"

칼미크의 뒤에 석상처럼 서 있던 두 사람 중 칠 척 장신의 거구가 허리를 굽혔다.

"예, 풍주님."

"저자와 그 수하들의 목을 베어라. 그리고 창대에 꽂아 모두가 볼 수 있도록 전시해라."

"알겠습니다."

바트가 거구를 움직여 성큼성큼 다가오는 것을 본 바오얀의 안색이 노래졌다.

"푸… 푸… 풍……."

그는 미처 말을 맺지 못했다.

바트의 솥뚜껑만 한 주먹이 부서진 그의 턱을 한 번 더 후려쳤던 것이다.

픽!

이번의 타격은 버틸 수 없었는지 바오얀의 몸이 축 늘어졌다. 그의 얼굴은 부모도 알아보지 못할 정도로 엉망이 되었다.

바트가 바오얀을 끌고 나간 후 칼미크는 늑대의 털이 덮여 있는 태사의에 앉았다.

"하카스."

바트의 옆에 서 있던 날렵한 풍모의 사내가 한 걸음 앞으로 나서며 허리를 숙였다.

"예."

"바오얀의 보고를 어떻게 생각하는지 네 판단을 말해보거라."

"말이 되지 않습니다."

하카스의 대답은 간단명료했다.

칼미크도 동의하는지 고개를 끄덕였다.

그렇지 않았다면 그가 왜 바오얀과 수십 명의 수하를 처형하라는 명령을 내렸겠는가.

그의 가는 입술 끝이 기묘하게 비틀렸다.

"말 한마디로 싸움을 그치게 해? 더해서 초원의 사내들을 말에서 내리게 하고 무릎을 꿇게 하였으며 결국 오체투지하게 만들었다고? 사람의 모습을 하고 있었지만 그건 겉모양일 뿐이고 사실은 악마였단 말이지. 으하하하하하! 내 생전에 그처럼 어처구니없는 얘기를 듣게 될 줄이야……. 그것도 용맹스런 내 수하들 중의 한 명에게서 말이야."

생각할수록 화가 나는지 그의 두 눈은 진한 살기로 번들거렸다.

"마지막으로 초원 부족을 학살한 게 언제였지?"

"일 년 반 전입니다. 그 이후 지금까지는 한 번도 없었습니다. 자중하라는 파주님의 특별한 지시 때문에……."

하카스의 말끝이 흐려졌다.

칼미크는 인상을 찌푸리며 의자에서 일어났다.

"그래. 맞다. 일 년 반이나 되었어. 수하들이 너무 오랫동안 피맛을 보지 못해서 저런 광태를 보이는 거야. 하카스!"

부름에 서릿발처럼 차가운 살기가 가득하다는 것을 느낀 하카스의 안색이 긴장으로 굳었다.

"예, 풍주님."

"사냥을 준비하도록. 출정은 내일 아침이다."

하카스가 고개를 번쩍 들었다. 희색이 만면한 얼굴이다. 그도 피와 약탈, 여자에 굶주려 있었던 것이다.

"목표는 어디로 하시렵니까?"

"루오포."

이미 생각하고 있었던 대상인 듯 칼미크의 말에 망설임은 전혀 보이지 않았다.

하카스도 고개를 끄덕였다.

"최근 그자들이 본 파에 적대하는 자들과 내통하는 기색이 있다는 애기가 간간이 들려오고 있던 중입니다. 수하들 모두 좋아할 것입니다."

"그래서 정한 것이다."

칼미크의 입가에 살기 어린 미소가 떠올랐다.

하카스가 조심스러운 어조로 물었다.

"윗분들이 좋아하지 않으실 텐데, 어찌해야 할까요?"

"흥, 아무리 중원을 도모하기 위해서는 황제의 도움이 필요하다고 해도 최근 파의 윗분들은 지나치게 소극적이다. 염려하지 마라. 파주님께서 진노하신다면 그 뒷감당은 내가 하겠다."

칼미크가 저렇게까지 말한다면 휘하는 아무것도 신경 쓸 필요가 없었다.

칼미크는 잔혹하고 욕심이 많은 자였지만 자기 입으로 한 말은 반드시 지켰다.

"존명."

하카스는 허리를 굽혀 예를 표한 후 서둘러 빠오를 떠났다.

우오오오오오!

곧 빠오의 밖은 늑대의 울음소리와도 같은 거친 환호성으로 뒤덮였다.

*　　　*　　　*

보고서를 읽어 내려가는 소자량의 이마에 밭이랑을 연상케 하는 굵은 주름 하나가 패었다.

휙!

바람 소리가 날 정도로 세차게 보고서를 집어 던진 그는 의자에 등을 묻었다.

"칼미크, 이 미친 놈. 그렇게 여러 번 자중하라고 엄중한 지시를 내려보냈거늘. 최근 들면서 가뜩이나 청랑파의 살육 때문에 청랑파를 보는 황제와 그 측근들의 시선에 날이 서고 있는데……."

어이가 없는지 고개를 절레절레 저으며 중얼거리는 그의 음성에서 짜증과 노여움이 묻어났다. 하지만 그의 표정은 숨 몇 번 쉴 시간이 지나기 전에 풀어졌다.

"후우, 대세가 어떻게 흘러가고 있는지는 관심도 없고 아는 바도 없는 무지한 놈이니 어쩔 수 없는 일이지. 황제에게 할 변명거리나 만들어야겠군. 그나저나……."

그는 곤혹스러운 표정으로 턱수염을 어루만졌다.

"빙궁에 일향주와 아홉 명의 수하를 파견한 지 벌써 한 달. 그들이 돌아올 때가 되었는데 생각보다 늦는구만."

그의 시선은 책상을 향해 있었지만 초점은 잡히지 않았다. 생각이 깊어 눈앞의 사물이 들어오지 않는 듯했다.

"이틀 내에 돌아오지 않는다면 총단주님께서 질책하실 것일세. 일향주, 늦지 말게나. 그분께서 노여워하신다면 나도 자네들을 보호하기 어렵네."

텅 빈 종이 한 장을 앞으로 당긴 소자랑은 붓을 들었다.

칼미크는 청랑파의 외부에 존재하는 사대 무력 세력 가운데 하나를 맡고 있는 자다.

그의 동향은 반드시 보고해야 하는 사항에 속했다.

＊　　＊　　＊

두두두두두두!

요란한 말발굽 소리가 초원의 정적을 깨뜨렸다.

먼지구름을 뒤에 끌며 사나운 기세로 달리는 삼십여 필의 말.

검엽과 부리그 일행이었다.

중천에 떠 있는 태양은 밝은 빛을 뿌리고 있었지만 날씨는 선선했고, 바람은 시원했다.

검엽을 제외한 부리그 일행은 각기 두 필의 말고삐를 더 쥐고 있었다. 개개인이 세 필의 말을 가진 것이다.

두 필은 타고 있는 말이 지쳤을 때 갈아타기 위한 여분이었다. 덕분에 일행은 단 사흘 만에 일천 리를 주파하여 임서와 수십 리밖에 떨어지지 않은 초원에 도착할 수 있었다.

"워, 워."

부리그가 말고삐를 낚아채며 말을 세웠다.

검엽과 다른 일행도 말을 정지시켰다.

현재 일행을 이끄는 사람은 검엽이 아니라 부리그였다.

부리그는 초원이 고향인 사람, 더구나 수년 간 혈사풍에게 쫓기며 초원을 방황하기까지 했다. 당연히 그는 검엽과 비교할 수 없을 정도로 이곳 지리에 해박했다.

허리를 곧추세운 부리그가 손을 들어 서북쪽 하늘을 가리키며 말했다.

"공자님, 혈사풍의 근거지는 저쪽으로 백오십 리가량 더 가야 나옵니다. 길을 재촉한다면 오늘 밤에는 그들을 볼 수 있는 곳에 도착할 수 있을 겁니다. 그런데… 조금 돌아가는 길이지만 서쪽으로 우회하는 게 좋지 않을까 합니다. 임서는 여러 부족이 흩어져 살고 있는데 그들 부족 사람들 중에는 혈사풍의 눈과 귀 역할을 하는 자들이 있어서 그들의 눈에 띄면 혈사풍을 기습하는 건 어렵습니다."

그린 듯 고요하게 말 위에 앉아 부리그가 가리킨 방향을 바라보고 있던 검엽이 고개를 돌렸다.

"기습?"

검엽의 반문에 부리그는 당황한 얼굴이 되었다.

지난 사흘 동안 검엽은 부리그 일행과 단 한마디도 하지 않았다. 아무것도 묻지 않았고, 부리그의 안내를 묵묵히 따랐다.

그래서 검엽의 속내를 알지 못할 수밖에 없는 부리그와 일행은 검엽이 자신들을 이끌고 혈사풍을 기습하려 하는 것이라고 생각했다.

아무리 생각해도 너무 무모한 일이었다. 열 명이 일천을 기습한다니 말도 안 되는 일이 아닌가.

그러나 그들은 검엽이 기습할 거라는 자신들의 추측을 기정사실로 받아들이면서 오히려 기뻐했다.

그들이 본 검엽의 능력이라고 해야 그의 기세밖에 없다. 그러나 그것만으로도 그들은 검엽이 혈사풍에 막대한 타격을 줄 수 있는 능력이 있다는 확신을 가졌다.

그래도 그들은 검엽이 혈사풍을 상대로 승리할 수 있을 거라는 생각까지는 하지 않았다.

상식적으로 생각했을 때 그들의 판단은 옳았다.

단순히 숫자만 보아도 일 대 일천의 싸움이 아닌가.

물론 그런 수적 열세 속에서도 검엽이 혈사풍의 손에 죽을 거라는 생각은 하지 않았다.

기습 속에서 죽는 건 그들뿐일 것이다.

하지만 그래도 좋았다.

아무것도 하지 못한 채 사냥꾼에게 몰려 죽어가는 것처럼 무력하게 혈사풍의 손에 죽어갈 운명이었던 그들이었다.

혈사풍에 타격을 가할 수 있다는 생각만으로도 그들은 기꺼이 자신들의 목숨을 걸고 검엽의 기습에 동참할 각오를 하고 있었다.

그런데 검엽이 반문을 한 것이다.

어찌 당황스럽지 않겠는가.

부리그가 조심스럽게 검엽의 기색을 살피며 대답했다.

"저는 공자님께서 혈사풍을 기습하실 생각이라고 보았습니다. 혹 제가 잘못 본 것입니까?"

시선을 서북쪽 지평선으로 되돌린 검엽의 입가에 보일 듯 말 듯한 미소가 떠올랐다.

기습이라는 말이 어이없긴 했다. 그러나 그는 부리그를 탓할 생각은 애당초부터 없었다.

부리그가 아닌 누구라도 그렇게 생각하는 것이 자연스러운 일이었으니까.

그가 담담한 어투로 입을 열었다.

“그래. 그대는 잘못 보았다. 나는 기습 따위는 하지 않는다.”

그는 고개를 다시 부리그에게로 돌렸다.

그의 입가에 드리워진 미소가 짙어지며 가지런한 치아가 드러났다.

소리없는 미소.

그가 말했다.

“임서를 통과한다.”

부리그와 일행의 얼굴빛이 순간적으로 창백해졌다.

그들이 생각할 때 검엽은 최악의 선택을 한 것이다. 하지만 곧 그들의 얼굴은 새로운 각오와 열기로 달아올랐다. 불안과 더불어 기이한 흥분이 그들의 전신을 채우고 있었다.

부리그는 흥분으로 떨리는 손으로 말고삐를 잡아당겼다.

히히히히힝!

말이 두 다리를 높게 들어 올리며 머리를 휘저었다.

긴 갈기가 거칠게 흩날렸다.

지시는 떨어졌다.

그는 이행하면 되었다.

사흘은 짧은 시간이었지만 그의 마음속에서 검엽의 비중은 초원의 신과 동격이나 다름없을 만큼 커다란 비중을 차지하게 되었다.

그것은 검엽을 처음 대면했을 때의 상상을 초월한 기세와 더불어 사흘을 동행하는 동안 겪은 일이 큰 영향을 미쳤다.

검엽은 그들과 달리 한 필의 말만을 탔다. 그리고 세 필의 말을 번갈아 타는 그들에게 조금도 처지지 않으며 달렸으며, 검엽은 물론이고 말도 지치지 않았다.

검엽은 말이 지칠 만하면 진기로 노폐물을 뽑아내고 말의 피로를 풀어주었다. 하지만 그것을 알지 못하는 부리그에게는 불가사의한 일이었다.

더하여 검엽의 조금도 흐트러지지 않는 오연한 기품과 신비스러운 풍모가 그의 마음에 경외심을 심었다.

"말씀 들었지? 임서를 통과한다!"

그가 소리치자 일행은 일제히 고개를 끄덕이며 말고삐를 잡아당겼다.

두두두두두두.

잠시 멈추었던 말발굽 소리가 다시 초원의 정적을 깨뜨렸다.

어둠이 내린 지도 한 시진이 지났다.

지나온 거리는 백이십여 리.

그동안 일행은 초원의 부족들이 사는 마을 세 개를 스쳐 보냈다.

일행의 뒤를 따르던 검엽은 부리그와 선두를 형성하며 달리고 있었다.

오직 달리기 위해 사는 자들처럼 미친 듯이 질주하던 일행이 멈춘 것은 검엽이 한 손을 듦과 동시였다.

　바람처럼 정지한 검엽은 말의 갈기를 부드럽게 쓰다듬으며 서남쪽을 보고 있었다.

　"공자, 무슨 일이십니까?"

　부리그의 물음에 검엽은 잠시 눈을 감았다 떴다.

　찰나지간 그의 눈에 푸르스름한 귀기가 스쳐 지나갔다. 그 빛이 나타났다 사라진 시간은 너무 짧아서 바로 옆에 있던 부리그도 보지 못했다.

　"서남쪽 십여 리 전방에도 부족이 있나?"

　"그… 그렇습니다만."

　부리그의 대답은 뚜렷하지 않았다. 갑자기 찾아온 영문을 알 수 없는 오싹한 한기에 그의 어깨가 떨렸고, 그것이 그의 대답을 어눌하게 만들었다.

　그는 검엽의 눈을 보지 못했다. 그러나 무언가 검엽의 분위기가 변했다는 것을 느꼈다.

　"그곳으로 간다."

　부리그는 군말없이 말머리를 서남방으로 돌렸다.

　십여 리를 이동한 후 말을 세운 부리그와 그의 일행의 얼굴빛이 변했다.

　무서운 분노와 살기가 그들의 전신에서 흘러나왔다.

　푸르던 초원은 검게 타 있었고, 곳곳엔 아직도 꺼지지 않은 불꽃에 휩싸인 빠오들이 시커먼 연기를 꾸역꾸역 하늘로 뱉어 냈다.

　다가닥. 다가닥.

천천히 말을 전진시키며 주변을 돌아보는 일행의 앙다문 입술에서는 금방이라도 피가 흐를 듯했다.

사방에 잘린 팔다리와 불에 타고 그슬린 시신들이 길가의 돌멩이처럼 아무렇게나 굴러다니고 있었다.

"으드득, 지독한 놈들."

부리그가 이를 갈며 중얼거렸다.

초원의 부족들을 둘러싸고 있는 환경은 척박하고 혹독하다. 그래서 그 환경에 적응하며 살아가는 사람들의 성격은 상당히 거친 편이다. 잔혹한 경우도 적지 않고.

부족의 멸망과 도주 생활을 겪은 부리그와 일행의 성격은 보통의 초원 사람들보다 훨씬 더 독한 편이었다.

그런데 지금 일행의 눈앞에 펼쳐진 참상은 그들이 보아도 지독하다는 말이 절로 나올 만큼 참혹하기 그지없었다.

무심한 눈으로 주변의 참상을 훑어보던 검엽이 갑자기 말에서 훌쩍 뛰어내렸다.

부리그와 일행은 말을 멈추고 검엽의 행동을 지켜보았다.

검엽의 발 앞에는 목이 잘린 사내의 시신이 무릎을 꿇은 자세로 쓰러지지 않고 서 있었다.

몸과 일 장가량 떨어진 곳에는 사내의 머리가 있었는데, 불에 타 일그러졌음에도 그가 눈을 부릅뜬 채 죽었다는 것을 알 수 있었다.

사내의 시신을 지나친 검엽은 두 걸음을 더 가기도 전에 멈춰 섰다.

사내의 등 뒤에는 온몸을 잔뜩 웅크린 채 등을 보이고 누워 있는 여인의 시신이 있었다.

여인을 죽음으로 이끈 무기는 창이었다.

일곱 자 길이의 장창이 여인의 등을 뚫고 지면에 박혀 있었다.

검엽의 마음이 움직였다.

부리그와 일행의 눈이 경외감으로 물들었다.

웅크리고 죽어간 여인의 몸이 서서히 공중으로 떠오르고 있었다.

경외감으로 물들었던 일행의 눈이 무시무시한 살기를 토해내는 데는 촌각의 시간도 걸리지 않았다.

여인의 얼굴은 슬픔으로 가득 차 있었다. 두려움의 빛도 있었지만 그것은 자신의 죽음을 예감한 자의 두려움이 아니었다. 그녀가 진정으로 두려워한 이유는 그녀의 품 안에 있었다.

여인의 두 팔이 여자아이를 꼭 끌어안고 있었다.

네 살 정도로 보이는 그 아이도 죽은 상태였다.

장창은 여인의 등과 함께 아이의 몸도 꿰뚫었다.

푸슉!

파육음과 함께 장창이 빠져나오며 여인의 몸이 반듯하게 펴졌다, 물론 허공에서.

여인의 시신은 아이를 안은 모습 그대로 서서히 내려와 지면에 반듯하게 뉘어졌다.

기다렸다는 듯이 목이 잘린 사내의 시신이 미끄러지듯 뒤로 물러나며 여인의 옆에 누웠다.

떨어져 있던 머리도 사내의 잘린 목 위로 움직이며 온전한 사람의 모습이 되었다.

지키려 했던 처와 자식의 옆에 누운 사내의 얼굴은 조금 전에 보았던 것과 달리 편안해 보였다.

그 일련의 과정은 누구의 손도 닿지 않은 채로 이루어졌다.

검엽은 뒷짐을 진 모습으로 아무 말 없이 사내와 여인, 그리고 아이의 시신을 내려다보았다.

그의 눈과 얼굴에서 그가 무슨 생각을 하는지 읽어낼 수 있는 사람은 아무도 없었다.

그는 무(無)였고 혼돈(混沌)이었다.

부리그와 일행은 자신도 모르는 사이에 무릎을 꿇었다.

두 번째다.

처음 무릎을 꿇었을 때와 지금의 모습은 외견상 다를 바가 없었다. 그러나 그 안에 담긴 의미는 하늘과 땅 이상의 차이가 있었다.

처음이 불가항력의 공포에 의해 강요된 것이었다면 지금은 경외감에 의한 자발적인 행동이었다.

그들의 눈앞에 있는 검엽은 사람이 아니었다.

그는 지상에 강림한 초원의 신이었다.

그들이 본 광경은 그만큼 사람의 상상을 넘어서 있었다.

여인의 시신 앞에 선 순간부터 지금까지 검엽은 손가락 하나 움직이지 않았다.

그들도 무공을 익혔기에 허공섭물(虛空攝物)이나 의형수형(意形隨形)이라고 칭해지는 경지에 대해 들어본 적이 있었다.

하지만 검엽이 펼친 일련의 무공(?)은 이미 그런 수사적인 말로 표현할 수 있는 경지가 아니었다.

시간이 흘렀다.

반 각이 지났을 때였다.

"부리그."

부리그는 자신을 부르는 검엽의 음성이 조금 가라앉아 있다는 느낌을 받았다. 확신할 수는 없었지만 검엽의 음성에는 그의 가슴을 파고드는 여운이 있었다.

"예, 공자님."

부리그는 지체없이 대답했다. 그의 음성에는 극경이라 해도 모자랄 공경심이 담겨 있었다.

"이 부족의 이름이 무엇이냐?"

"루오포입니다."

검엽은 뒷짐을 풀었다.

그의 두 손이 손바닥을 아래로 향한 채 부드럽게 전방을 쓰다듬었다.

부리그와 일행은 검엽의 앞에 누워 있던 세 사람의 시신이 먼지처럼 부서져 나가는 것을 볼 수 있었다.

세 사람의 시신이 부서지며 생겨난 먼지들은 마치 투명한 항아리 안에 들어 있기라도 한 것처럼 제 형태를 유지하며 흩어지지 않았다.

기묘한 광경.

사람의 형태를 간직한 채로 먼지로 변한 세 사람의 유골은 허공으로 솟아올랐고, 지면과 오 장가량 떨어진 곳에서 초원의 바람을 따라 흩어져 갔다.

고개를 들어 가족의 유골이 자연의 품으로 돌아가는 것을 지켜보던 검엽이 입을 열었다.

"오늘 밤이 가기 전 혈사풍에 속했던 자들은 모두 죽을 것이다."

들으라고 한 말이 아니었다.

마치 다짐이라도 하는 것처럼 조용한 혼잣말이었고, 담담한 음성이었다.

그러나 그 말을 들은 부리그와 일행의 눈꼬리가 미친 듯이 떨렸다.

그들은 확신할 수 있었다.

눈앞에 서 있는, 인간의 모습을 한 신의 뜻이 그대로 이루어지리라는 것을.

*　　　*　　　*

"아흐흑, 아흑……."

"헉헉헉."

"살려… 주세요."

"우리를 즐겁게 하면 죽이라고 애원을 해도 안 죽여, 이년

아. 와하하하하핫!"

"이년이 초원의 무사에게 안긴 영광스런 날에 눈물을 질질 짜? 재수가 없구나. 저세상에 가서 울어!"

"아악!"

두려움과 고통, 쾌감이 섞인 비음과 무참한 애걸, 질펀한 욕설과 끈적끈적한 욕정, 시퍼런 칼 빛과 비명 소리가 초원의 밤을 혼란스럽게 했다.

일천여 필의 말이 이룬 거대한 원진 안에 모여 있는 사내들.

그들 중 삼분지 일은 코를 골며 자고, 삼분지 일은 술을 마셨으며, 나머지 사내들은 벌거벗은 여인의 위에 올라타 정신없이 허리를 놀리고 있었다.

코를 찌르는 주향과 육향, 그리고 혈향이 초원의 바람을 타고 사방으로 퍼졌다.

술을 마시며 정사를 치르는 사내들을 지켜보는 자들은 무엇이 그리 재미있는지 박장대소하며 가끔 배꼽을 쥐고 바닥을 구르기도 했다.

그때마다 처절한 비명과 함께 한 여인이 죽어갔다.

뒤따르는 것은 자욱한 피보라.

술과 살육의 광기에 취한 사내들의 손길은 무자비했다.

퍼억!

"아아악!"

처참한 비명과 함께 가슴이 뭉개진 여인이 사오 장 밖으로 날아가 처박혔다.

볼 필요도 없는 즉사.

칼미크는 무릎께에 걸쳐져 있던 바지를 추스르며 어이가 없다는 듯 쓰러진 여인을 향해 비도 하나를 날렸다.

쉬잇!

미약한 파공음과 함께 날아간 비도는 여인의 뒤통수에 손잡이만을 남기고 박혀들었다.

"흐흐흐, 비천한 계집년이 본 풍주의 귀한 씨앗을 못 삼키고 뱉어? 예삐장해서 옆에 두려 했었는데 기분만 잡쳤군."

그는 번들거리는 눈으로 죽은 여인을 보았다.

여인의 입가에선 하얗고 진득한 액체가 흘러나오고 있었다.

"하카스."

"예, 풍주님."

있는 듯 없는 듯 칼미크의 일 장 뒤에 서 있던 하카스가 칼미크의 앞으로 나섰다.

"다른 계집을 데려와라."

"알겠습니다."

"이번에는 아예 열 명을 데려와라. 그동안 쌓였던 것을 오늘 다 풀어야겠다."

칼미크의 말에 하카스는 빙긋 웃었다.

웃음은 웃음이지만 온기가 아닌 한기가 느껴지는 웃음.

하카스가 여인들의 신음과 비명 소리가 높은 곳으로 향하자 칼미크는 바트를 불렀다.

"바트."

"예."

뒤쪽에 묵묵히 서 있던 거구의 사내, 바트가 기다렸다는 듯 칼미크의 앞에 모습을 드러냈다.

"애들에게 저항하거나 작은 몸부림이라도 치는 계집이 있으면 죽이지 말고 모조리 이리로 보내라고 해라. 피맛을 제대로 보지 못한 내 칼을 위로해야겠다."

"알겠습니다."

바트도 큰 걸음으로 여인들이 모여 있는 곳으로 갔다.

칼미크는 허리춤에 매달려 있는 애병 천잔월(天殘月)을 뽑아 들고 자리에 앉았다. 그리고 품에서 천을 꺼내 천잔월의 날을 정성스럽게 닦아냈다.

십여 명의 피를 먹은 천잔월이다. 그러나 도신 어디에도 핏방울이나 기름기는 보이지 않았다.

천잔월도는 막북 지방에서 십대명도(十大名刀) 안에 든다는 평을 받을 정도의 명품인 것이다.

오늘 낮 혈사풍의 마적들은 루오포 부족을 학살했다. 남녀노소를 불문한 대학살이었다. 죽어간 자의 수는 이천여 명.

그러나 마적들은 루오포 부족민들 중 십대에서 삼십대까지의 여자들은 죽이지 않고 끌고 왔다.

그렇게 끌고 온 여자들을 집단으로 윤간하고 있는 곳은 칼미크의 코앞이나 다름없는 삼십여 장 떨어진 곳이었다.

하카스는 일다향이 지나기도 전에 열 명의 여자를 골랐다. 그리고 개돼지를 몰듯 몸에 실오라기 하나 걸치지 않은 여자들을 데리고 칼미크의 앞으로 걸어갔다.

칼미크의 눈이 가까워지는 여인들의 나체를 핥듯이 스쳐 지나갔다.

삼백여 명의 여인 중 고른 여인들이었다. 여인들은 상당한 미모와 몸매를 갖고 있었지만 살아 있는 사람 같지가 않았다.

이미 적게는 서너 명에서 많게는 수십 명의 남자에게 강간을 당한 후인 것이다.

여인들은 혼이 빠져나간 사람처럼 칼미크가 쳐다보는 것도 모르고 멍한 얼굴로 하카스의 뒤를 따를 뿐이었다.

자신의 앞에 도열하듯 늘어선 여인들의 미모에 만족한 칼미크가 하카스를 향해 웃어 보였을 때였다.

히히히히힝!

푸르륵. 푸르륵.

원형으로 묶어놓은 일천여 필의 말이 무엇엔가 놀란 듯 머리를 미친 듯이 휘저으며 땅을 걷어찼다.

일천 필의 말이 부리는 난동이다.

평원은 단숨에 자욱한 흙먼지로 뒤덮였다.

어둠에 더한 흙먼지로 인해 혈사풍 마적들은 이삼 장 앞을 제대로 보기 어려운 지경이 되었다.

잠을 자거나 술을 마시던 자들은 당황하여 일어섰고, 여인들의 몸속에서 꿈틀거리던 자들도 놀란 얼굴로 허겁지겁 사방을 돌아보았다.

심상치 않음을 직감한 칼미크는 얼굴을 일그러뜨리며 벌떡 일어나 소리쳤다.

"무슨 일이냐!"

불행하게도 답변할 수 있는 사람은 없었다.

이곳은 혈사풍의 근거지에서 백 리도 떨어져 있지 않은 곳.

마적들은 근거지 주변에서 자신들에게 해를 가할 만큼 간이 큰 자들이 있으리라고는 꿈에도 생각지 않고 있었다.

당연히 마적들 중에 긴장을 하고 있었던 자는 한 명도 없었다.

"모두 입 다물고 제자리에 멈춰! 바트, 이제부터 움직이는 놈은 목을 쳐라!"

칼미크의 사나운 일갈에 우왕좌왕하던 마적들이 그 자리에 섰다. 칼미크는 죽인다고 하면 죽이는 자였으니까.

어느 정도 놀라움을 가라앉힌 마적의 무리들은 정신없이 고개를 돌리며 사방을 두리번거렸다.

아직도 말들은 울부짖으며 발광하고 있었다.

그 모습을 보며 마적들은 스멀스멀 가슴을 파고드는 두려움을 느꼈다.

그들은 말과 함께 태어나 말과 함께 살다가 말과 함께 죽는다는 초원의 부족 출신들이다. 말의 눈빛만 보아도 말의 상태를 아는 건 그들에게 기본에 속한다.

그들이 알고 있는 대로라면 지금 말들이 발광하는 모습은 어두운 숲 속에서 호랑이를 만났을 때 볼 수 있는 반응과 비슷했다.

그들 중 일부가 말을 진정시키기 위해 고삐를 낚아챘지만 돌아오는 것은 발악하듯 걷어차는 뒷발질뿐이었다.

조심하고 있었기에 차이지는 않았지만 마적들의 얼굴엔 황당함과 두려움의 기색이 역력해졌다.

수년간 생사고락을 같이해 오며 수족처럼 움직여 주던 말들이 자신의 주인을 알아보지 못하고 있었다.

있을 수 없는 일이 일어난 것이다.

이해할 수 없는 일은 두려움의 대상이 된다.

혈사풍주인 잔혈마도(殘血魔刀) 칼미크조차 긴장으로 인해 가슴이 타들어가는 느낌이었으니 다른 자들의 상태는 말이 필요없었다.

혼란이 지속되던 어느 순간.

第三章

천마
검엽
전

스스스스스스스—

말들의 광란으로 인해 피어올랐던 흙먼지구름의 일부에서 기괴한 소리와 함께 바다가 갈라지듯 가운데가 쪼개지며 서서히 길이 났다.

동시에 말들의 광란도 멎었다.

말들은 고개를 땅에 닿을 것처럼 늘어뜨리고 눈을 내리깔았다. 정지한 듯 멈춘 말들의 갈기가 미미하게 흔들렸다. 그 흔들림에는 끊어짐이 없었다.

말들이 떨고 있다는 것을 깨달은 마적들은 가슴을 파고드는 두려움에 진저리를 쳤다.

평원에 기이하도록 숨 막히는 정적이 찾아들었다.

꿀꺽!

누군가의 입에서 침 삼키는 소리가 크게 났다.

그제야 석상처럼 굳어 있던 마적들은 조금씩 움직일 수 있었다.

하지만 그 움직임은 눈 두어 번 깜박일 동안도 유지되지 못했다.

저벅. 저벅.

칼미크를 비롯한 마적들의 안색이 하얗게 질렸다.

발자국 소리는 어느 한 방향이 아니라 사방에서 났다.

그리고 마적들은 볼 수 있었다.

조금씩 가라앉고 있던 흙먼지구름이 마치 미친 여자의 머리카락처럼 뒤틀리며 사방으로 흩어져 가는 것을.

그 중앙에 새로 난 길이 있었다.

저벅. 저벅.

발자국 소리는 점점 커졌다.

누군가 그들을 향해 다가오고 있었다.

칼미크는 이를 악물며 천잔월의 손잡이를 움켜쥐었다.

'가공할 기세가… 느껴진다. 대체 어떤 놈이냐?'

막북에서 혈사풍을 위협할 세력은 존재하지 않았다, 적어도 지난 백 년 동안은.

혈사풍을 적대한다는 것은, 일국의 무력에 버금가는 무력을 보유하고 있다고 평가받는 초거대 세력 청랑파와 적이 된다는 것을 의미한다. 누가 그런 모험을 할 수 있었겠는가.

그것이 현실이었다.

저벅. 저벅.

칼미크는 일정한 속도로 이어지는 발자국 소리와 보조를 맞추기라도 하는 것처럼 무참하게 일그러지는 공간을 볼 수 있었다.

그 광경은 너무나 뚜렷해서 그뿐만 아니라 이 자리에 있는 마적 전부가 보았다.

놀란 토끼처럼 넓게 퍼져 가던 흙먼지구름이 뒤틀리며 찢어지고 있었던 것이다.

인간의 상상을 넘어선 초자연적인 광경 앞에서 마적들은 공포와 전율을 느끼며 전신을 떨어야 했다.

들리는 건 발자국 소리가 분명했다. 그러나 그들의 눈앞에서 벌어지는 현상은 결코 사람의 힘으로 벌일 수 있는 일이 아니었다.

저벅. 저벅.

공간이 뒤틀리고 대기가 몸부림쳤다.

형용할 수 없는 공포가 마적들의 어깨를 짓눌렀다. 발자국 소리에 맞추기라도 한 듯 심장의 고동이 빨라지고 있었다.

그리고,

흙먼지구름이 갈라지며 만들어진 길 위에 사람의 그림자가 나타났다.

순백의 건.

순백의 피풍.

순백의 장포.

순백의 백피화.

눈처럼 희고 윤기가 흐르는 피부.

칠흑처럼 검은 머리.

타는 듯 선명한 붉은 입술.

조각처럼 아름다워 인간의 것으로 여겨지지 않는 얼굴.

그리고,

바다처럼 깊게 가라앉은 흑백이 뚜렷한 눈동자.

칼미크와 마적들의 시선이 일제히 모습을 드러낸 사내에게 화살처럼 꽂혔다.

그들 중 질문할 자격을 가진 사람은 한 명밖에 없다.

칼미크가 물었다.

"너는… 누구냐?"

검엽의 감정이 실리지 않은 눈이 칼미크를 바라보았다.

그들 사이의 거리는 사십여 장.

힐끗 칼미크를 일별한 검엽의 눈이 칼미크의 앞에 늘어선 나체의 여인들을 스치더니 계속해서 장내를 훑었다.

목이 잘리거나 심장에 구멍이 난 채 죽어 있는 여인들의 시신 오십여 구가 잠시 그의 눈길을 잡는 듯했지만 그 시간은 찰나에 불과했다.

흐트러진 안색과 복장을 한 일천여 명의 마적, 그리고 실오라기 하나 걸치지 않은 이백오십여 명의 여인.

장내를 돌아본 그의 눈이 다시 칼미크에게로 돌아왔다.

칼미크의 애도 천잔월의 칼끝이 미미하게 진동했다.

칼미크는 피가 나도록 입술을 깨물었다. 그래도 손의 떨림은 멈추지 않았다.

그는 두려움에 질려가는 자신이 미치도록 한심스러웠다. 청랑파의 파주 앞에서도 두려움을 느끼지 않던 그가 아닌가. 하지만 이 두려움은 뿌리칠 수 있는 성질의 것이 아니었다.

백의인의 무심한 눈에는 사람의 근원적인 공포를 건드리는 무언가가 드리워져 있었다.

자꾸 아래로 향하려는 눈을 안간힘을 다해 부릅뜨고 있던 칼미크의 안색이 희게 탈색되었다.

검엽의 눈을 눈싸움하듯 노려보고 있던 그였다.

그래서 그는 볼 수 있었다.

소름 끼치도록 맑고 흑백이 뚜렷하던 검엽의 눈에서 서서히 피어오르는 시퍼런 섬광을. 그 전율스러운 검푸른 귀화를.

검엽의 입술이 작게 달싹였다.

그리고 사람의 감정이 완전히 배제된 고요한 음성이 칼미크의 귀를 파고들었다.

"청랑파의 파주라도 내 이름을 물을 자격이 없거늘, 감히 너와 같이 하잘것없는 자가 내 이름을 묻는단 말인가."

검엽의 입술이 닫힘과 동시에 그의 피풍이 누가 걷어내기라도 하는 것처럼 등 뒤로 넘어갔다.

그리고 드러난 두 손.

멀리서 봐도 투명하다는 생각이 들 정도로 맑은 그의 양손을 둘러싼 공간이 검푸르게 일렁이는 빛으로 물들었다.

벌어지는 일이 하나같이 상식을 초월한 것들인데다 수장인 칼미크가 넋이 반쯤 나간 상태나 다름없는 상황이다.

혈사풍의 마적들은 검엽을 어떻게 상대할 것인지 결정하지 못한 상태에서 그의 손에서 일어나는 변화를 지켜보아야만 했다.

변화는 신비로웠지만 시작과 동시에 끝을 보았다.

빛이 사라진 검엽의 손에는 길이 다섯 자가량의 묵청색을 발하는 두 자루의 도가 들려 있었다.

형태가 특이한 도였다.

도병(刀柄:손잡이)과 날의 구분이 없었고, 도배(刀背:칼등)가 직선으로 쭉 뻗었으며, 세 치 폭의 도면은 도첨(刀尖:칼끝)까지 유지되었다.

막북에서도 중원에서도 쉽게 보기 어려운 형태의 도.

문제는 도의 재질이었다.

검엽의 양손을 번갈아 보는 칼미크의 얼굴은 쳐다보기 안쓰러울 정도였다.

그는 자신의 눈을 의심했다. 그가 본 것은 무공을 익힌 자에게는 꿈과 같은 경지였기에.

"…강기를 도로 유형화… 시켰다……."

그의 넋이 나간 듯한 어투로 중얼거리는 한마디가 신호가 되었던 것일까.

보는 이를 무한한 절망에 빠뜨리는 검엽의 전진이 시작되었다.

저벅.

한 걸음.

칼미크는 미친 듯이 악을 썼다.

"막아. 놈을 막으란 말이닷!"

검엽이 내딛는 걸음을 따라 수십 명의 마적이 무기를 휘두르며 달려들었다.

그들의 부릅떠진 눈은 강하게 빛났고, 얼마나 세게 악물었는지 턱선은 금방이라도 부서질 것처럼 윤곽이 선명했다.

검엽의 모습이 마적들의 시야에서 사라졌다.

몸을 움직여서가 아니었다.

수십 명의 마적에 덮여 버린 것이다.

자신에게 쇄도하는 십여 자루의 무기를 응시하던 검엽의 두 손이 우아한 호선을 그렸다.

그 호선을 따라 묵청색의 쌍도, 지존천강력을 유형화시킨 천강쌍도가 허공을 부드럽게 갈랐다.

검엽은 무공을 사용하지 않았다. 그의 앞에 있는 자들은 창안절기를 사용해 상대할 만한 능력과 자격이 없는 자들이었으니까.

그는 빠르고 강하고 정확하게 도를 그어댈 뿐이었다.

그것으로 충분했다.

검푸른 섬광과 폭죽처럼 터져 나온 처절한 비명이 평원을 태풍처럼 휩쓸었다.

“으아아악!”

“커억!”

“…악… 마!”

두려움에 질린 기괴한 외침.

서걱서걱.

그에 이어지는 것은 사지가 잘려 나가는 소름 돋는 기음.

평원은 피에 젖었다.

검엽의 움직임은 한 폭의 검무도(劍舞圖)였다.

아름답지만 무자비하기 이를 데 없는 핏빛의 춤.

일도가 움직이면 반드시 양단된 시신 한 구가 피분수를 뿜으며 쓰러졌다.

많지도 않은 수였다.

일도에 하나의 목숨이었으니까.

죽어가는 자의 수는 적었고, 살아남은 자의 수는 일천에 가깝다.

비록 그들 중 일류를 넘는 자의 수가 일백여 명에 불과하고, 절정을 넘은 이는 열을 넘지 못했지만 그 수가 무려 일천이었다.

본래 마적인 그들은 개인의 무위보다 숫자로 적을 압도하는 것에 익숙했다. 그리고 그것이 통하지 않은 적이 없었다.

하지만 지금 그들이 상대하는 자에게는 숫자가 통하지 않았다. 백의인에게 일천 명이란 마적들의 수는 아무런 의미도 없는 것이다.

경험한 적이 없는 눈앞의 현실이 마적들에게 준 무력감은 상상 이상이었다.

숨을 쉬는 자들은 그를 향해 무기를 휘두르며 달려들었다. 그러나 그들이 휘두른 무기는 그 종류가 어떤 것이든 검엽의 반경 다섯 자 이내로 들어서지 못했다.

환상처럼 떠올랐다 사라지는 푸른빛 방패.

절세무쌍의 호신강기, 구환마벽의 방호막을 뚫을 수 없었던 것이다.

퍼석!

구환마벽과 부딪친 무기는 그 흡과 탄의 묘용에 의해 가루로 으스러졌다.

그리고 무기를 잃은 자들은 날아드는 도에 의해 한 명의 예외도 없이 목이 잘리거나 정수리에서 사타구니까지 양단되어 쓰러졌다.

죽은 마적과 그 옆의 동료들은 묵청색 도를 막기 위해 사력을 다했다. 그러나 그들의 시도는 헛된 몸부림에 불과했다.

묵청색의 도와 부딪치는 것은 그것이 무엇이든 양단되었다.

검과 도, 창과 도끼, 방어에 특화된 방패까지.

검엽의 전진은 저항이 불가능한 해일과 같았다. 마적들의 수는 무서울 정도로 빠르게 줄어들어 갔다.

일도에 죽는 자는 단 한 명에 불과했다. 하지만 칼의 속도가 너무 빨랐다. 한 명이 죽었다는 걸 의식하기도 전에 다른 한 명이 속절없이 죽어갔다.

저벅. 저벅.

공포와 절망의 기색이 마적들의 얼굴에 떠올랐다.

백의인이 나타난 지 불과 일각.

이백 명이 넘는 동료들이 죽어갔다.

후다닥. 후다닥.

검엽이 일보를 전진하면 마적들은 대여섯 걸음을 물러났다.

더 이상 아무도 검엽을 향해 무기를 휘두르며 덤벼들지 않았다. 그러나 검엽의 걸음은 멈춰지지 않았다.

그의 얼굴은 시종일관 변화가 없었고, 무심했다.

그 모습이 더 마적들을 두렵게 했다.

검엽이 자신들을 사람으로 보지 않고 있다는 것을 본능적으로 깨달을 수 있었기 때문이다.

대규모의 살육과 그에 따른 피냄새는 사람을 흥분시킨다. 그러나 검엽은 그와 전혀 상관이 없는 사람 같았다. 돼지를 도살해도 저 정도로 평정을 유지하기는 어려운 일이었다.

마적들의 염원이 통한 것일까.

영원히 멈추지 않을 듯하던 검엽의 걸음이 정지했다.

물러나는 마적들의 속도가 빨랐다. 걷는 것만으로는 마적을 잡을 수 없었다.

검엽은 천강쌍도를 손에 들고 칼미크를 보며 소리없이 웃었다. 무공을 사용하지 않으려 했던 그의 마음이 변했다.

아직 꺼지지 않은 모닥불 빛을 받은 그의 가지런한 이가 언뜻 드러났다.

"오지 않겠다면 내가 가지."

조금 탁하다 싶은 저음.

그의 잇새로 새어 나온 말이 귀를 파고들었을 때 마적들의 안색은 그 이상 참혹하다 말할 수 없을 만큼 무참하게 일그러졌다. 방법이 있다면 무슨 수를 쓰든 떨치고 싶은 악몽이 제 발로 다가오겠다고 말하고 있는 것이다.

그들은 공포에 질린 눈으로 검엽을 바라보았다. 그가 어떻게 다가올 것인지 상상하면서.

번개처럼 빠를까, 아니면 폭풍처럼 격렬할까.

때로 상상은 현실보다 더 감정을 직접적으로 자극한다.

무기를 잡은 마적들의 손이 중풍 걸린 노인처럼 부르르 떨렸다.

그러나 그들의 예상은 모두 빗나갔다.

검엽의 두 다리는 땅에 뿌리를 박은 거목처럼 제자리에 선 채 움직이지 않았다.

움직인 것은 그의 두 손뿐이었다.

검엽은 서서히 팔을 벌리며 들어 올렸다.

그리고 손바닥을 활짝 폈다.

그의 손에 들려 있던 도가 아래로 떨어지기는커녕 조금씩 그의 장심을 떠나 허공으로 솟아올랐다.

장심과 두 자가량 거리에 도달했을 때 두 자루의 도가 수레바퀴처럼 회전하는 것이 마적들의 시야에 들어왔다.

그들의 얼굴빛이 시커멓게 죽었다.

강기를 유형화시켜 도로 만든 것을 본 것만으로도 끔찍했던 그들이었다.

그런데 지금 보고 있는 광경은 더 공포스러웠다.

그럴 수밖에 없었다.

강기를 신체 외부로 뽑아내어 도의 형태로 유형화시킨 것만으로도 무림사에 드문 경지였다. 그런데 백의인은 그것을 이기어검처럼 손에서 떼어내 움직이고 있는 것이다.

무기가 손을 떠난 상태에서 회전하다니.

차후로 어떤 변화가 이어질지 예상할 수 없는 광경이 아닌가.

그들이 어찌 알겠는가.

지금 검엽이 펼치고 있는 것은 그가 심마지해에서 심득을 얻었지만 아직 완성되지 못한 절기였다. 수라멸륜신강(修羅滅輪神罡)이라는 이름을 갖고 있는 이 절기는 후일 대천마수라멸륜장이라는 이름으로 완성될 고금에 드문 초절기였다.

수레바퀴처럼 수평으로 회전하는 도의 속도가 빨라지며 형태가 흐릿해져 갔다.

도의·형태가 수평으로 놓인 풍차처럼 보일 때쯤 마적들은 도륜(刀輪)이 움직이는 것을 볼 수 있었다.

"으… 으… 으……."

누구의 입에서인지 앓는 듯한 신음이 흘러나와 평원을 짓누르고 있던 소름 끼치는 정적을 깨뜨렸다.

그것은 또 다른 살육의 시작을 알리는 기점이 되었다.

스스스스스—

도륜이 움직이며 뱀이 풀숲을 헤치고 지나가는 듯한 파공음을 냈다. 지면에서 넉 자 정도 떨어진 지점까지 수평으로 하강한 도륜은 전방을 쓸어갔다.

도륜이 나아가는 속도는 눈에 확연하게 보일 정도로 느렸다.

그 방향에 있던 마적 일곱 명이 허공으로 메뚜기처럼 이리저리 뛰어올랐다. 도륜을 뛰어넘으려는 시도였다.

지면에서 넉 자밖에 떨어지지 않은 도륜이다. 굳이 경공을 펼칠 필요도 없이 몸이 날렵한 사람이라면 한 번의 도약으로 충분히 뛰어넘을 수 있었다.

변화는 마적들의 몸이 허공에 떠 있을 때 일어났다.

그때까지 느릿하게 움직이던 도륜이 순간적으로 사라졌다.

그리고 터지는 처절한 비명.

"으아아아아아악!"

상황을 지켜보던 마적들은 절망감으로 서 있는 것조차 힘들 지경이 되었다.

일곱 명의 마적은 일렬로 뛰어오르지 않았다. 그들이 뛰어오른 방향은 제각각이어서 눈으로 보고 쫓아가도 한눈에 모두를 담기 어려울 정도였다.

그러나 도륜에게 그런 제약은 존재하지 않았다.

환상처럼 사라졌던 도륜은 허공을 난마처럼 휘저으며 일곱 마적의 허리를 양단했다.

폭포수처럼 핏물이 쏟아지는 그 사이로 열네 개로 나뉘어진 시신이 떨어졌다.

투투툭.

바닥에 널브러진 시신의 모습은 살아 있는 자의 미래였다.

그것도 머지않은.

살아남은 마적의 수는 팔백여.

칼미크의 주변에 있는 자들은 그나마 이성을 유지했지만 칼미크와 멀리 떨어져 있는 자들이나 도륜과 근접한 거리에 있는 자들은 공포로 인해 이성이 마비되었다.

"저… 저리… 가!"

"살려줘!"

뒤로 물러나다가 엉덩방아를 찧는 자, 등을 돌리고 뒤에 있던 동료들 사이로 머리부터 들이미는 자, 옆에 있던 동료를 자신의 앞으로 내세우는 자.

아비규환의 난장이 벌어졌다.

그리고,

도륜은 마적들이 느낀 그대로의 모습, 멈추지 않는 악몽이 되어 그런 그들을 느리지만 단호하게 베어갔다.

하늘을 찌르는 비명과 땅을 적시는 핏물.

장내는 눈으로 보면서도 믿을 수 없을 만큼 빠른 속도로 시산혈해가 되어갔다.

혈사풍의 마적 중에 제정신을 유지하고 있는 자는 칼미크, 그리고 그의 측근인 바트와 하카스밖에 없었다.

눈밑이 시커멓게 변한 바트가 도륙에서 시선을 떼지 못하는
것과 달리 볼살을 푸들푸들 떨던 하카스가 말했다.

"풍주님, 이 자리를 피하십시오."

칼미크는 하카스를 돌아보았다.

하카스는 칼미크의 눈이 광기로 번들거리는 것을 볼 수 있
었다.

칼미크가 괴소를 흘리며 말했다.

"흐흐흐, 피할 수 있으리라 생각하는 거냐, 하카스?"

하카스는 이를 악물었다.

돌아본 장내는 피웅덩이와 그 안에 잠긴 잘려진 팔다리, 그
리고 공포에 질린 마적들의 발에 채어 이리저리 굴러다니는
머리로 가득했다.

그리고 일말의 사정도 없이 마적들을 쫓으며 도륙하고 있는
강기륜.

칼미크가 말을 이었다.

"저자가 말하고 있는 것이 들리지 않느냐?"

하카스가 고개를 번쩍 들어 칼미크를 보았다. 무슨 뜻인지
이해하지 못한 것이다.

"저자는 우리가 죽였던 자들이 느꼈던 공포를 우리더러 느
끼라고 저런 짓을 하고 있는 것이다."

"아……!"

하카스는 백의인을 보았다.

피풍을 등 뒤로 넘긴 채 백의인은 팔짱을 끼고 장내를 주시

하고 있었다.

눈빛은 여전히 무심했고, 얼굴엔 일체의 감정이 배제된 처음 그 모습 그대로였다.

하카스의 눈이 반짝였다.

그는 다급한 어조로 칼미크에게 말했다.

"저자가 본 파의 손에 멸망당한 초원의 부족과 관련이 있다면 우리가 쓸 수 있는 패가 하나 있습니다."

광기에 물든 눈으로 도륜과 백의인을 번갈아 보며 입술을 깨물고 있던 칼미크가 하카스에게 고개를 돌렸다.

"어떤?"

"저 여자들입니다."

하카스의 눈짓이 루오포 부족의 여인들을 가리켰다.

칼미크의 눈도 빛이 났다.

아직까지 여인들 중에 도륜에 의해 죽은 사람은 한 명도 없었다. 그러나 그녀들 사이에 서 있었던 마적들은 지금도 죽어가고 있었다.

도륜이 여인들을 피하고 있다고밖에 생각할 수 없는 장면이었다.

생각할 시간이 없었다.

칼미크는 공력을 실어 외쳤다.

"여자들을 방패로 삼아라!"

그의 외침은 공포에 질려 있던 마적들에게 생명수였고 단비였다.

살아남은 마적의 수는 사백여 명.

백의인이 손을 쓴 시각은 갓 이각가량.

그 짧은 시간 동안 육백여 명이 죽어갔다.

가히 무림사에 남을 일장의 대학살이었다.

마적들은 너나없이 다투어 여인들의 목을 잡고 그 뒤에 몸을 웅크렸다. 백의인의 시선이 자신에게 닿지 않기를 간절히 기원하며.

한 여인의 뒤에 두세 명이 숨은 경우도 부지기수였다.

칼미크와 바트, 하카스도 앞에 있던 열 명의 여인을 세 겹으로 만든 후 그 뒤에 숨었다.

칼미크가 다시 소리쳤다.

"멈춰라. 너는 내가 본 중 가장 강한 자임이 분명하다. 우리 모두를 죽일 수 있을지도 모르지. 하지만 우리가 죽으면 이 여자들도 죽을 것이다. 네가 아무리 강하다 해도 우리가 이 여자들을 죽이는 것보다 빠르지는 못할 테니까. 지금까지 네가 한 짓과 네가 누구인지, 아무것도 묻지 않겠다. 그러니 이제 그만하고 떠나라. 절대로 네 뒤를 쫓지 않겠다. 내 칼 천잔월에 대고 맹세하겠다!"

칼미크의 외침에는 기대와 더불어 절실한 바람이 깃들어 있었다.

마적들은 침을 삼키며 검엽의 대답을 기다렸다.

하카스가 보고, 이어서 판단한 것은 정확했다.

검엽은 여인들에게 손을 쓰지 않았다.

그러나 칼미크와 하카스는 백의인이 손을 쓰는 것을 쭉 지켜보았음에도 불구하고 배운 바가 너무 적었다.

그들은 생각했어야 했다.

강기를 유형화시켜 이기어검처럼 움직이는 자의 진정한 능력이 어디까지인지를.

우우우우우웅—

도륜의 전진이 멈추었다. 그러나 회전이 멈춘 것은 아니었다.

도륜은 기이한 음을 사방으로 흘리며 푸른 섬광이 되어 허공에 떠 있었다.

그 광경은 마치 사내들이 방패처럼 내세운 이백오십여 명의 여인을 측은하게 내려다보고 있는 것처럼 보였다.

여인들의 뒤에 숨은 마적들은 허공에 멈춘 도륜을 보다가 검엽에게 시선을 집중했다.

도륜의 주인은 검엽이니까.

정지한 도륜을 보며 제 빛을 찾아가던 마적들의 얼굴빛이 이번에는 시체처럼 허옇게 변했다.

검엽의 백의가 노을에 물들기라도 한 것처럼 붉은빛으로 변해가고 있었다.

그와 함께 푸르스름한 귀화 두 개가 검엽의 눈이 있던 자리에 나타났다.

처절한 살기와 형용할 수 없는 가공할 마기가 사막의 용권풍처럼 검엽을 중심으로 소용돌이치며 솟구쳤다.

어둠 속에서도 그 모습은 너무나 선명해서 마적들의 가슴은 싸늘하게 얼어붙었다.

실제 눈앞에 보이는 광경은 그저 백의가 붉게 변한 것뿐이었다. 나머지 변화는 마적들의 심상에 들어온 장면이었다.

그만큼 마적들이 검엽을 보며 받은 심적 충격은 막대했다.

허공에서 멈춘 채 회전하던 도륜의 회전이 멈췄다.

나타난 것은 넉 자 길이의 쌍도.

마적들의 눈이 기대에 찼다.

전진이 멈추더니 이어서 회전이 멎었다. 어쩌면 도 자체가 사라질지도 몰랐다.

어찌 기대하지 않을 수 있겠는가.

"마적이라 해도 무공을 익힌 자들이라 들었기에, 무인이 갖는 최소한의 기개가 있으리라 생각했던 내 생각이 얼마나 어리석은 것이었는지를 일깨워 주는구나."

귀에 들리는 것이 아니라 머릿속에서 울리는 것처럼 느껴지는 음성.

음의 고저가 없어 사람의 음성처럼 들리지 않는 말은 조금 더 계속되었다.

"너희가 그토록 간절히 원하니 이 깨달음의 대가를 기꺼이 치르도록 하지."

마적들은 일제히 속으로 외쳤다.

'대가를 원하지 않아. 제발 이 자리만 떠나줘!'

그러나 그들의 바람은 깨끗하게 무시당할 수밖에 없는 운명이었다.

허공에 떠 있는 도가 열에 녹은 엿가락처럼 흐물흐물해지더니 형태가 변했다.

마적들은 칼미크의 다른 지시를 기다리며 도의 변화를 지켜보았다.

마적들에게 억겁과도 같은 일수유의 시간이 지난 후 허공에 모습을 드러낸 것은 다섯 자 길이의 단창 두 자루였다.

칼미크의 눈동자가 초점을 잃고 어지럽게 흔들렸다.

그는 냉혹하고 과단성이 있는 사내였지만 결정을 내리지 못한 채 망설였다.

루오포 부족의 여인들을 방패막이로 내세웠지만 백의인은 떠나지 않았다.

더구나 그가 한 말은 삼척동자가 들어도 공격을 멈추지 않으리라는 걸 알 수 있는 내용이었다.

백의인이 공격을 멈추지 않는다면 여인들은 방패막이로서의 가치가 전혀 없었다.

그럼 백의인을 상대할 다른 방도를 찾아야 했는데, 아무리 생각해도 백의인의 움직임을 멈추게 할 수 있는 방도가 떠오르지 않았다.

그는 피가 나도록 입술을 깨물었다.

이제 남은 건 하나뿐이었다.

그 하나를 실행하는 동안 여인들이 잠시만이라도 백의인의 발길을 늦춰주기를 바라는 것이 지금 그가 할 수 있는 최선이었다.

칼미크는 검엽이 있는 방향으로 걸음을 옮기며 소리쳤다.

"틈을 봐서 달아나라! 살아남은 자는 저자에 대해 파에 전해라! 반드시 복수해야 한다!"

그의 외침을 들은 마적들의 얼굴에 화색이 돌았다.

물러나면서도 달아나지 않았던 것은 청랑파의 엄한 규율 때문이었다. 도망치면 당장은 살 수 있을지 모르지만 결국 죽을 것이 뻔했다.

지난 일백여 년 동안 청랑파는 적을 앞에 두고 등을 보이는 자를 용서한 적이 없었기 때문이다.

마적들은 허공에 떠 있는 창에 시선을 고정시킨 채 한 걸음씩 뒤로 물러났다.

여인의 목을 잡은 손은 그대로였다.

여인들은 그들의 생명줄이었다.

검엽이 무자비하게 손을 쓰는 와중에도 단 한 명의 여인도 상하지 않게 하려 한다는 것을 모두 느끼고 있었던 것이다.

검엽과 마적들의 거리가 벌어졌다.

칠십여 장.

마적들의 후면에 있던 칼미크와 바트, 하카스가 검엽의 정면이 되었다.

그렇게 장중의 모습이 고정되었을 즈음 허공의 창들이 움직였다.

아니, 움직이는 것을 본 사람은 아무도 없었다.

그저 시퍼런 낙뢰가 지상으로 내리꽂히는 것을 어렴풋이 보았을 뿐.

"으아악!"

쐐애애애액!

참혹한 비명이 터진 후에 귀를 찢는 파공음이 장중을 뒤흔들었다.

일순간 모든 움직임이 약속이라도 한 듯 멈추었다.

비명이 들린 곳으로 시선을 돌린 마적들은 두 명의 마적이 정수리에 거대한 창을 꽂은 채 쓰러지는 것을 볼 수 있었다.

창은 살아 있는 것처럼 죽은 마적의 정수리에서 쑤욱 빠져나오더니 본래의 자리, 허공으로 돌아갔다.

죽은 마적들의 옆에 있던 자들은 죽은 자들이 표적이 되었던 이유를 곧 알 수 있었다.

죽은 자들은 칼미크의 지시가 떨어지자마자 자신들의 손에 잡혀 있는 여인들을 죽이려 했었다.

마적들의 얼굴에 절망의 기색이 완연해졌다.

칼미크를 비롯한 수뇌부도 망연자실한 상태다. 일사불란한 움직임이 여의치 않은 그들이 여인들을 한꺼번에 죽이려는 시도를 하기는 어려웠다.

그리고 시도를 해서 성공하더라도 그 뒤는 암담함 그 자체였다. 여인이라는 방패가 사라지면 창은 도륜으로 화해 마적 전부를 얼마 전처럼 거침없이 쓸어버릴 테니까.

그들 중 몇이라도 여인을 죽이고 달아나는 것이 가능하지 않다는 것은 마적 둘의 죽음으로 증명되었다.

창은 그런 시도를 하려는 자를 가장 먼저 죽일 것이 분명했으니까.

목숨이 귀하지 않은 사람은 없다.

남의 목숨을 하찮게 여기는 자는 대체로 자기 목숨은 더 귀하게 여긴다.

마적들도 마찬가지였다.

사신을 코앞에서 맞이한 그들은 자신들의 목숨에 대한 끝없는 미련 때문에 괴로웠다.

살아날 수 있는 방법이 없다는 것이 명확해질수록 미련은 더욱더 강해졌다.

검엽은 칼미크를 보았다.

무저처럼 깊고 어두운 눈동자.

칼미크는 이를 악물고 검엽과 눈을 마주쳤지만 둘을 셀 동안도 버티지 못하고 시선을 내렸다.

악다문 그의 입술 사이로 공포에 질린 한마디가 흘러나왔다.

"…악…… 마……."

그때 둘로 나뉘어져 있던 허공의 창이 하나로 합쳐졌다.

그 길이는 일 장.

슈욱.

부드럽게 공간을 가르는 소리와 함께 창이 칼미크의 정수리로 떨어졌다.

낙뢰로 보일 만큼 빠른 창이다.

"흡!"

칼미크의 얼굴이 대변했다.

그는 초절정의 경지를 코앞에 둔 절정의 고수.

가공할 기세가 자신에게 벼락처럼 내리꽂히는 것을 느낀 그는 천잔월을 들어 사력을 다해 휘둘렀다.

혼신을 다한 방어.

평생을 고련한 천잔혈월도의 정수가 펼쳐지며 그의 머리 위에 두터운 도막을 형성했다.

그러나 강기의 창은 천잔혈월도 따위로 막을 수 없는 것이었다.

지존천강력의 파멸천강지기가 유형화된 힘인 것이다.

퍼석!

기음과 함께 도막이 속절없이 부서지며 천잔월의 도신이 장난감처럼 으스러졌다.

천잔월의 파편이 사방으로 튕겨 나갔다. 마적들은 칼미크의 정수리부터 사타구니까지 꿰뚫은 거대한 창이 땅에 꽂힌 채 칼미크의 몸을 깃발처럼 달고 있는 장면을 두 눈 가득 담을 수 있었다.

바트와 하카스의 최후도 같았다.

칼미크의 죽음을 보자마자 그들은 전력을 다해 신형을 날리려 했다. 하지만 발이 지면에서 두 치도 떨어지기 전에 정수리가 꿰뚫리며 즉사했다.

세 사람의 죽음은 침묵 속에서 이루어졌다.

비명도, 몸부림도… 아무것도 없었다.

창의 주인, 검엽이 허락하지 않았기 때문이다.

사백여 명의 마적은 도주할 생각도, 여인들의 목숨을 취하는 마지막 발악도 하지 못한 채 한 명씩 죽어갔다.

동료들의 죽음을 보면서도 그들은 움직이지 못했다.

무한한 공포와 끝없는 절망감, 손끝 하나 움직일 수 없는 몸서리쳐지는 무력감이 그들을 지배했다.

움직여도 죽고 움직이지 않아도 죽었다.

그들에게는 죽음을 받아들이는 것 이외에 다른 선택의 여지는 존재하지 않았다.

평원을 떨어 울리는 처절한 비명과 창이 허공을 가를 때마다 들리는 부드러운 파공음, 그리고 뼈와 살이 으스러지는 소름 끼치는 파육음은 사백여 명이 전멸할 때까지 한 번도 멈추지 않았다.

살아 있는 사내가 검엽이 유일한 순간이 될 때까지 걸린 시간은 그로부터 반 각.후였다.

석 자 높이까지 솟구치며 평원을 붉은 호수처럼 보이게 만든 피안개는 쉽게 가시지 않았다.

일천여 구에 달하는 부서진 시신들이 널린 전장은 피의 바다, 혈해(血海)였다.

혈무가 사라지려면 많은 시간이 필요했다.

검엽은 무심한 시선으로 장내를 돌아보았다.

이백오십여 명의 여인은 자신들의 목숨을 쥐고 있던 자들이 모두 죽었는데도 옷을 찾아 입을 생각도 하지 못한 채 멀거니 서 있었다. 그럴 수 있는 여인이 없다고 말하는 것이 정확했다.

눈동자가 온전하게 초점을 유지하는 여인은 한 명도 없었다.

그녀들의 눈앞에서 벌어진 광경은 철담을 가진 사내도 제정신을 갖고 볼 수 없을 만큼 가공스러운 것이었다. 평범한 여인들이 어떻게 제정신을 유지할 수 있을 것인가.

검엽이 입을 열었다.

"부리그."

"예."

뒤에서 안색이 허옇게 변한 부리그와 동료들이 나타났다. 검엽을 바라보는 그들의 눈은 끊임없이 흔들렸다.

그들의 앞에 등을 보이고 서 있는 백의인은 사람의 모습을 하고 있었으나 사람이 아니었다.

그들은 이곳까지 검엽과 함께 왔다. 그리고 혈사풍이 세상에서 사라지는 것을 처음부터 끝까지 보았다.

사람이라면 이럴 수 없는 것이다.

부리그는 검엽에 대한 자신의 생각을 수정해야 한다는 것을 깨달았다.

검엽은 초원의 부족을 긍휼히 여겨 천상에서 강림한 초원의 신이 아니었다.

그는 지상의 악을 악으로 멸하기 위해 강림한 하늘의 징벌자였고, 천신(天神)의 외모를 가진 지옥의 마신(魔神)이었다.

'…천(天)…… 마(魔)……'

그의 뇌리에 저절로 떠오른 말이었다. 그러나 절대 입 밖으로 내뱉어서는 안 되는 말이기도 했다.

"수습하도록."

검엽의 시선은 여인들에게 고정되어 있었다. 당연히 죽은 자들을 수습하라는 지시는 아니었다.

"알겠습니다, 공자님."

부리그와 동료들은 이제는 더할 수 없이 자연스러워진 몸놀림으로 한쪽 무릎을 꿇고 대답했다.

그들은 감히 고개를 들어 검엽을 보지 못했다.

검엽은 자신이 입 밖으로 내뱉은 말을 지켰다.

해는 아직 떠오르지 않았다.

밤이 지나지 않은 것이다.

第四章

천마
검섭
전

보고서를 손에 든 소자량의 안색은 기묘했다.

화난 듯하기도 하고 어이가 없기도 하다는 듯 종잡기 어려운 표정이었다.

"한 명… 단 한 명이라고?"

공허하게까지 들리는 그의 중얼거림이 그리 좁지 않은 석실을 울렸다.

그는 자신이 잘못 보지 않은 것을 확인하기라도 하려는 것처럼 보고서를 처음부터 끝까지 다시 읽었다.

육십을 지난 나이지만 지금도 수련을 빼먹은 날이 단 하루도 없는 그였다.

그의 눈은 독수리에 비할 바는 아니어도 날씨가 화창한 날은 백여 장 밖의 깨알만 한 솔방울도 어렵지 않게 본다.

보고서의 글을 잘못 읽었을 가능성은 전무했고, 당연히 재차 읽은 보고서의 내용은 방금 전에 읽었던 것과 동일했다.

…(중략)…….

빙궁을 무너뜨린 자는 허름한 흑의에…….

목격자의 말에 의하면 그자는 단신으로 빙궁의 정예 육백을 죽였으며, 발로르와 북해 지단주님, 그리고 부단주님의 합공을 수 초 만에 깨뜨리고 그들을 죽였다고 합니다.

…(후략)…….

―막북 총단(漠北總團) 순찰당(巡察堂)

제일향주(第一鄕主) 올림.

북해에서 인마와 전서구를 번갈아 사용하며 초지급으로 보낸 보고서가 소자량의 손에 도착한 것은 이각 전이었다.

그것을 읽고 소자량은 망연자실할 수밖에 없었다.

거듭 보고서를 읽은 그는 머리가 아픈지 손가락으로 태양혈을 문질렀다.

"일향주, 이걸 나보고 믿으라고 보낸 거냐, 단신으로 빙궁에 궤멸적인 타격을 가한 후 강제로 봉문시킨 자가 존재한다는 걸? 일향주, 자네 갑자기 미쳐서 저잣거리의 만담꾼들 입에나 오르내릴 소설을 쓰는 건가……."

지끈거리는 머리를 부여잡고 중얼거리던 소자량은 태사의

에 등을 기대고 축 늘어졌다.

그의 머리가 아픈 건 앞으로 그가 해야 할 일, 보고에 비하면 아무것도 아니었다.

보고서의 내용을 상부에 보고한 후 윗분들이 어떤 반응을 보일지 생각하니 막막해졌던 것이다.

그렇게 그가 늘어져 있을 때였다.

석실 밖에서 급박한 발자국 소리가 들렸다. 그리고 곧 문 앞에서 다급히 그를 부르는 소리가 났다.

"당주님!"

당황과 혼란이 가득 서린 음성.

의자에서 허리를 뗀 소자량은 눈살을 찌푸렸다.

음성의 주인은 그가 아끼는 전휘였다. 그가 사전에 당부한 특별한 사안이 아니라면 대부분의 보고서는 전휘가 먼저 보고 중요도에 따라 분류한 후 소자량에게 보고한다.

소자량은 약관이 되기도 전 순찰과 정보 계통에 발을 들여놓았고, 지금까지 몸담아왔다.

그런 그가 이 계통에서 일하는 사람의 가장 기본적인 자질로 생각하는 것이 냉정과 침착이었다.

필요한 것을 정확하게 얻어내기 위해서는 어떤 순간에도 당황하면 안 되기 때문이다.

그가 가르친 수하들은 여간해서는 냉정을 잃지 않았고, 그래야만 했다. 그렇지 않으면 불벼락이 떨어지니까.

"무슨 일이냐!"

소자량의 음성에서 짜증이 묻어났다.

전휘의 냉정한 성격을 모르지 않는 그였기에 평소라면 전휘의 특이한 음성에서 이상을 감지했을 것이다. 하지만 지금 그의 머릿속은 전휘의 당황한 음성을 흘려들을 수밖에 없을 정도로 헝클어져 있어서 짜증부터 났다.

전휘는 소자량을 하늘처럼 믿고 따르는 자였다. 그런데 오늘은 그의 태도가 평소와 달라도 너무 달랐다.

그는 소자량의 허락이 떨어지지 않았음에도 불구하고 석실의 문을 벌컥 열고 안으로 들어섰던 것이다.

사십대 초반의 중년인, 전휘의 안색은 창백했다.

그는 어이없다는 얼굴로 자신을 쳐다보는 소자량을 보며 황망하게 말했다.

"동부를 관장하는 제삼향에게서 혈사풍이… 전멸했다는 보고가 들어왔습니다."

소자량의 안색이 대변했다.

그는 튕기듯 의자에서 일어나며 소리쳤다.

"뭐라고?"

"혈사풍의 일천 무사들이 임서의 서북쪽 평원에서 참혹한 시신으로 발견되었다고 합니다."

일향주가 보내온 보고서 때문에 난마처럼 어지럽던 그의 머릿속이 이번에는 백지처럼 텅 비어버렸다.

그는 금방이라도 터질 것처럼 뛰는 심장을 한 손으로 가볍게 짚으며 전휘에게 물었다.

"다시 한 번 말해보거라."

전휘의 음성이 빨라졌다.

"혈사풍의 무사 일천이 전멸당했다는 보고입니다."

"전멸이라고?"

"예."

"보고서는?"

소자량의 질문에 전휘는 멍한 얼굴이 되었다. 보고서의 내용에 너무 큰 충격을 받은 터라 보고서를 챙기는 것도 잊고 그냥 소자량에게 뛰어온 것이다.

전휘의 태도에서 상황을 짐작한 소자량이 물었다. 보고서 따위는 나중에 보아도 된다.

"생존자가 없단 말이냐?"

전휘를 바라보는 소자량의 눈빛이 야수처럼 맹렬해졌다.

"일향의 무사들이 근방을 철저히 수색했지만 발견치 못했다고 합니다."

"혈사풍을 친 자들이 누구냐? 수년 전부터 초원의 질서를 어지럽히던 그자들, 반청랑파 부족 연합이더냐?"

전휘의 안색이 파리해졌다.

그는 고개를 숙여 소자량의 강한 시선을 피했다.

"그게……."

"무얼 망설이느냐! 빨리 대답하지 못할까!"

전휘가 이십 년이 넘게 모시면서도 몇 번 들어보지 못했던 노성이 소자량의 입에서 터져 나왔다.

　연이어진 황당한(?) 보고에 그의 강건한 이성도 마침내 흔들리기 시작한 것이다.

　입술을 짓깨물고 있던 전휘가 말했다.

　"다행히 일향주께서 혈사풍이 전멸당하는 것을 지켜본 자의 신병을 확보할 수 있었습니다. 혈사풍은 전멸당하기 전에 루오포 부족을 약탈하고 여인들을 끌고 초원에서 노숙을 했는데, 그 장소에서 여인들 중 세 명을 일향주께서 발견했다고 합니다."

　"세 명?"

　"그렇습니다. 살아 있는 여인들은 그녀들뿐이었다고 합니다. 그녀들의 말에 의하면 다른 여인들은 혈사풍을 궤멸시킨 자들이 데려갔다고 합니다. 그녀들은 기식이 엄엄할 정도의 중상을 입은 상태여서 그자들이 데려가는 것을 포기한 듯합니다."

　"그자들이 누구냐?"

　"전장을 수습한 자들은 십여 명이라고 합니다만… 혈사풍을 전멸시킨 자는 단 한 명이었다고 합니다."

　"뭐?"

　소자량은 갑자기 전신에서 소름이 돋는 것을 느꼈다.

　단 한 명.

　이미 뇌리에 각인된 숫자가 아닌가.

　보고하는 전휘의 음성이 빨라졌다.

　"하좌도 믿기 어려웠습니다만 일향주께서 보내온 보고서에는 분명 그렇게 적혀 있었습니다. 단 한 명이 혈사풍주 칼미크를 비롯한 일천 무사를 반 시진도 안 되는 동안 모두 죽였다고……. 세 명의 여인이 말한 내용은 한 사람이 말한 것처럼 일치했다고 합니다, 당주님.”

소자량은 무릎에 힘이 빠지려는 것을 이를 악물고 참아냈다.

“그자가 어떻게 생겼는지에 대한 내용도 있었느냐?”

“여인들이 그자에 대해 형용한 것은 제각각이었는데, 종합하면 천상에서 내려온 신처럼 잘생긴 자였다고 합니다.”

소자량은 숨을 크게 들이쉬었다.

“보고서를 챙겨오너라. 당장 총단주님께 가야겠다.”

“알겠습니다.”

석실의 문을 미는 소자량의 손끝이 눈에 보일 정도로 떨렸다.

‘이런 말도 안 되는 보고가 연이어 두 개씩이나……. 대체 무슨 일이란 말인가…….’

*   *   *

혈사풍을 궤멸시키고 이틀이 지났다.

해가 중천에 뜰 무렵 검엽은 임서의 서남쪽에 위치한 탁림호특(濯林浩特) 부근에 도착할 수 있었다.

그의 주변에 부리그와 일행은 보이지 않았다.

그들은 루오포 부족의 여인들을 안돈시키고 올 터였다.

검엽은 느리게 움직였다.

그가 원하는 것은 청랑파가 경동하는 것이었다. 그러기 위해서는 혈사풍이 무너졌다는 사실이 막북 전역에 소문나야 했다. 시간이 필요한 것이다.

생명이 경각에 달린 루오포의 여인 세 명을 전장에 두고 온 이유도 그 때문이었다.

그가 손을 썼다면 그녀들은 며칠 더 살지도 몰랐다. 하지만 죽음을 피하게 할 수는 없었다.

그는 신이 아니니까.

그는 손을 쓰지 않았고, 그녀들은 하루가 지나기 전에 죽을 터였다. 그러나 그 시간이면 그녀들이 본 것을 누군가에게 전하기에 충분했다.

그래서 그가 그녀들에게 베푼 것은 그저 죽는 순간까지 그녀들이 고통을 느끼지 않도록 통각을 마비시켜 준 것뿐이었다.

검엽은 몇 그루의 나무가 듬성듬성 나 있는 야산의 중턱에서 걸음을 멈췄다.

그는 나무에 기대어 그늘 아래 편안한 자세로 앉았다.

끝없이 펼쳐진 너른 초원이 시야에 들어왔다.

가슴이 뚫리고 머리가 맑아지는 듯한 느낌.

검엽은 천천히 자신의 손을 들어 올렸다.

희고 유려한 손가락이 그의 뜻에 따라 조금씩 움직였다.

이틀 전 일천의 생명이 그의 손 아래 스러졌다.

죽은 자들 중 사지육신이 온전한 모습으로 죽어간 자들은 손으로 꼽을 정도로 적었다.

실로 참혹하기 이를 데 없는 형태로 죽어간 것이다.

그러나 검엽의 마음은 얼어붙은 겨울 호수처럼 고요했다.

살아 있는 모든 것은 죽는다.

단지 빨리 죽느냐 늦게 죽느냐의 차이가 있을 뿐이었다.

삶과 죽음은 동전의 양면처럼 끝없이 연결되어 돌고 돈다.

그에게 생(生)과 사(死)는 글귀만 다를 뿐 같은 의미였다.

더구나 상대는 단순한 마적이 아니라 무(武)로써 천하의 정세에 영향을 미치는 자들이었다.

그런 자들이라면 검엽은 천 명이 아니라 백만 명이라도 일체의 동요없이 죽일 수 있었다.

칼로 대표되는 무(武)를 믿고 그것으로 삶을 이끌어온 자들이라면 누가 되었든 죽음을 베개 삼아 사는 게 마땅했다. 그리고 그 정도의 각오없이 타인의 삶과 천하의 정세에 개입한 자들이라면 더욱더 죽어 마땅했다.

개개인의 삶은 티끌과도 같지만 또 우주보다 존귀하기도 하기 때문이다.

'한 명을 죽이면 살인자라 불리지만 만 명을 죽이면 영웅이라 불린다. 유비와 조조는 살아 생전 수십만을 말 한마디로 죽였지만 그 당시에도, 그리고 많은 세월이 흐른 지금도 그들을 살인자라 부르는 사람은 없다. 오히려 유비는 한족영웅의 표본이 되었고 이족이었던 조조는 효웅의 표본이 되어 인구에 회자되고 있다. 그러나 그들이 과연 살인자가 아니라 할 수 있는가. 나는 일천을 죽였고, 앞으로 더 많은 수의 사람을 죽일 것이다. 나는 살인자인가, 무인(武人)인가. 이런 질문이 과연 의미가 있는가. 인간의 간사함은 끝이 없다.'

검엽의 입가에 소리없는 미소가 걸렸다.

'내가 나를 평하는 것 또한 간사한 일. 내가 나를 평하는 것도, 남이 나를 평하는 것도 허무한 일이다. 유일하게 나를 평할 수 있었던 사람이 죽고 없는 지금 나는 내 방식대로 내가 해야 할 일을 할 뿐이다.'

검엽의 상념은 짧게 끝났다.

목표는 정해졌다.

그가 할 것은 생각이 아니라 행동이었다.

밤이 길면 꿈도 많은 법이다.

생각이 많으면 망설임도 많아진다.

조용히 눈을 감고 마음을 비워 나가던 검엽의 눈꺼풀이 천천히 위로 올라갔다.

"나와라."

작고 낮은 음성이었다.

그러나 그 음성에 실린 기세는 가히 불가항력.

야산 우측 이십여 장 떨어진 바위 뒤에서 부스럭거리는 소리가 나며 한 사람이 일어섰다.

그는 비틀거리며 바위를 돌아 나왔다.

창백하게 질린 얼굴로 쓰러질 듯 몸이 흔들리는 사람은 의외에도 소녀였다.

그것도 아직 스물이 채 되어 보이지 않는 묘령의 소녀.

초원 부족 특유의 짐승 가죽으로 만든 옷을 입고 등에 활과 전통을, 허리춤에는 두 자 길이의 쌍도를 찬 소녀는 오 척 네 치가량의 아담한 체구였고, 건강한 갈색의 피부와 크고 강한 눈매를 갖고 있었다.

검엽은 여전히 나무에 등을 기댄 채 팔짱을 끼고 소녀가 다가서는 것을 지켜보았다.

다가올수록 비틀거리던 소녀의 걸음은 안정되어 갔다.

그리고 검엽의 앞 일 장 떨어진 곳에서 걸음을 멈췄을 때 더 이상 소녀의 몸은 비틀거리지 않았다.

"당신이 백의사신(白衣死神)이라는 분인가요?"

소녀는 어깨에 힘을 잔뜩 주고 척추를 곧추세웠다.

그러지 않으면 금방이라도 허물어져 무릎을 꿇을 것만 같았기 때문이었다.

그녀의 앞에 편안하게 앉아 그녀를 올려다보는 사내의 분위기는 살아오며 한 번도 겪어본 적이 없는 그런 것이었다.

사내의 사이할 만큼 아름다운 외모는 눈에 들어오지도 않았다. 그녀의 심령에 들어오는 사내의 느낌은 전율이라는 말로도 설명이 부족했다.

절대적인 존재감.

그의 앞에 서 있는 것만으로도 그녀는 숨을 쉬기 곤란할 정도의 심리적인 압박을 받고 있었다.

그녀의 전신에 소름이 돋았다.

검엽이 말했다.

"앉아라. 나는 올려다보는 걸 좋아하지 않는다."

묘령의 소녀, 남옥령은 말 잘 듣는 아이처럼 검엽의 앞에 무릎을 꿇고 앉았다.

열다섯 살 이후로는 부모 앞에서도 무릎을 꿇어본 적이 없는 그녀였다. 그런데도 그녀는 자신이 무릎을 꿇었다는 것을 이상하게 여기지 않았다.

그것은 당연했다.

그녀는 자신이 무릎을 꿇고 있다는 것조차 의식하지 못하고 있었던 것이다.

검엽이 물었다.

"백의사신은 무슨 소리냐?"

"공자님께서 혈사풍을 단신으로 궤멸시킨 분이라면 백의사신이 맞습니다."

남옥령의 어조는 정중하기 이를 데 없었다.

"내게 붙은 무명(武名)이로군."

검엽은 쓴웃음을 지었다.

"그렇습니다. 초원의 부족들 사이로 공자님의 무명이 무섭게 퍼지고 있습니다. 아마도 한 달이 지나기 전 공자님의 무명을 모르는 사람은 막북에 없게 될 것입니다."

검엽의 얼굴이 무표정해졌다.

“네가 속한 조직이 손을 쓰고 있기 때문이냐?”

“……!”

남옥령은 일시지간 대답하지 못했다.

정곡을 찔린 것이다.

검엽이 말을 이었다.

“부리그에게서 청랑파에 대항하는 부족들이 있다는 얘기를 들었다. 반청랑파 부족 연합이라던가… 지리멸렬 중이라고 하던데, 너도 그 연합에 속해 있느냐?”

남옥령의 얼굴이 홍시처럼 붉어졌다.

지리멸렬이라니… 받아들이기 어려운 말이었다. 하지만 현실을 너무도 정확하게 표현한 말이기도 했다.

그녀는 들릴 듯 말 듯한 음성으로 대답했다.

“예.”

“이름이 뭐지?”

“남옥령입니다.”

“왜 나를 만나러 왔느냐?”

“…….”

이번에도 남옥령은 대답하지 못했다.

그녀가 검엽을 만나러 온 것은 부족 연합과의 합류를 권하기 위함과 더불어 그에게 부리그가 말한 것의 반이라도 되는 능력이 있는지 눈으로 확인하기 위함이었다.

하지만 검엽과 직접 상대한 그녀는 두 가지 모두를 깨끗하게 포기했다.

　　검엽은 그녀의 재주로는 그 깊이를 잴 수 없는 인물이었고, 합류를 권유할 사람도 아니었던 것이다.

　　차라리 자신들을 이끌어달라고 다리를 붙잡고 애걸해야 할 대상이라면 몰라도.

　　"그 연합 내에서 네 위치가 어떻게 되느냐?"

　　검엽에게서 느껴지는 기세가 왠지 부드러워졌다는 걸 깨달은 남옥령은 안도의 한숨을 내쉬었다.

　　그제야 그녀는 자신이 무릎을 꿇고 있다는 것을 깨달았다. 하지만 자세를 바꾸지는 않았다.

　　부끄럽지도 자존심이 상하지도 않았다.

　　눈앞의 사내에게 자존심 운운한다는 건 말도 안 되는 일이었으니까.

　　"연합을 이끄시는 분이 백부님이세요. 일가 중 청랑파의 악독한 손에 죽지 않은 사람은 백부님과 저 둘뿐이고요."

　　그녀가 설명한 대로라면 연합 내 그녀의 지위는 가볍게 볼 수 있는 것이 아니었다.

　　"네 이름이나 쓰는 용어를 들으면 이곳 말이 아니라 중원의 말이 섞여 있는데 그건 어찌 된 일이지?"

　　"제 부친이 중원인이기 때문이에요. 아버님은 젊은 시절 백부님을 만나 의형제를 맺으신 후 막북에 정착하셨죠. 그리고 어머니를 만나 저를 낳으셨고요."

　　질문을 마친 검엽은 시선을 다시 드넓은 초원으로 옮겼다.

　　흐름은 단순했다.

굳이 남옥령이라고 자신을 밝힌 소녀에게 확인할 필요도 없었다.

청랑파를 무너뜨리고 싶은 세력이 혈사풍을 단신으로 궤멸시킨 그를 원하고 있는 것이다.

그도 이런 흐름을 내칠 이유는 없었다.

청랑파는 빙궁과는 상대하는 방법이 달라야 했다.

빙궁은 근거지를 가진 세력이고 정예가 빙하곡에 모여 있었다. 하지만 청랑파는 일정한 근거지가 없고 정예가 막북 전체에 흩어져 있었다.

빙궁은 일로직진하면 되었다. 만약 빙하곡에 정예가 없었다면 그곳에서 기다리기만 했어도 되었을 것이다. 빙하곡은 빙궁도들의 성지여서 돌아올 수밖에 없었을 테니까.

그러나 청랑파는 그런 장소가 없었다.

그들을 기다릴 곳이 없는 것이다.

더구나 막북은 중원 전체에 비해서도 너비가 그리 뒤지지 않는 광대한 영토였다. 그곳을 헤매며 청랑파를 무너뜨리는 건 지나치게 비효율적이었다.

그렇다면 방법은 하나뿐이었다.

그들을 모아야 했다.

검엽의 시선이 남옥령을 향했다.

"싸울 수 있는 자가 몇 명이냐?"

"칠백 정도예요."

"의지를 말하는 것이 아니다. 노인과 아이, 여자는 빼라."

남옥령이 입술을 깨물었다.

“사… 백 명가량이에요.”

“그들이 이곳까지 오는데 얼마나 걸리지?”

남옥령의 안색이 환해졌다.

“제가 빨리 왔을 뿐 그들도 오고 있는 중이어서 이틀이면 충분할 거예요. 그들이 올 때까지 제가 모실게요.”

팔짱을 푼 검엽은 자리에서 일어났다.

“난 혼자가 편하다.”

그 말을 한 후 검엽은 빠르지 않지만 일정한 특유의 걸음으로 야산을 내려갔다.

방향은 서남쪽이었다.

당황한 남옥령이 검엽을 따라가며 물었다.

“그들이 올 때까지 이곳에 계시는 것이 아니었나요?”

“내가 가는 곳으로 오라고 해라.”

따라오기 싫으면 말라는 어투.

남옥령은 침을 삼키며 재차 물었다.

“어디로 가야 하나요?”

“이금곽락(伊金郭洛).”

벼락이라도 맞은 사람처럼 그 자리에 딱 멈춘 남옥령의 안색은 경악으로 가득 차 있었다.

“그곳은……?”

“늦으면 나를 볼 수 없을 것이다.”

그 말이 끝이었다.

남옥령이 다시 말할 틈도 주지 않고 검엽은 멀어져 갔다.

그녀는 넋이 반쯤 나간 얼굴로 검엽의 등을 보며 중얼거렸다.

"설마… 혈련사(血聯砂)도 혼자서 상대할 생각이시란… 말인가……?"

검엽이 말한 이금곽락은 막북과 중원의 경계인 만리장성 부근에 있는 곳으로, 이곳에서 서남쪽으로 천삼백 리 떨어져 있었다.

그리고 그곳에는,

청랑파의 사대외단 중 하나이며 넷 중 가장 잔혹하다는 평을 받는 일천 명의 마적집단, 혈련사가 있었다.

第五章

천마
검협
전

지난 일백여 년간 막북무림은 평화(?)로웠다.

비록 그 평화가 청랑파라는 거대한 마적집단이 피와 주검으로 강요한 숨죽인 평화였긴 해도 무림세력 간에 규모가 큰 전쟁이 일어나거나 한 적도 없고, 관에서도 시비를 건 적이 없으니 외견상 보기에 평화로웠다고 할 수 있었다.

그런데 그 평화가 한 사람이 일으킨 가공할 폭풍 앞에 무기력하게 무너졌다.

막북무림은 물론이고 무림과 연관이 없는 초원의 부족 사람들은 처음 그 소문을 들었을 때 아무도 믿지 않았다.

단 일인에 의해 청랑파의 사대외단 중 하나인 혈사풍 일천 무사가 한 명의 생존자도 없이 전멸당했다는 소문.

아무도 믿지 않는 것이 오히려 당연한 일이었다.

상식적으로 가능한 일이 아니었으니까.

그러나 하나의 소문이 더해지자 더 이상 사람들은 믿지 않을 도리가 없게 되었다.

혈사풍이 무너진 지 팔 일 후.

청랑파의 사대외단 중 남부를 맡고 있던 혈련사의 근거지 이금곽락(伊金郭洛)이 시산혈해로 뒤덮이며 세상에서 그 이름이 지워졌던 것이다.

혈사풍이 사라지던 때와는 달리 혈련사에는 십여 명의 생존자가 있었다.

그들에 의해 혈련사가 궤멸되던 당시의 상황이 어느 정도는 외부에 전해졌다.

청랑파의 수뇌부가 생존자들에게 함구를 명했기 때문에 그들이 전한 이야기는 그날 상황의 일부에 불과했다. 그러나 그것만으로도 막북무림과 초원은 전율하며 경악했다.

핏빛이 흐르는 백의를 입은 악마처럼 아름다운 사내.

그의 일보에 대기가 뒤틀리고, 대지가 지진을 만난 것처럼 갈라졌다고 했다.

그리고 그의 손이 흔들릴 때마다 적게는 수명에서 많게는 수십 명의 마적들의 몸이 전차에 짓밟힌 토용(土俑)처럼 힘없이 부서지고 으스러졌다는 말도 있었다.

들어도 믿을 수 없는 얘기들이었지만 막북의 공기는 뜨겁게 달아올랐다.

일백 년 동안 막북무림을 피로써 지배해 온 초거대 세력 청
랑파에 단신으로 도전하는 사나이.

어찌 흥분하지 않을 수 있으랴.

사람들 사이에 백의사신이라는 그의 무명이 천리마보다도
더 빠르게 퍼져 나갔다.

그의 무명과 함께 퍼지는 소문에는 그가 지옥에서 온 징벌
자라는 이야기도 섞여 있었다.

그래서 사람들 중에는 그를 백의사신이 아니라 다른 무명으
로 부르는 사람들도 생겨났다.

그들이 만든 백의인의 무명은 듣는 이의 가슴을 뒤흔들었
다.

그들이 만든 무명.

그것은,

천외(天外)에서 날아든 무적(無敵)의 마신(魔神).

천외무적천마(天外無敵天魔)였다.

*   *   *

수흐바타.

북쪽으로 이틀을 달리면 장성 이북에서 가장 거대한 호수인
달라이노 호수가 나오는 초원 북방지역.

어둠이 내린 초원은 대낮처럼 환했다.

수천 개의 빠오가 초원을 가득 메웠고, 빠오와 빠오 사이에

117

수를 헤아릴 수 없이 많은 모닥불과 횃불들이 어둠을 밀어내고 있었다.

빠오들이 들어선 지역을 둘러싸고 해일처럼 일렁이는 것은 일만여 필에 달하는 말들이었다.

말과 사람으로 가득한 평원.

그러나 사방은 쥐 죽은 듯 조용했다.

평원의 중앙.

다른 빠오보다 두 배는 큰 십여 개의 빠오가 거대한 빠오를 호위하듯 원형을 이루며 설치되어 있었다.

중앙 빠오의 주변은 눈빛이 날카로운 일백여 명의 무사에 의해 경호되고 있었는데 분위기가 삼엄했다.

너비가 십여 장에 달하는 빠오의 내부에는 귀한 호랑이의 가죽이 빼곡이 깔려 있었다. 그리고 그 위에 개성이 강한 이십여 명의 인물이 앉아 무거운 음성으로 대화를 나누는 중이었다.

상석에 팔짱을 끼고 앉아 있는 사람은 오십 중반쯤으로 보이는 호남형의 사내.

그는 눈썹이 숯검정처럼 짙고 각진 눈빛이 맹렬했다.

패도적인 기세가 물씬 풍기는 사내, 그가 당대 청랑파의 파주이며 막북무왕(漠北武王)이라 불리는 야율료였다.

그의 우측엔 소자량이 딱딱한 얼굴로 앉아 있었다.

소자량은 칠 일 전 이곳에 도착했다.

그가 지휘하는 순찰당은 이곳에서 동남쪽으로 삼십 리가량 떨어진 운드르의 산속에 있고, 그는 그곳을 떠난 적이 거의 없었다. 극단적으로 중요한 일이 아니라면 파주에게 직접 올리는 보고도 전서구나 인편을 통했다.

야율료도 그에 대해 뭐라 하지 않았다. 그 자신이 한 곳에 오래 머무르는 것을 병적일 정도로 싫어하는 터라 정보와 감찰을 책임지고 있는 소자량이 그에게 오기 위해 쓸데없이 자리를 비우는 것은 비효율적이라는 걸 잘 알고 있었기 때문이다.

어쨌든 이번에 소자량은 운드르를 떠나 마침 근처에 머무르고 있는 야율료를 직접 찾아와야만 했다. 그만큼 최근 그의 손에 들어온 정보의 무게는 무거웠다.

이 자리에 있는 사람들은 청랑파 자체라고 말해도 과언이 아닌 요인들이었다.

야율료의 정면에 앉아 있는 아홉 명은 사대외단 중 북방을 맡고 있는 혈수애(血手涯)의 주인, 다우르와 서방을 맡고 있는 혈호강(血湖崗)의 주인 마오를 비롯해서, 평소에는 마적으로 활동하지만 유사시에는 파주 직속의 전투집단으로 편성되는 청랑오단주들이었다.

그리고 야율로를 중심으로 반원형을 그리며 그의 뒤에 앉아 있는 열 명은 개개인의 무력이 사대외단주와 청랑오단주를 넘는다는 파주의 호위군 청랑십조였다.

청랑십조는 파주의 그림자나 다름없는 이들이어서 이 자리에 있는 것이 하등 이상할 바 없었지만 다른 사람들은 이 자리에 있을 리 없는 자들이었다.

그들이 지금처럼 한자리에 모이는 것은 일 년에 한 번, 야율료의 생일 때뿐이었다.

야율료가 청랑파의 파주로 추대된 이후 이십여 년 동안 모임의 주기는 변한 적이 없었다. 그들이 모일 만큼 중대한 일이 벌어진 적이 없었던 것이다.

야율료의 생일이 이미 지났음에도 그들이 모였다는 것은 그만큼 중대한 일이 일어났다는 것과 같은 의미였다.

오늘의 모임은 소자량이 이곳에 온 후 처음으로 이루어졌다.

그가 확보한 정보를 종합하여 야율료에게 보고한 직후 야율료는 각지에 퍼져 있던 수뇌부의 소집을 청랑지존령을 들어 명했다.

청랑지존령이 발동하면 그것을 받은 자는 그 즉시 모든 것을 중단하고 전 세력을 이끌고 파주가 있는 곳으로 와야 했다.

다우르 등 수뇌는 쉬지 않고 이곳으로 왔다. 그런데도 그들이 전부 모이는 데는 칠 일이 걸렸다. 그들이 막북 전역에 흩어져 있었기 때문이다.

한일 자로 입을 꾹 다물고 좌중을 둘러보며 생각에 잠겨 있던 야율료가 소자량을 보며 말했다.

"소 당주."

"예."

"그대가 이곳에 올 때 가지고 왔던 보고서는 모두가 보았다.

그런데 그 보고서에 담겨 있는 것은 혈사풍과 혈련사가 무너졌다는 내용과 백의사신이라는 자에 대한 간략한 내용뿐이었어. 그 이후에 순찰당에 심각한 정보들이 속속 들어왔다는 말을 들었다. 모두가 지금의 상황을 정확하게 파악할 수 있도록 이 자리에서 최근 들어온 정보들에 대해 보고하라.”

소자량이 고개를 숙였다.

“알겠습니다, 파주님.”

소자량은 자리에서 일어났다.

그의 눈이 새파랗게 빛이 났다.

좌중에 있던 사람들의 마음이 무겁게 가라앉았다.

소자량이 목에 칼이 들어와도 웃을 수 있을 만큼 감정 조절 능력이 뛰어나다는 것을 모르는 사람은 이 자리에 아무도 없었다.

그런 소자량의 눈에 드리워진 긴장과 두려움의 빛.

그들이 가볍게 여기지 못하는 것은 당연했다.

소자량은 길게 숨을 내쉬어 긴장을 털어내며 말문을 열었다.

“보고서를 읽으셨으니 그자에 대한 개략적인 것은 다들 알고 계시리라 믿습니다. 솔직히… 제가 정리한 보고서이긴 하지만 저 또한 그 보고서의 내용을 전부 믿는 것은 아닙니다. 혈사풍과 혈련사가 단 한 명에게 전멸당했다는 건 있을 수 없는 일이니까요. 게다가 현장에서 그자를 목격한 자들은 정신이 온전치 못하여 나오는 말들이 횡설수설에 가까우니 더욱

믿기 어렵지요."

잠시 말을 끊고 마른 입술을 혀로 슬쩍 축인 그가 말을 이었다.

"문제는 그가 혈사풍과 혈련사를 패배시켰다는 것에 있지 않습니다. 지금 막북에서 벌어지고 있는 일에 비한다면 그들의 패배는 오히려 작은 일이라고 할 수 있습니다."

소자량은 전멸이라는 말을 패배라는 말로 대체했다. 그것은 한 명에 의해 두 외단이 무너졌다는 것을 믿지 못하겠다는 그 나름의 우회적인 표현이었다.

귀를 기울이고 있던 자들 중 얼굴 전체가 구레나룻으로 뒤덮인 다우르의 굵은 눈썹이 구렁이처럼 꿈틀거렸다.

"혈사풍과 혈련사의 패배가 작은 일이라고?"

노기가 서린 음성이었다.

당연한 반응이었다.

두 세력은 그가 이끌고 있는 혈수애와 함께 사대외단에 속해 있었으니까.

하지만 소자량의 얼굴엔 전혀 변화가 없었다.

그는 다우르의 눈을 정면으로 받으며 일말의 망설임도 없이 고개를 끄덕였다.

"그렇소."

순찰당주의 지위는 사대외단, 청랑오단과 동격이다.

마오가 다우르에게 진정하라는 눈짓을 하며 끼어들었다.

"설명을 계속해 보시오. 이해하기가 쉽지 않소이다."

소자량의 말이 계속되었다.

"혈련사의 패배 이후 막북에 불온한 기운이 감돌기 시작했습니다. 그동안 본 파의 힘에 숨죽이고 있던 자들의 시선이 그에게 모이고 있다는 징후가 순찰당의 이목에 속속 포착된 것입니다. 시선만 모이는 것이 아닙니다. 그자의 주변에 모여드는 초원 부족들의 수가 무시할 수 없을 정도입니다."

그의 음성이 조금씩 고조되었다.

"혈련사가 무너지고 이제 칠 일밖에 지나지 않았는데도 그를 따르는 자들의 수가 벌써 육천을 넘었다고 합니다. 그리고 그 수는 날이 갈수록 더 빠르게 불어나고 있습니다. 만약 이대로 방치한다면 한 달이 지나기도 전에 그가 몇만을 거느리게 될지 누구도 장담할 수 없을 것입니다."

사람들의 안색이 납덩이처럼 굳어졌다.

칠 일 만에 육천이 모여들었다는 말 때문이었다.

막북의 역사상 유례가 드문 일이 아닌가.

"이런 일은 일백 년래에 단 한 번도 없었습니다."

소자량은 그 말을 끝으로 짧은 보고를 마감했다.

야율료는 팔짱을 끼고 있던 팔을 풀어 손바닥을 허벅지에 올려놓았다.

그의 분위기가 장중해졌다.

사람들의 시선이 일제히 그를 향했다.

"지금부터 회의는 청랑파가 아닌 막북 총단의 회의로 전환하겠다."

도끼를 내려치는 것처럼 냉철하고 강한 어조.

사람들은 굳은 얼굴로 고개를 숙여 야율료의 말을 받았다.

야율료가 소자량을 일별한 후 말을 이었다.

"소 당주가 작성하여 자네들에게 나눠 준 보고서에 들어 있지 않은 내용이 있다."

야율료의 음성은 누구나 느낄 수 있을 정도로 가라앉아 있었다. 장내에 완연한 긴장이 내려앉았다.

"빙궁에 파견되어 있던 북해 지단이 전멸했다. 백웅천과 공야승은 물론, 수하들 전부 사망한 것으로 확인되었고, 빙궁은 봉문했다."

경악이 폭풍처럼 좌중을 휩쓸었다.

개중에는 입을 딱 벌린 사람들도 여럿이었다. 그만큼 충격이 컸던 것이다.

북해 지단은 막북 총단의 관할하에 있지만 총단의 지시를 받지 않고 독자적으로 움직이던 조직이었다. 그리고 그들에 속한 자들은 하나같이 고르고 고른 정예였다.

그러나 그들의 경악은 너무 빨랐다. 이어진 야율료의 말은 그들에게 경악을 넘어 위기감을 불러일으켰다.

"빙궁을 봉문시키고 북해 지단을 전멸시킨 자의 인상착의가 혈사풍과 혈련사를 무너뜨린 자와 흡사하여 둘이 동일인일 수도 있다는 것이 소 당주의 판단이다."

"그럴 수가……."

누군가의 입에선가 신음과도 같은 중얼거림이 흘러나왔다.

"본좌는 소 당주의 판단이 옳을 가능성이 있다고 본다. 혼자였다는 것, 그리고 개인이 발휘할 수 없는 가공할 신위를 보여주었다는 것. 이런 자가 동시에 둘이 나타나기는 어려우니까. 설령 빙궁에 나타난 자와 지금 우리 근처에 있는 자가 동일인이 아니라 해도 그자를 처리할 적절한 방안이 필요하다는 데는 그대들도 동의할 것이다. 현재는 위기라고까지 할 상황은 아니지만 그자와 초원의 부족 간 결탁이 굳건해지면 그때는 위기가 된다. 그전에 그자를 제거하거나 나포해야 한다. 의견이 있는 사람은 말하라."

전장에서는 광포하기로 유명하지만 생각은 단순한 편인 마오가 말했다.

"그자를 암살해 버리는 것은 어떻겠습니까?"

대답은 야율료가 아닌 소자량이 했다.

그는 들릴 듯 말 듯 가는 한숨을 내쉬며 대답했다.

"그렇게 하기에는… 저는 이미 암살을 시도하기에는 실기(失期)했다고 봅니다. 순찰당의 보고에 의하면 저들도 그 가능성을 염두에 둔 때문인지 그자 주변에는 항상 육천여 명 전원이 만든 십여 겹의 인의 장막이 쳐져 있습니다. 그자를 죽이기 위해서는 육천 명의 경계를 뚫고 들어가야 한다는 얘깁니다. 뚫고 들어간다고 해서 그를 죽일 수 있다고 확신할 수 있는 것도 아닙니다. 그에 대한 정보가 과장이 심한 편이긴 하나 그가 추측하기 어려운 무공을 소유한 절대고수라는 사실 자체는 부인할 수 없기 때문입니다. 그가 북해 지단의 백응천 단주와 공아

125

부단주, 그리고 빙궁주 발로르를 죽인 자라는 걸 간과해서는 안 됩니다. 저는 그에 대한 암살 시도가 성공할 가능성은 일푼도 되지 않는다고 생각합니다."

마오는 이맛살을 찌푸릴 뿐 더 이상 말을 하지 못했다.

소자량의 분석은 타당했다.

마오와 소자량의 대화를 듣고 있던 다우르가 말했다.

"단주님, 지난 일백여 년을 돌이켜 보면 본단과 초원 부족 사이에 다툼이 생기는 경우 요 황조는 개입을 한 적이 없었습니다. 하지만 그것은 다툼의 규모가 크지 않았기 때문입니다. 이번처럼 초원 부족이 대규모로 모이고 저희 또한 대규모로 저들을 맞아 싸우게 되면 요 황조가 개입할 수도 있습니다. 이것은 사전에 살펴보아야 하지 않을까 싶습니다."

야율료의 입가에 미소가 번졌다.

올바른 지적이었다.

그가 말했다.

"그 부분은 내가 손을 쓰지. 본단의 수하들을 해한 자다. 우리가 아닌 그 누구도 그자에게 죄를 물을 자격을 갖고 있지 않다."

다우르는 만족한 듯 스산하게 웃으며 고개를 숙였다.

야율료가 좌중을 돌아보았다.

다우르 이후 입을 열려고 하는 자는 아무도 없었다.

그는 더 이상 말을 할 의사가 보이지 않는 수하들의 속 생각이 자신의 결심과 다르지 않다는 것을 알 수 있었다.

청랑파가 막북 총단이 된 것은 오십여 년 전의 일이다.

야율씨의 피를 이은 청랑파의 후계자는 태어나자마자 모처로 보내져 총단주로서의 수련을 하고 사십 세가 되었을 때 총단주로 취임하여 청랑파를 이끌어왔다.

이런 과정도 야율료가 단주로 취임한 후로는 바뀌었다. 그의 가족은 중원에 있었다.

오십 년 전부터 야율 가문에게 막북은 태어난 곳이라는 것 이상의 의미를 갖지 못하는 파견지에 불과했고, 이십 년 전부터는 태어난 곳이라는 의미마저 잃었다.

이 사실은 이 자리에 앉아 있는 사람들만이 아는 절대적인 비밀이었다.

그들 또한 십 세 이전의 어린 시절 회유되었으며, 야율씨와 마찬가지로 모처로 보내져 수련을 받고 돌아와 청랑파의 요직을 맡았다.

그들이 야율씨와 다른 점이라면 그들은 대를 잇지는 않는다는 것뿐이었다.

그들의 수련은 무공과 더불어 거대 세력의 경영방법에 대한 것이 주된 것이었고, 세력을 이끌 수 있는 역량에 대한 수련도 집중적으로 받았다.

그래서 그들이 지닌 여러 소양은 중원의 어떤 세력 수뇌부와 견주어도 뒤지지 않았다.

그러나 수련을 마치고 돌아온 지역이 막북이며, 그들의 휘하에 있는 자들은 마적이었다.

　이들과 오랜 시간 호흡을 같이 하면서 그들의 성향이 조금씩 마적들과 비슷해지게 된 것은 피할 수 없는 일이었다.

　마적들은 힘을 숭상한다. 그리고 자신들의 발아래 처참하게 쓰러진 자들의 피를 마시고 쓰러진 자들의 모든 것을 약탈하며 자신들의 힘을 만끽하려 한다.

　그리고 피해를 입으면 그 열 배 백 배로 보복한다.

　청랑파의 수뇌부의 기질은 마적화되어 있었다.

　야율료는 강하게 고개를 끄덕였다

　그의 손이 잠시 허리춤에 닿았다.

　'이것을 곡에 보내 그분들을 근심하게 만들 필요는 없다. 그자가 악마와 같은 능력을 가진 자라 할지라도 막북의 초원에서 한 줌 흙으로 스러질 테니까.'

　그의 품에는 소자량이 보냈던 빙궁의 멸망과 혈사풍, 혈련사의 붕괴에 관한 보고서가 들어 있었다.

　그가 눈을 빛내며 말문을 열었다.

　"전 세력을 모아라. 기한은 보름. 준비되는 즉시 그자를 치겠다."

　사람들의 눈이 살기로 번들거리며 빠오 안의 공기가 뜨겁게 달아올랐다.

　"소 당주."

　"예, 단주님."

　"그자의 진로를 파악하라. 그리고 우리에게 대항하는 것이 얼마나 어리석은 짓인지 뼈저리게 깨달을 수 있는 최적의 전

128

장을 고르도록 하라.”

“알겠습니다.”

야율료의 입가에 살기가 진득하게 묻어나는 비릿한 미소가 떠올랐다.

“그자를 따르는 자들이 그자를 막북의 희망, 초원의 신이라 부른다고 했던가?”

“그렇습니다.”

“그럼 우리는 신을 죽이고 희망을 꺾는 사람들이 되겠군, 으하하하하!”

빠오가 들썩일 정도로 큰 웃음.

장내에 있는 자들도 크게 웃기 시작했다.

그들이 이끌고 있는, 그리고 앞으로 모여들 수하들의 총수는 삼만에 달했다.

가히 소국 하나를 무너뜨릴 수 있는 전력.

그들은 자신들의 승리를 믿어 의심치 않았다.

통쾌한 웃음소리는 오랫동안 계속되었다.

＊　　　＊　　　＊

하탄볼락.

이금곽락에서 서북방으로 이천 리를 올라가면 나오는 지역.

두두두두두두두.

오와 열을 맞춘 팔천 필의 말이 속보로 전진하며 내는 말발굽 소리가 천지를 진동시켰다.

초원을 가득 채우며 파도처럼 밀려가는 거대한 무리는 일대 장관이었다.

눈처럼 흰 백마를 탄 검엽은 그곳에 있었다.

그처럼 말을 타고 있는 팔천여 명의 초원 부족 전사들에게 둘러싸인 채.

팔천여 필의 말은 중앙을 중심으로 사방진의 형태를 구성하고 있었다.

중앙에 있는 사람은 당연히 검엽이었다.

그와 말 한 필 떨어질 정도의 뒤편 오른쪽엔 부리그가 왼쪽에는 남옥령이 따르고 있었다.

그리고 검엽의 옆에는 그와 말머리를 나란히 하고 달리는 중년의 호한이 있었는데, 그가 남옥령의 숙부이자 반청랑파 부족 연합을 이끄는 타루가였다.

타루가는 눈빛에 흔들림이 없고, 입술과 턱선이 완강해서 누가 봐도 의지가 강하다는 것을 알 수 있는 사람이었다.

그는 외모만큼이나 강한 성격의 소유자라는 평을 받았고, 쉽게 타인을 칭찬하지 않는 것으로도 악명(?)이 높았다.

그래서 가끔 검엽을 흘깃거리는 그의 시선에 어린 경외감은 그가 검엽을 얼마나 높이 평가하고 있는지 단적으로 알 수 있게 해주는 것이었다.

검엽과 타루가, 부리그와 남옥령을 둘러싼 사람들은 대략

이십여 명이었는데 기도가 남달랐다.

그들은 청랑파에 멸망당한 부족의 생존자들을 이끄는 수뇌격인 인물들로, 타루가와 함께 반청랑파 부족 연합을 결성하여 청랑파의 마적들을 괴롭히며 초원을 떠돌다가 이곳까지 오게 된 사람들이었다.

사람으로 이루어진 장막을 뚫고 삼십대의 사내가 남옥령에게 다가왔다.

그는 남옥령에게 작은 음성으로 속삭이듯 몇 마디를 전했다.

그 말을 듣는 남옥령의 안색이 파리하게 변했다.

사내가 장막 밖으로 사라진 후 남옥령은 말의 속도를 높여 검엽과 타루가와 말머리를 나란히 했다.

그녀가 굳은 얼굴로 말했다.

"공자님, 야율료가 이끄는 청랑파의 무리들이 테르긴차 대평원에 진영을 구축하기 시작했다는 소식입니다. 그리고… 그곳으로 달려가는 자들의 수가 목격된 것만 삼만여 명에 육박한다고 합니다."

타루가는 물론이고 거리를 두고 귀를 기울이던 부리그의 안색도 남옥령과 비슷해졌다.

타루가가 신음처럼 중얼거렸다.

"삼만……."

남옥령이 그의 말을 받았다.

"타루가 칸, 여러 곳의 정보를 취합해서 판단한 것이기에 정

확한 숫자는 아니랍니다. 하지만 수백의 오차는 있어도 크게
차이는 나지 않을 거라고 합니다.”

검엽을 힐끗거리며 말을 잇는 그녀의 음성은 어두웠다.

그럴 만도 했다.

현재 검엽을 따르는 초원 부족의 전사들 수는 팔천.

전원이 말을 타고 있으니 결코 약하다고 할 수 없는 전력이
다.

그러나 청랑파와 비교할 수는 없는 전력이었다.

전사들의 질적 차이가 너무 컸다.

이곳에 모인 사람들은 남옥령이 유일한 여자일 뿐 전부 십
대 후반에서 오십대 초반의 사내들이다.

검엽이 아이와 노인, 여자는 허락하지 않았기 때문이었다.

그들은 사냥을 업으로 삼는 초원의 전사들이기는 했다. 그
러나 그들 중 구 할 이상이 정식으로 무공을 배운 적이 한 번도
없는 사람들이었다.

사냥을 하며 얻은 체력과 임기응변, 놀라운 기마술과 궁술,
기본적인 무기술을 고려해도 그들 개개인의 무력은 무림의 삼
류 수준을 간신히 벗어날 정도에 불과했다.

그에 반해 청랑파의 마적들은 최하 이류 이상의 무인들이었
다.

그들은 일백 년에 걸쳐 전승된 무공을 익히고 있었고, 약탈
하지 않는 시간을 오직 수련으로 보낸 자들이었다.

성향과 경험도 큰 차이가 있었다.

검엽의 주변에 모인 초원 전사들은 대규모 전투를 경험해본 사람이 전무하다시피 했으며, 성격이 단순하고 순후한 편이었다.

반복되는 대규모 약탈로 인해 심신이 단련된 마적들과는 하늘과 땅만큼이나 다른 사람들인 것이다.

전쟁에서 이기려면 높은 사기가 필수적인 요소이기는 하지만 높은 사기라고 해도 반드시 승리를 가져다주지는 않는다.

아무리 사기가 높아도 세 배가 넘는 수의 적을 상대로, 그것도 개개인의 무력 차가 압도적인 열세에 있는 이런 유형의 전쟁을 승리로 이끄는 것은 불세출의 명장이라도 불가능에 가까운 일이었다.

그리고 이곳에는 불세출의 명장도 없는 것이다.

타루가와 부리그, 남옥령은 검엽만을 보았다.

검엽을 믿고 모여든 사람들이었다.

혈사풍과 혈련사를 단신으로 궤멸시킨 초원의 신.

그에 대한 신뢰가 팔천을 불러 모았고, 지금도 하루에 수백 명이 넘는 초원의 전사들이 모여들고 있었다.

그들의 기대에 찬 눈길을 한 몸에 받으면서도 검엽은 말이 없었다.

그는 묵묵히 말의 움직임에 자신의 몸을 맡기고 있을 뿐이었다.

타루가는 그런 검엽을 잠시 응시하다가 부리그와 남옥령에게 고개를 돌렸다.

남옥령의 연락을 받고 휘하세력과 함께 검엽을 처음 만난
후 지금까지 타루가는 검엽의 음성을 단 한 번 들었다.

'검엽이오… 라고 하셨었지.'

타루가는 내심 쓰게 웃었다.

그게 다였다.

그후 지금까지 검엽은 침묵을 지키고 있었다.

마치 그를 중심으로 벌어지고 있는 일들이 자신과 아무런
관계도 없기라도 한 사람처럼, 일체의 간섭도 하지 않으면서.

타루가의 이마에 굵은 주름살 여러 개가 생겨났다.

아무리 생각해도 삼만의 대적과 정면으로 부딪쳐서는 승산
이 없었다. 검엽이라는 믿기지 않는 절대초강고수와 함께한다
는 전제를 깔고서도 결과는 마찬가지로 나왔다.

청랑파의 파주도 변황오패천의 일익을 차지하고 있는 절대
고수였고, 그에게는 아직도 건재한 두 개의 외단과 청랑오단,
그리고 청랑십조라는 절세고수들이 있었다.

검엽의 능력을 직접 본 적이 없는 그는 부리그에게 전해 들
은 것을 토대로, 검엽이 청랑파의 수뇌부와 대등한 싸움만을
해도 최선이라 판단하고 있었다.

자신이 그렇게 판단하는 것만으로도 그는 내심 황당해했다.

생각해 보라.

중원을 석권하고 있는 구주삼패세의 주인들, 천공삼좌에 비
견된다는 막북무왕 야율료와 수뇌 이십여 명을 단신으로 상대
할 수 있다는 판단이 얼마나 비현실적인 것인가를.

그러나 그는 그 비현실적인 판단을 믿었다. 그 판단이 팔천을 모이게 한 힘이었기 때문이다.

그가 흔들리면 청랑파를 무너뜨릴 수 있는 이런 기회는 영원히 다시 오지 않을 터였다.

'해내야 한다.'

타루가는 입술을 깨물었다.

수뇌를 제외한 삼만의 마적들은 그와 반청랑파 부족 연합이 맡아야 했다.

그는 주변을 돌아보았다.

지금까지 그와 생사고락을 함께했던 이십여 명의 연합 수뇌가 귀를 기울이며 그를 보고 있었다.

그는 그들의 면면을 보다가 두 사람을 불렀다.

"부리그, 타바란……."

"예."

부리그와 사십대 중반의 기세가 사나운 장년인이 말을 타루가의 옆으로 붙였다.

삼십대 후반의 타바란은 이십여 명의 부족 수뇌 중 독보적인 무력과 용맹함을 갖춘 사람이었다.

타루가가 강한 눈빛으로 그들을 보며 말했다.

"테르긴차에 도달하기 하루 전에 너희들에게 각기 삼천의 전사를 줄 테니 그들의 측면을 쳐라."

부리그가 조금 걱정스러운 표정으로 물었다.

"육천이 빠지면 저들이 금방 알아차릴 겁니다. 청랑파의 이

목이 얼마나 무서운지는 칸도 잘 아시잖습니까.”

타루가는 고개를 끄덕였다.

“잘 안다. 하지만 해내야만 한다. 그리고 지금과 같은 속도로 전사들이 합류해 주면 육천을 떼어내도 오천은 남게 될 거다. 정면으로 삼만과 싸워서는…….”

타루가는 말끝을 흐리며 검엽을 한 번 보았다.

말을 하고 있지 않지만 검엽도 귀가 있으니 그들의 대화를 다 듣고 있을 것이 분명했다.

더구나 그와의 거리는 불과 일 장.

검엽의 앞에서 패배라는 단어를 입에 올릴 수는 없었다.

부리그와 타바란의 얼굴이 굳어지고 분위기가 무거워졌을 때였다.

“우회는 하지 않는다.”

감정이 실려 있지 않은 낮은 음성이 사람들의 귀를 파고들었다.

놀란 사람들이 검엽에게 시선을 집중했다.

검엽의 눈이 타루가의 눈을 스쳐 지나갔다.

그는 시선을 정면으로 향한 채 무심한 어투로 말을 이었다.

“이대로 간다.”

아무런 감정도 실려 있지 않았지만 그 단호함만은 듣는 이들에게 온전히 전해졌다.

타루가는 당혹과 기쁨이 뒤섞인 표정이 되었다.

학수고대하던 검엽의 목소리를 들었다는 기쁨과 이해할 수 없는 지시에 당황한 마음이 그대로 얼굴에 드러난 것이다.

타루가가 진중한 자세로 검엽의 말을 받았다.

"말씀하신다면 따르겠습니다. 그런데 저희가 아둔하여 공자님의 뜻을 이해하기 어렵습니다."

검엽은 남옥령을 일별한 후 타루가에게 시선을 주며 말했다.

"무인들의 집단을 상대로 일반 병법을 구사하는 건 자살행위다. 전장에서 죽는 것은 전사의 숙명이자 영광이라 생각하는 그대들의 전통을 나 또한 모르지 않는다. 하지만 죽음도 죽음 나름. 죽을 때 죽더라도 싸워는 보고 죽어야지. 나는 그대가 수천 명을 의미없는 개죽음으로 몰아넣는 걸 보고 싶지는 않다."

타루가를 비롯한 사람들은 직설적인 검엽의 화법에 당황했다.

검엽의 말은 타루가를 모욕하는 것이었다.

그러나 당사자인 타루가는 화가 나지 않았다. 오히려 자신의 결정이 지나치게 경솔했다는 것을 깨달았다.

그는 십여 년 동안 반청랑파 부족 연합을 이끌 만큼 탁월한데가 있는 인물이다. 검엽의 말뜻을 알아듣기는 어렵지 않았다.

검엽은 따로 병력을 떼어내 우회시키면 청랑파와 싸우지도 못하고 전멸당할 것이라 말하고 있었다.

그는 전신을 훑어 내려가는 오싹함에 전율했다.

그동안 그가 싸운 상대는 청랑파의 변경에서 활동하는 자잘한 마적단들이었다.

몇 차례의 흥분되는 승리도 거두었었다.

그러나 그에게 패했던 마적단들은 청랑파의 정예가 아니었다. 청랑파라는 이름으로 불리기엔 너무 부끄러운, 잔챙이라는 말이 어울리는 자들이었다.

만약 청랑파의 정예와 부딪쳤다면 연합은 벌써 세상에서 그 이름이 지워졌으리라.

그는 지금 자신의 앞에 기다리는 자들의 능력을 예전에 상대했던 자들과 엇비슷하다는 가정하에 움직이려 했던 것이다.

검엽이 남옥령에게 불쑥 물었다.

"테르긴차 대평원까지 얼마나 걸리느냐?"

갑작스런 질문에 놀란 남옥령이 흠칫한 표정으로 대답했다.

"이 속도로 진군하면 사흘이에요."

검엽은 타루가에게 시선을 돌렸다.

"닷새 후 도착할 수 있도록 속도를 늦춰라. 충분한 휴식을 취하며 움직이도록."

시선을 정면으로 돌린 검엽은 허리를 세웠다.

그의 입술이 벌어지며 나직한 음성이 흘러나왔다.

"그대들이 적과 죽음을 두려워하지 않는다면… 약속하겠다. 살아남은 전사들은 청랑파의 일백 년 역사가 테르긴차 대평원에서 종말을 고하는 것을 볼 수 있게 되리라."

그의 음성은 작았지만 팔천 필의 말이 내는, 천지를 진동시키는 말발굽 소리를 단숨에 침묵시켰다.

대지를 울리며 퍼져 나간 음성.

그 음성에 담긴 힘은 가공할 기세로 초원의 전사들이 간직한 투혼을 자극했다.

타루가는 물론이고 그의 말을 들은 사람들은 자신도 모르게 주먹을 움켜쥐었다.

검엽의 음성은 무심하기 이를 데 없었는데도 기이할 정도로 듣는 이의 심장을 뛰게 만들었다.

사람들의 눈에 불꽃 하나가 심어졌다.

그들은 무기를 든 손을 하늘로 치켜올렸다.

"우와아아아아아아아!"

대초원을 떨어 울리는 거대한 함성이 터져 나왔다.

함성은 시간이 흐를수록 잦아들기는커녕 더욱 커져만 갔다.

긴 세월 동안 숨죽이며 살아야 했던 사람들의 절절한 기대와 희망이 그 함성과 함께 초원을 뒤흔들었다.

第六章

천
마
검
섭
전

테르긴차 대평원.

사방을 돌아보아도 작은 구릉 하나 보이지 않았다.

광막(廣漠)하다는 말이 어울리는 곳이었다.

빠오 안의 야율료는 느긋하게 앉아 활짝 열린 문밖의 풍경
에 시선을 주고 있었다.

그의 눈에 어린 빛은 곧 마주칠 대살육에 대한 기대와 농밀
한 흥분이었다.

"소 당주."

그의 우측에 앉아 있던 소자량이 머리를 조아렸다.

"예."

"그자들이 언제 이곳에 도착하겠나?"

"이틀 후입니다. 본래는 오늘쯤 이곳에 도착해야 했는데 사흘 전부터 그자들의 이동 속도가 느려져서 늦어지고 있습니다."

"본 파의 수하들은 다 모였나?"

"오늘 달이 중천에 뜨기 전에 소집은 완료될 것입니다."

"차질은?"

"저들이 훼방을 놓았다면 차질이 생길 수도 있었을 것입니다만 그런 시도를 하지 않으니 문제가 생길 일은 없을 것입니다."

"좋군."

고개를 끄덕인 야율료가 다시 물었다.

"그 백의사신이란 자를 따르는 자의 수가 얼마라고?"

"일만을 조금 넘습니다."

"그래……."

야율료의 입가에 스산한 미소가 떠올랐다.

그가 말했다.

"그자들이 병력을 나누지 않았다고 했지?"

"그렇습니다."

"머리를 달고 있다고 생각이라는 걸 할 줄은 아는군."

소자량의 눈가에 보일 듯 말 듯 어두운 그림자가 드리워졌다.

"하좌는 아쉽습니다. 나뉘진 병력을 각개격파할 수 있는 기회였으니까요."

"후후후, 미련은 어리석은 자들이나 갖는 것이야."

야율료는 너털웃음을 터뜨렸다.

마치 봄바람을 쐬기 위해 산보를 나선 자의 입에서나 나을 법한 여유있는 웃음이었다.

웃음 때문일까.

그는 지난 일백여 년을 통틀어 가장 거대한 규모의 전쟁을 앞에 두고 있는 사람 같지가 않았다.

그가 말했다.

"달리 보면 더 좋은 일이다. 일만의 시신을 볼 수 있는 기회이니까."

살육의 광기가 진득하게 묻어났다.

소자량은 오싹한 느낌에 가늘게 몸을 떨었다.

'막북의 거친 바람이 총단주의 성격을 바꾸어놓았다. 중원에 계실 때는 그처럼 기품있던 분이 피에 굶주린 이리처럼 변했구나.'

그는 입술을 깨물며 말했다.

"총단주님, 말씀드릴 것이 있습니다."

"무언가?"

"싸움이 시작되었을 때 백의사신이라 불리는 자와 다른 자들 사이를 떨어뜨려 놓아야 합니다. 저는 외단의 두 단주와 청랑오단주 전부가 그자를 맡아야 한다고 생각합니다."

야율료는 눈살을 찌푸렸다.

"일곱이 하나를?"

삼만이 한자리에 모이고 있었다.

일곱이 지휘를 포기하고 한 사람을 상대하게 되면 지휘계통이 흐트러질 가능성이 있었다. 그러면 싸움의 양상은 난전으로 흐를 수도 있는 것이다.

소자량이 망설임없이 대답했다.

"그렇습니다."

"자네는 정말 그자가 혈사풍과 혈련사를 단신으로 궤멸시켰다고 믿는 건가?"

"그렇지는 않습니다. 연합의 다른 자들이 그를 도왔겠지요. 하지만 그 자신이 절대고수이거나 그에 근접한 자일 가능성을 배제할 수는 없다고 봅니다."

"자네는 그자를 정말 높게 평가하는군."

"싸움이 시작되는 시점에 그자를 묶어두지 않으면 희생이 커지지 않을까 우려되기 때문에 드리는 말씀입니다."

"흠……."

야율료는 눈을 감았다.

소자량의 의견도 일리가 있었다.

만약 백의사신이라는 자가—그는 절대로 그럴 수 있으리라고 믿지 않았지만— 그 자신에 근접하는 무위의 소유자라면 그자를 날뛰게 내버려 두었을 때 희생은 커질 수밖에 없었다.

그러나 야율료는 칠 개 단의 단주가 한 명을 상대하는 것이 영 마뜩잖았다.

상대가 아무리 강하다 해도 일곱 명이 그를 맡는 건 과했다.

그들 일곱의 연수합격이라면 그도 승리를 자신할 수 없을 정도였으니까.

더구나 그들의 숫자는 적의 세 배였고, 질적 차이는 비교하는 것이 우스운 상황이었다.

그들 삼만은 최하 이류 이상의 무공을 익힌 데다가 수련과 실전 경험이 적절하게 결합된 진정한 무사들이었다. 그에 반해 적은 사냥이나 하던 초원의 어중이떠중이들이 아닌가.

단숨에 일만을 쳐죽이고 삼만으로 백의사신을 밀어버린다면 그가 설령 신이라 할지라도 죽을 수밖에 없었다.

이번 전쟁은 복잡할 게 하나도 없는, 단순함의 극치라 할 수 있는 싸움이었다.

마음을 정한 야율료는 고개를 저었다.

"소 당주의 우려하는 바가 무엇인지 모르지 않지만 그럴 필요는 없을 듯하다. 그대가 걱정하는 부분은 대제사장 카주린이 충분히 제어할 수 있다."

카주린은 청랑오단의 제일단을 맡고 있는 여인으로, 청랑파의 대제사장을 겸하고 있었다.

청랑파를 이룩한 야율덕휘로부터 전해진 무공은 순수한 무공 분야와 사술(邪術) 분야로 나뉘어져 있었다.

야율덕휘는 막북에 전승되는 사술을 집대성하여 사법(邪法)의 무공 체계를 세워 후세에 전했다.

그가 사술에 주목한 것은 그것이 청랑파의 막북 지배에 필수불가결한 역할을 할 수 있다는 것을 일찌감치 알아차렸기 때문이었다.

그렇게 확립된 청랑파의 사술은 자연의 사물을 신격화하여 믿는 유목민 특유의 신앙과 연결되어 청랑파에 대한 공포를 배가시키는 역할을 해왔다.

소자량은 야율료의 의견에 동의하지 않았다. 하지만 더 이상 의견을 개진할 수 있는 분위기는 아니어서 묵묵히 귀를 기울였다.

그는 음습한 살기가 어린 미소를 지으며 말을 이었다.

“이 싸움은 도륙으로 시작해서 도륙으로 끝날 싸움. 힘으로 밀어버린다.”

결론이 났다.

소자량은 입술을 깨물며 고개를 숙였다.

그는 의견을 제시하는 자이지 결정하는 자가 아니다.

수장이 결정을 내리면 따라야 하는 것이다.

그러나 그의 마음 한구석을 차지한 불안은 시간이 갈수록 커져 가고 있었다.

'총단주님의 말씀이 옳다는 것을 알면서도 왜 이렇게 마음이 불안한 것일까. 정말 예감이… 좋지 않구나.'

바닥을 향한 소자량의 낯빛은 무거웠다.

*　　*　　*

이틀 후 정오.

　구름 한 점 보이지 않는 청명한 하늘에 노란 태양이 이글거리며 열기를 뿜어냈다.

　검엽과 함께 연합의 일만 전사들은 햇빛을 온몸으로 받으며 테르긴차 대평원에 진입했다.

　그리고 해가 서편으로 기울 무렵 대평원의 중심부를 코앞에 두었을 때, 검엽을 제외한 사람들은 모두 숨을 크게 들이마셔 뛰는 심장을 달래주어야 했다.

　타루가를 비롯한 연합의 수뇌들도 예외가 없었다.

　보라.

　한 열이 일천 기마로 구성된 삼십 개의 열.

　테르긴차 대평원의 중심부를 가득 메우며 전개된 수만의 기마군단을.

　중심부로 접근하는 연합의 전사들을 보면서도 오만한 미소를 지우지 않는 자들을.

　타루가는 자신이 청랑파에 대해 얼마나 잘못 알고 있었는지 뼈저리게 깨달았다.

　저들은 단순한 마적들의 집단이 아니었다.

　복식은 제각각이고, 무기도 다 달랐지만 저들에겐 삼엄한 군기가 있었다.

　오와 열이 날선 칼처럼 정연했고, 살기 띤 눈빛들이 모여 산악과도 같은 사기를 형성했다.

　'저런 자들을 상대로 우회 기습하려 했다니……'

　타루가는 모골이 송연해졌다.

검엽의 말은 옳았다.

한눈에도 알 수 있을 만큼 청랑파와 연합측의 무력은 차이가 극심하게 났다.

만약 병력을 나누어 우회했다면 그가 보낸 자들은 각개격파되어 궤멸되었을 것이다.

그때였다.

"겁이 나는가?"

그의 옆에서 나직하게 흘러나와 일만여 전사의 귀를 조용히 파고드는 음성.

검엽이었다.

"수가 많아서, 저들이 더 강한 것 같아서, 겁이 나는가?"

낮게 가슴을 파고들어 와 머리를 뜨겁게 만드는 힘이 실린 음성.

"이곳에 온 게 후회스러운가? 그대들은 삶에 대한 미련을 가족의 곁에 두고 이 자리에 온 게 아니었던가? 죽음에 대한 두려움 또한 버리고 온 게 아니었던가?"

검엽의 음성이 서늘해졌다.

"이 전장에서 그대들의 삶을 불사르라. 한 점의 후회도 남기지 말고. 생사에 미련을 두지 마라. 오직 싸우고 이기는 것만을 생각하라. 초원의 미래가 그대들의 어깨에 달려 있음을 잊지 마라. 그리고……."

검엽은 잠시 뜸을 들인 후 말을 이었다.

"기억하라, 내가 그대들과 함께하고 있음을!"

기세가 죽어가던 일만 전사들의 눈에 힘이 되살아났다.

그들은 입술을 오므려 휘파람을 불었다.

"우우우우우우우!"

기괴하지만 영혼을 울리는 휘파람이 거대한 함성이 되어 대평원을 파도처럼 휩쓸었다.

서편 하늘이 붉게 물들어갈 무렵 청랑파와 부족 연합이 오백여 장의 공간을 사이에 두고 마주 섰다.

양측은 말없이 서로를 노려볼 뿐이었다.

누가 나서서 상대를 자극하는 것도 없었고, 악다구니를 쓰는 사람들도 없었다. 그러나 서로를 노려보는 눈에 어린 살기는 미친 듯이 증폭되어 갔다.

핏빛 노을.

광기 어린 눈빛.

평원을 짓누르는 대살기.

싸움의 시작을 알린 사람은 청랑파의 후미, 다른 말보다 반배는 더 큰 거마의 등에 몸을 싣고 있던 막북무왕 야율료였다.

"감히 본 파에 반기를 들고 형제들을 죽인 자들이 이곳까지 왔다. 저들의 시체로 테르긴차 대평원을 채우고 저들의 피로 목욕을 해야 이 노여움이 가실 것이다. 가라! 가서 저들의 목을 베어 형제들의 원혼을 위로하라!"

충만한 내공이 실린 음성.

"와아아아아아아아!"

청랑파 마적들의 입에서 폭발하듯 함성이 터져 나왔다.

두두두두두두두!

선두에 선 자들이 팔을 높이 들었다가 세차게 아래로 내리는 것을 신호로 삼만의 기마가 평원을 가로지르기 시작했다.

초원이 일어나 통째로 밀려오는 듯한 대장관.

타루가는 입술을 짓깨물었다.

숨이 막힐 정도의 압박감을 느꼈다.

삼만의 단련된 기마병.

그의 눈앞은 치달리는 인마의 물결로 가득 차 있었다.

다른 사람들의 시야도 마찬가지일 터였다.

노을로 붉게 물든 하늘이 치솟은 흙먼지로 가려져 제대로 보이지 않을 정도인 것이다.

검엽의 옆을 떠나 선두에 자리 잡고 있던 타루가는 말의 고삐를 잡아당기며 옆구리를 걷어찼다.

히히히힝!

말이 앞 다리를 높게 들어 허공을 찼다.

타루가는 말머리를 돌려 자신에게 시선을 집중한 일만 명의 초원 부족 전사들을 훑어보았다. 그의 시선이 마지막으로 닿은 곳은 마치 섬처럼 일만의 사내들 속에 홀로 떠 있는 듯 신비로운 모습의 백의인, 검엽이었다.

그의 입가에 미소가 걸렸다.

"우리는 초원에서 태어나 초원에서 성장한 전사들이다! 이제 저 마적들에게 진정한 전사가 누구인지 가르쳐 주러 가자!"

"우와아아아아아아!"

격렬한 함성이 화답하듯 터졌다.

말머리를 청랑파의 마적들이 달려오는 방향으로 돌린 타루가는 힘차게 애마의 옆구리를 걷어찼다.

두두두두두두두두!

타루가의 뒤를 따라 일만의 인마가 제방을 무너뜨리고 쏟아지는 강물처럼 광포하게 질주하기 시작했다.

양측의 거리가 가까워질수록 혈향과 살기는 강해졌다.

검엽은 팔짱을 끼고 자신의 옆을 스쳐 전장으로 치달려가는 전사들의 등을 바라보았다.

둘의 거리가 백여 장이 채 되지 않게 남았을 때 검엽은 팔짱을 풀었다.

그는 자신을 따르는 일만의 초원 부족의 전사들에게 인간적인 애착을 갖고 있지 않았다. 그리고 그가 얼마 전 사람들에게 했던 말은 그의 진심이었다.

그는 저들의 미래에 대해 전혀 관심이 없었다.

초원의 미래는 저들의 어깨에 달려 있었고, 저들이 개척해야 할 몫이었다.

그는 현재를 파괴하는 자였으며, 미래를 혼돈에 빠뜨리는 자였다.

개척과 건설은 그와 아무런 접점이 없는 것이다.

검엽은 부드럽게 허리를 틀어 말에서 내려왔다.

그의 두 발이 지면을 밟았다.

저들에게 인간적인 애착도 없고, 저들의 미래에 관심도 없는,그였지만, 저들과 함께 움직일 터였다.

저 사람들은 그를 믿고 왔다.

그는 그것을 방관했다.

청랑파를 한곳에 모으기 위해서는 저들이 필요했기 때문이다.

그가 원했던 것은 이루어졌다.

그의 눈앞에 청랑파 소속의 무사 삼만이 달려오고 있지 않은가.

그는 자신의 필요를 충족시켜 준 대가로 그들에게 약속했다.

청랑파의 종말을 보게 해주겠다고.

약속은 이행을 전제로 맺어지는 것이다.

그리고 검엽은 삼십일 년의 짧다면 짧고 길다면 길 수 있는 삶 속에서 약속을 이행하지 않은 적이 한 번도 없는 사람이다.

그가 말에서 내리는 모습은 많은 사람의 눈에 띄었다.

제각각의 짐승 가죽 옷을 입은 자들이 대세인 전장에서 눈처럼 흰 순백의 피풍으로 전신을 감싼, 칠흑처럼 긴 검은 머리의 소유자의 운신이었다. 눈에 띄지 않을 수 없는 일이었다.

피아를 막론하고 기이한 흥분이 전장을 달궜다.

그리고,

검엽이 움직였다.

저벅. 저벅.

전장에 발을 딛고 있던 자들은 어깨를 짓누르고 심장을 움켜잡는 듯한 발자국 소리를 동시에 들었다.

검엽을 뒤에 두고 달려가던 전사들은 마치 무형의 강막이 밀어내듯 말머리를 사선으로 틀었다.

의식한 움직임은 아니었다.

그렇게 하지 않으면 안 된다는 알 수 없는 느낌이 그들이 잡고 있는 말고삐를 틀게 했다.

바다가 갈라지듯 치달리는 인마의 중앙에 길이 났다.

길은 뒤에서부터 앞까지 순차적으로 갈라진 것이 아니라 인마의 앞과 뒤가 동시에 넓어지며 한 번에 났다.

청랑파의 후미에서 다가오는 연합측 전사들을 지켜보던 야율료 등의 얼굴에 놀란 빛이 떠올랐다.

그들의 눈앞에서 벌어진 광경은 상식적으로 이해할 수 있는 것이 아니었기 때문이다.

그들은 처음과 달리 조금 굳어진 얼굴로 연합측 무사들이 갈라지며 생긴 길을 주시했다.

그곳에 백색의 선이 나타났다.

검엽의 보폭은 넓었다.

일보에 십여 장의 거리가 사라졌다.

말을 달리던 초원 부족의 전사들은 노을을 받아 은은한 붉은빛을 흘리는 백색의 피풍이 무서운 속도로 자신들을 앞서가는 것을 볼 수 있었다.

검엽이 선두에서 말을 달리는 타루가를 추월한 것은 양측의 무사들 사이의 거리가 불과 이십여 장밖에 되지 않을 때였다.

저벅.

일보에 십 장.

다시 한 걸음.

저벅.

검엽과 청랑파 무사들 사이에 있던 거리가 완전히 사라졌다. 청랑파의 선두에서 말을 달리던 사내들이 백색의 선을 알아차렸을 즈음 검엽은 그들의 코앞에 도착해 있었다.

거리는 불과 일 장.

검엽은 오른발을 반 자 정도 들어 올렸다가 세차게 지면을 밟았다.

그의 발과 지면 사이에 천지가 응축되었다.

쿠우웅!

지존천강력의 인력에 딸려와 응축된 역천마기가 대기로 환원되며 화탄이 폭발하듯 터져 나갔다.

그의 발은 발목까지 땅속에 파묻혔다.

그 한 번의 진각으로 인해 벌어진 일은 전장에 참여한 모든 사람이 평생 동안 결코 잊지 못할 결과를 불러일으켰다.

쩌저저저저적!

그의 발이 파묻힌 곳을 중심으로 후방을 제외한 삼면의 대지 일백여 장이 거대한 진동과 함께 가뭄 든 논바닥처럼 갈기갈기 찢어졌다.

균열이 일어난 지면은 검엽의 좌우로 낙뢰와 같은 속도로 틈을 벌리며 치달렸다.

균열의 폭은 반 자가량밖에 되지 않았고, 깊이는 두 자를 넘지 않았다. 하지만 전방과 좌우로 백여 장 넓이에 걸쳐 생겨난 틈이다.

전속력으로 달려오던 말들에게는 가공할 타격이 될 수밖에 없었다.

바로 코앞에서 벌어진 일이었다. 말 위에 타고 있던 자들이 균열을 피하거나 건너뛸 시간적 여유는 없었다.

게다가 대기로 환원되어 파괴된 기운의 본질은 절대역천마기.

공포가 본질인 기운이 아닌가.

히히히히힝!

"헉!"

"뭐… 뭐냐?"

"으앗!"

"으아악!"

첫 번째부터 네 번째까지 열을 이루고 치달려오던 사천여 필의 말들의 앞다리가 한꺼번에 틈에 빠지며 앞으로 고꾸라졌다.

그 뒤의 십여 번째 열까지 광포하게 치달려오던 말들은 정면에 괴물이라도 있는 것처럼 갑작스럽게 그 자리에 정지했다. 그리고 입에 허연 게거품을 물며 두 발을 들어 올렸다.

광란(狂亂)이다.

상상치도 못했던 말의 반응에 말 등에서 굴러떨어지는 자들이 속출했다.

공포에 질린 말들의 몸부림과 경악에 찬 침음성, 팔다리가 부러진 자들의 비명 소리가 단숨에 대평원을 뒤덮었다.

지면에 균열이 일어날 때 연합측 전사 일만여 명은 검엽의 십여 장 뒤에 있었다.

믿을 수 없는 일에 퉁방울처럼 눈이 불거지긴 했지만 다시 오지 않을 기회였다.

이를 악문 그들은 혼란에 빠진 청랑파의 선두를 해일처럼 덮쳤다. 진득한 살기가 담긴 도끼와 창, 대도와 검이 마적들을 난자했다.

푸욱!

퍼석!

서걱. 서걱!

"으아아아아악!"

살과 뼈가 잘라지는 소름 끼치는 파육음과 하늘을 물들이고 있는 노을보다 몇 배는 더 붉은 피가 어지럽게 비산했다.

수천 명이 한꺼번에 내지르는 처절한 비명 소리가 전장에 있는 사람들을 몸서리치게 했다.

단 한 번의 움직임만으로 아수라장을 만든 검엽은 느리게 뒤로 물러났다.

이 자리는 그의 뜻에 의해 만들어졌다. 하지만 그 혼자 온전히 주역을 맡아서는 안 되는 전쟁이었다. 아니, 진정한 이 전쟁의 주역은 초원의 전사들이 되어야 했다.

그들의 희생이 아무리 크더라도.

쉽게 얻어진 것은 가치를 느끼기 어려운 게 세상의 이치가 아니던가.

그리고 그는 떠날 사람이었다.

이 땅의 미래는 계속해서 이 땅에 남아 삶을 일구어갈 사람들, 초원 부족민의 것이었다.

당연히 그는 이 전쟁을 자신의 손으로 마무리 지을 생각이었다. 그러나 그의 개입은 초원 부족의 전사들이 자신들 또한 이 전쟁에서 커다란 역할을 했다는 자부심을 가질 수 있는 시점이어야 했다.

야율료와 소자량을 비롯한 청랑파 수뇌부의 얼굴은 눈에 띌 정도로 확연하게 굳어버렸다.

전장의 양상이 그들의 기대와는 완전히 정반대로 전개되고 있었다. 청랑파의 선두를 유린한 연합의 전사들은 흉흉한 살기를 흩뿌리며 파죽지세로 청랑파의 진형을 파고들고 있었다.

놀란 눈으로 전장을 주시하던 소자량이 말했다.

"파주님, 저자가 사술을 사용하는 듯합니다."

야율료는 고개를 끄덕였다.

그렇게 생각할 수밖에 없었다.

그가 아는 그 어떤 전설상의 무공으로도 눈앞의 백의인이 벌인 일을 가능하게 하지 못했다.

폭과 깊이는 대단하지 않았지만, 한 번의 진각으로 지진이 났을 때나 볼 법한 균열을 일으키게 하는 무공이 천하에 존재할 수는 없는 것이다.

"카주린."

얼음처럼 차갑게 날이 선 음성.

"예, 파주님."

그의 좌측에 있던 카주린이 말을 몰아 그의 앞으로 나섰다.

다른 사람과는 달리 그녀는 전신을 회색의 피풍으로 감쌌고, 피풍과 연결된 모자를 깊게 눌러쓰고 있어서 희고 투명한 턱과 붉은 입술만 드러났다.

그러나 피풍에 가려지기에 그녀의 몸매는 지나치게 풍염하고 굴곡이 완연했다.

그녀를 향한 사내들의 시선에 은근한 열기가 담겼다. 그러나 노골적으로 그녀를 보는 사람은 아무도 없었다.

카주린은 청랑제일단의 단주일 뿐만 아니라 야율료의 애첩이기도 했기 때문이다.

야율료가 말했다.

"저자가 펼치는 사술이 간단치 않다. 더 이상 사술을 펼칠 수 없도록 해라. 그리고 전장을 정리할 시간이 필요하다."

야율료가 무엇을 바라는지 아는 카주린은 고개를 숙였다.

"알겠습니다."

간단명료하게 대답한 카주린은 일백여 명의 청랑제일단 무사가 모여 있는 곳으로 갔다.

　그녀가 여인인 것처럼 청랑제일단의 구성원들도 모두 여자였다. 그리고 복장도 그녀와 동일하게 회색의 피풍과 모자로 전신을 가리고 있었다.

　그녀들이 휴대하고 있는 무기는 허리춤에 차고 있는 장식처럼 보이는 검뿐이었다.

　그녀들의 앞에 도착한 카주린은 말에서 내렸다.

　백여 명의 여인도 지체없이 말에서 내려와 카주린을 중심으로 늘어섰다.

　"수라금혼대진(修羅禁魂大陣)을 준비하라."

　카주린이 낮고 날카로운 어조로 말을 하자 여인들은 자신들의 몸을 이용해 바닥에 거대한 도형을 만들어 나갔다.

　삼각형과 사각형이 교차하며 만들어진 형태는 별과 흡사했다.

　도형이 완성될 때까지 걸린 시간은 그야말로 촌각.

　카주린과 일백의 여인은 완성된 도형을 유지하며 그 자리에 무릎을 꿇고 앉았다.

　직후 카주린은 품에서 꺼낸 것을 자신의 머리 위로 세차게 뿌렸다.

　안개 같기도 하고 구름 같기도 한 거무스름한 기류가 그녀들이 만들어낸 도형의 선을 따라 무서운 속도로 퍼져 나갔다.

　카주린은 손바닥을 합쳐 가슴에 댔다.

　그녀의 입술 사이로 알 수 없는 중얼거림이 흘러나왔을 때 일백여 명의 여인도 합창하듯 무언가를 읊기 시작했다.

"웅얼. 웅얼. 웅얼……."

이 자리에 있는 사람들 중 그녀들의 말을 알아들은 사람은 한 명도 없었다.

그녀들의 주문은 이 세상의 말 같지가 않았다.

검엽이 나아가고 물러나는 속도는 화살과 같아서 남옥령이 정신을 차렸을 때는 벌써 검엽이 그녀의 옆으로 되돌아와 말을 타고 있었다.

이곳에 막 도착했을 때처럼 팔짱을 끼고 무심한 시선으로 전장을 주시하는 그의 모습은 전혀 움직인 적이 없는 사람인 듯했다.

그녀는 말도 하지 못한 채 입만 멍하니 벌리고 눈앞에서 벌어지고 있는 난전과 검엽을 번갈아 보기만 했다.

자신이 현실에 있는 것인지 꿈속에 있는 것인지 제대로 구분되지 않을 정도로 정신이 없는 그녀가 무슨 말을 할 수 있을 것인가.

검엽은 무심한 눈으로 청랑파의 후미 하늘을 바라보고 있었다.

그의 시선이 향한 하늘은 흑회색으로 물들어가는 중이었다.

그 속도는 대단히 빨라서 열을 헤아리기도 전에 전장의 삼분지 일가량을 뒤덮었고, 계속해서 범위를 넓혀갔다.

　흑회색의 구름이 미치는 범위 내에 들어간 연합측 전사들의 행동이 이상해졌다.

　말들은 펄쩍펄쩍 뛰었고, 전사들은 마치 밧줄에 온몸이 꽁꽁 묶인 사람처럼 딱딱하게 굳은 채 적의 칼에 목을 내주었다.

　더 이상한 것은 죽어가는 전사들의 입에서 비명 한마디 흘러나오지 않고 있다는 것이었다.

　개개인의 무력과 수적 열세에도 불구하고 혼란에 빠진 적을 유린하며 전황을 유리하게 이끌어가던 연합 측의 선두 일천여 명이 시체가 되어 지면에 널브러지는 데는 백을 헤아릴 시간도 걸리지 않았다. 그리고 시간이 흐를수록 연합 측 전사들의 시신은 늘어났다.

　대규모 전투는 흐름이다.

　연합의 선두가 궤멸되고, 몸이 마비되면서 연합 측의 사기는 급전직하로 떨어졌다.

　그리고 전황을 지켜보던 야율료의 외침은 결정타가 되었다.

　"카주린의 기도에 응답한 신의 힘이 우리와 함께한다. 본 파를 능멸한 자들의 몸이 석화되어 가고 있지 않느냐. 가라! 본 파에 대항하는 자에겐 죽음밖에 없다는 것을 증명하라!"

　전세는 뒤집혔다.

　선두에서 적의 피를 뒤집어쓴 채 전장을 지휘하던 타루가는 입술을 악물었다.

그도 흑회색의 안개가 기이한 힘을 발휘하고 있다는 것을 알아차린 상태였다.

변화가 없는 한 이 상태에서는 전멸이었다.

한 번 앞으로 나선 후 뒤로 물러선 검엽이 뇌리에 떠올랐지만 곧 사라졌다.

그는 검엽을 믿었다. 그가 적극적으로 나서지 않는 데는 이유가 있을 터였다. 그리고 현재 전장을 지휘하는 사람은 그였다. 그가 맡은 몫과 검엽의 몫은 다른 것이다.

"퇴각, 퇴각하라!"

그는 피눈물을 머금고 퇴각 명령을 내렸다.

석화되지 않았거나 손을 움직일 수 있는 자들은 무력감에 치를 떨며 말고삐를 낚아챘다.

전세가 기운 상태의 퇴각이었다.

후미가 된 선두의 전사들은 청랑파 마적들의 손에 난자되어 죽어갔다.

피아 간 죽은 사람의 수는 벌써 팔천이 넘었다.

최초의 충돌 이후 청랑파의 마적들 오천이 죽었고, 그동안 일천이 죽은 연합 측 전사들은 카주린의 사술이 시행된 후에 또 이천의 전사가 죽어갔다.

후퇴하는 칠천여 초원 부족 전사와 그 뒤를 쫓는 이만 오천의 청랑파 마적.

두두두두두. 두두두두두.

"우와아아아아아아!"

"한 놈도 남김없이 죽여라!"

수만 필의 말이 치달리자 대지가 말발굽에 진동하고 흙먼지가 용권풍처럼 치솟았다. 그에 더해진 거친 말들의 숨소리와 괴악한 함성이 심혼을 뒤흔들었다.

第七章

천마
검섭
전

　초원을 가득 채우며 해일처럼 밀려오는 인마의 무리를 보며 마상의 검엽이 팔짱을 풀었다.

　'사술이로군. 속박술의 일종인가…… 청랑파에 사술을 사용하는 자가 있다는 얘기를 흘려들었는데 생각보다 성취가 상당하군.'

　그의 흰 이가 드러나며 소리없는 미소가 입가에 드리워졌다.

　전황을 뒤집은 카주린의 사술에 만족한 야율료는 상상도 하지 못했으리라.

　그의 선택이 실상 최선이 아니라 최악이었다는 것을.

　그는 모르는 것이다.

검엽이 봉황천 십방무맥 중 권(拳)과 수장(手掌), 그리고 사법(邪法)의 대종가(大宗家)라 불리는 창룡신화종의 당대 종주라는 것을.

써야 할 필요성을 느끼지 못했기에 사용하지 않았을 뿐, 귀기(鬼氣)와 사기(邪氣), 그리고 마기(魔氣)를 사용하는 사이한 술법에 관한 한 천하를 통틀어 그보다 나은 능력자는 존재하지 않았다.

그가 지존신마기의 주인, 창룡신화종의 종주이기 때문이었다.

지존신마기는 신기와 마기의 지존이라는 의미를 담고 있다.

지존신마기의 원 명칭은 선천절대사마지력(先天絶代邪魔之力).

그 명칭에 담긴 진정한 의미는 공포와 전율인 것이다.

사(邪)와 마(魔)에 속한 술법류 무공에 있어 신화종의 능력은 절대무적 그 자체라 할 수 있었다.

그것은 아득한 세월 이전부터 무(武)의 천외천(天外天)인 십방무맥의 무인들 사이에서조차 공인되다시피 한 사실이기도 했다.

검엽의 미소가 짙어졌다.

'봉황금약의 첫 번째 조항이 왜 무공으로 천하의 정세에 개입해서는 안 된다는 것이 될 수밖에 없었는지, 그리고 무맥의 종사 중 어느 누구도 그 첫 번째 조항에 이의를 제기하지 않았는지. 그럴 수밖에 없었던 이유가 무엇 때문인지 알려주마.'

십방무맥은 각자의 분야에서 천하무쌍의 진경에 도달한 무공을 보유하고 있다.

그리고 그들 중에는 광범위한 지역에 치명적인 타격을 가하는데 특화된 무공을 보유하고 있는 무맥도 있었다.

십방무맥 중 그 분야의 대표적인 무맥이 바로 검엽의 가문인 창룡신화종과 천하열양기공의 시원이자 완성자라 할 수 있는 축융열화종이었다.

축융열화종이 천하를 횡보할 당시 천하에는 화약이 존재하지 않았다. 그들은 순수한 열양기공으로 광범위 대량 타격이 가능한 무공을 창안해 천하를 휩쓸었다.

그리고 검엽의 가문, 창룡신화종은 기공이 아닌 다른 분야에서 축융열화종보다 더 광범위한 영역에 치명적인 타격을 가하는, 실로 대량학살이라 할 수 있는 무공의 신기원을 이룩했다.

그 분야가 바로 사법(邪法)이었다.

창룡신화종은 사술을 법(法)과 도(道)의 경지까지 끌어올린 천하유일의 가문이었다.

그들이 봉황금약에 의해 금제되지 않았던 시절, 천하의 무인들은 창룡신화종을 달리 암흑마종(暗黑魔宗)이라 부르며 두려워했다.

검엽이 심마지해를 나선 후 사법을 사용하지 않은 건 두 가지 이유가 있었다.

하나는 사법을 사용해야 할 필요성을 느낄 만한 일이 없어서였고, 두 번째는 사법의 위력 때문이었다.

사법은 광범위 대량 타격이 가능한 대신 집중도와 파괴력에 있어 여타의 무공에 비해 크게 뒤떨어졌다. 그러나 그 차이는 십방무맥 내의 무공과 비교했을 때이지 천하에 산재한 다른 문파와 비교해서가 아니었다.

검엽은 고개를 들어 하늘을 보았다.

전장은 흑회색의 구름으로 뒤덮여 있었지만 그의 머리 위 하늘은 노을에 젖어 금방이라도 붉은 물감을 떨어뜨릴 것만 같았다.

'지옥을… 보게 해주마!'

그는 천천히 양팔을 벌렸다.

바람이 소맷자락을 흔들고 지나가는 것이 느껴졌다.

어느새 미소가 사라진 그의 얼굴은 무표정해져 있었다.

땅이 그를 밀어내기라도 하는 것처럼 두 발이 지면에서 떨어지더니 그의 신형이 조금씩 허공으로 떠올랐다.

그와 함께 눈처럼 희던 그의 장삼과 피풍이 하늘을 물들이고 있는 노을처럼 붉게 변해갔다.

그의 전신에서 흘러나오던 노을빛은 점점 진해지더니 어느 순간 핏물이 뚝뚝 떨어질 듯한 핏빛으로 변했다.

연합 측이나 청량파 측이나 모두 한 방향, 검엽이 있는 방향으로 달려오고 있던 중이다.

눈처럼 흰 백의를 입은 검엽이 허공으로 솟아오르는 것을 보지 않으려 해도 볼 수밖에 없었다.

등을 보이고 도주하는 연합 측 전사들을 향해 미친 듯이 칼을 휘두르던 마적들이 누가 시키기라도 한 것처럼 일제히 손을 멈췄다.

그들의 의지에 의한 행동이 아니었다.

검엽이 몸을 띄우는 순간부터 초원에는 괴기한 분위기가 흐르고 있었는데 그들도 그것을 느낀 것이다.

자신을 올려다보는 청랑파의 무사들을 훑는 검엽의 뇌리에 이제는 그와 한 몸이 되다시피 한 거대한 새의 모습이 떠올랐다.

'귀조!'

피아를 막론한 삼만여 무사의 안색이 흙빛으로 변했다.

핏물이 떨어질 듯 붉게 변한 검엽의 등 뒤로 하나의 길이가 일 장에 달하는 검은 날개 두 장이 서서히 그 나래를 펴고 있었다.

야율료를 비롯한 청랑파 수뇌들은 심령에 들어오는 모습에 내부가 뒤집힐 듯 막대한 타격을 받고 있었다.

흑익이 펼쳐진 검엽의 등 뒤로 일어서는 흑암의 거인.

푸르스름한 귀기가 흘러나오는 눈으로 초원을 내려다보는 마(魔)의 그림자.

그들의 심령에 들어오는 광경은 결코 현세에서 볼 수 있는 모습이 아니었다.

그들 중 타격을 가장 극심하게 받은 사람은 사술을 펼치던 카주린과 일백의 여인이었다.

사술과 사법의 대결이나 다름없는 일이 벌어졌으니 그 여파의 가장 많은 부분도 고스란히 그녀들에게 돌아갔다.

막대한 심령상의 충격을 받은 그녀들의 칠공에서 핏줄기가 분수처럼 터져 나왔다.

피의 색은 검었다.

그녀들이 익힌 사술의 경지도 낮은 것은 아니었으나 그것은 세간의 사술과 비교해서일 뿐이었다.

검엽의 전신에서 흘러나와 광막한 초원의 끝까지 퍼져 나가고 있는 지존신마기의 기세에 그녀들이 대항하는 것은 애당초 계란으로 바위를 치는 일만큼이나 불가능했다.

사람들은 저절로 쳐지는 몸서리에 전율했다.

검엽의 머리 위 하늘이 검붉게 변해가고 있었다.

그 검붉은 빛은 어느 한순간 폭발적으로 범위를 확장했고, 초원 전역을 뒤덮었다. 전장에 있는 사람들의 눈에는 그렇게 보였다.

검엽이 펼치고 있는 것은 창룡신화종에 전승되는 삼대사법(三大邪法) 중의 하나였다.

염왕강림역천혈해대법(閻王降臨逆天血海大法).

어색하리만치 긴 이름을 가진 이 대법은 신화종의 삼대사법 중 말석을 차지하고 있는 것에 불과했다. 하지만 십방무맥의 무인들이나 일반 무림의 초절정고수에 속하는 자들이 펼칠 수 있는 호신강기를 익히지 않은 자라면 피할 수 없는 재앙과도 같은 대법이었다.

특히 이 대법은 무리를 이루고 있는 일반의 무림인들에게는 절대적인 위력을 발휘했다. 검엽도 그 때문에 이것을 선택한 것이었고.

그의 입술이 느리게 벌어졌다.

[들어라! 구천을 떠도는 유계의 원혼들이여, 처절한 한 속에서 방황하는 혈해의 넋들이여, 현세에 강림한 염왕의 이름으로 명하노니…… 일.어.나.라!]

검엽의 등에서 돋아난 것처럼 보이던 두 장의 날개가 잠시 움츠러드는가 싶더니 폭발하듯 터져 나갔다.

귀조는 심마지해에서 완성된 귀기(鬼氣)의 정화(精華).

그의 뒤편 하늘에 칠흑과도 같은 어둠이 내려앉았다.

갑작스레 닥친 어둠…….

그와 동시에 인간이 상상할 수 있는 차원을 넘어선 거대한 폭풍이… 해일처럼 전장을 덮쳤다.

하늘과 대지가 검게 물들었고, 광대한 공간이 칼날처럼 날카로운 귀기 어린 기운을 품은 바람의 난무 속에서 맥없이 찢겨 나갔다.

바람의 색은 회백색.

회백색의 바람은 허공을 부유하며 형체를 이루어갔다.

뻥 뚫린 두 눈, 휑한 코, 잇몸이 드러난 이빨.

부유하던 혼백의 바람이 낙뢰처럼 일제히 지상으로 내리꽂혔다.

그리고,

그들이 일어섰다.

"크으……. 크으……. 크으…….."

히히히이힝!

"으……. 으… 이게……. 뭐냐!"

"으으으으……. 아… 악!"

"시체들이……. 시체들이……."

"악마… 저자는 악마다!"

"살려줘!"

듣는 것만으로도 모골이 송연해지는 탁한 숨소리와 공포에 질린 말들의 광란, 전율이 스며 있는 외침, 그리고 처절한 비명이 폭발하듯 터져 나왔다.

초원 부족의 전사들도 청랑파의 마적들도 공포에 질리기는 마찬가지였다.

그럴 수밖에 없었다.

쏟아진 핏물로 인해 늪처럼 변한 대지에 널브러져 있던, 자신들의 손에 죽은 자들이 꿈틀거리며 몸을 일으키고 있었던 것이다.

스스스스스스…….

더 공포스러운 것은, 일어나는 것이 몸이 온전한 시신들뿐만이 아니라는 것이었다.

잘린 팔은 손바닥으로 땅을 짚고 손가락만으로 지면을 기어다녔고, 무릎에서 잘린 발은 껑충거리며 뛰었다.

떨어진 머리는 통통거리며 튀어다니고, 목이 잘린 자는 뒤뚱거리며 걸었다. 그리고 팔다리가 잘려 몸통만 남은 자는 뱀처럼 바닥을 기었다.

그렇게 일어난 시신들이 있는 자리는 연합의 전사들이 퇴각하며 청랑파의 마적들이 차지한 공간.

귀(鬼)에 힘입어 힘을 얻은 존재들은 청랑파 마적들이 타고 있는 말의 다리에 달라붙었다.

입에 거품을 문 말들이 펄쩍펄쩍 뛰며 광란에 빠지자 마상에서 떨어지는 마적들이 속출했고, 어느 정도 평정을 유지하던 자들조차 어쩔 수 없이 말에서 내려야 했다.

그 뒤에 펼쳐진 광경은 지옥이었다.

잘려진 채 일어난 팔다리가 지면을 밟은 마적들의 다리를 부여잡았고, 몸통만 남은 시신들은 마적들의 몸에 끊임없이 몸을 부딪쳐 갔으며, 굴러다니던 머리는 이빨로 마적들의 정강이를 물었다.

검붉게 변한 하늘과 대지.

광포하게 몰아치는 칼바람.

탁한 숨소리를 흘리며 달려드는 시신과 육편들.

마적들 중 제정신을 유지하고 있는 자는 그야말로 손에 꼽을 만큼 적었다.

야율료는 말도 하지 못하고 입만 벌린 채 전장을 바라보았다.

다른 자들도 그와 매한가지였다.

냉정함으로 소문난 소자량조차 눈동자의 삼분지 이가 흰자로 변해 있었으니 그들이 얼마나 충격을 받았는지 알 수 있었다.

야율료는 다급하게 카주린을 돌아보았다.

백의사신이 펼치는 사술에 대항할 수 있는 사술 능력자는 그녀밖에 없는 것이다.

카주린을 본 야율료의 눈이 짧은 순간이나마 크게 흔들렸다.

카주린과 일백의 청랑제일단 여인은 한 명도 남김없이 땅에 쓰러져 있었다.

넘어지며 모자가 벗겨져 드러난 그녀들의 얼굴은 칠공에서 흘러나온 검게 죽은 피로 인해 용모를 알아볼 수 없을 정도였고, 끔찍한 고통을 겪은 듯 참혹하게 일그러져 있었다.

카주린의 모습은 다른 여인들보다 더 처참했다.

그녀의 머리는 등 뒤로 돌아가 있었고, 사지는 마치 장난꾸러기 어린아이가 인형을 비틀었을 때나 볼 법하게 뒤틀린 채 부러져 있었다.

한눈에 죽었다는 것을 알 수 있는 모습들.

야율료의 얼굴이 무섭게 일그러졌다.

그는 전방으로 고개를 돌리며 공력을 돋우어 소리쳤다.

"겁먹지 말고 정신을 차려라. 저것들은 사술에 의해 움직이는 것들에 불과하다. 움직이지 못하도록 산산조각을 내라!"

그가 평생을 고련한 대유천랑공(大有天狼功)의 혼신공력이 실린 일갈이었다.

마적들의 눈빛이 제자리로 돌아왔다.

공포는 사라지지 않았지만 방금 전까지의 광태는 더 이상 보이지 않았다.

그들은 일백여 년간 막북을 석권해 온 자들이다.

평범하기만 할 리는 없는 것이다.

그들은 미친 듯이 말과 자신들의 몸에 달라붙는 시신과 육편들을 향해 무기를 휘둘렀다.

그들의 혼란은 연합 측 전사들에게 또 다른 기회였다.

검엽의 악마적인 신위를 지켜보며 몸을 떨고 있던 타루가는 잃어버린 기회가 다시 한 번 그들에게 돌아왔음을 깨달았다.

망설일 이유가 없었다.

마상에서 몸을 곧추세운 그가 목이 터져라 외쳤다.

"초원의 전사들이여, 사신(死神)께서 우리와 함께하신다! 푸른 늑대의 영광을 훔쳐 간 저들 마적의 무리를 초원에서 몰아내자!"

퇴각하던 연합 측 무사들의 눈이 이글거리며 타올랐다.

검엽의 신위가 아직도 천지간에 가득했다.

청랑파의 마적들을 보며 그들의 마음속에 생겨났던 두려움을 가히 광신(狂信)에 가까운 믿음이 몰아냈다.

"와아아아아아! 사신께서 우리와 함께하신다!"

광렬한 함성과 함께 초원의 전사들은 말머리를 돌려 마적들을 향해 짓쳐들어갔다.

두두두두두!

힘찬 말발굽 소리가 울려 퍼졌다.

그러나 그들이 방향을 돌려 마적들을 향했을 때 마적들은 되살아난 시신들을 조각내며 전열을 정비하고 있었다.

마적과 연합 측 전사들의 거리는 삼십여 장.

충돌의 순간은 곧 올 터였다.

정신을 되찾은 마적들의 기세가 다시금 강해지려 할 즈음.

푸르스름한 귀기가 흐르는 눈으로 전장을 바라보던 검엽의 입가에 사라졌던 미소가 떠올랐다.

'이것으로 그친다면 본가의 삼대사법 가운데서도 광범위 대량 타격만큼은 수위를 다투는 염왕강림역천혈해대법의 이름이 너무 하찮게 되지 않겠느냐. 너희에게 파멸천강지기와 대법의 결합에 의해 생겨난 독중지독, 파멸마인독(破滅魔人毒)의 무서움을 알게 해주리라.'

그의 입술이 다시 느리게 벌어졌다.

[유계의 원혼이여, 혈해의 넋이여, 너희를 쉬지 못하게 하는 자들이 앞에 있다. 이제 그들과 함께 안식에… 들.어.라!]

검엽의 전신에서 흘러나온 안개와 같은 검은 기류가 다시 한 번 폭풍이 되어 전장을 휩쓸었다.

마적들을 향해 달려가던 연합의 전사들과 마적들의 후미에 있던 청랑파 수뇌들의 눈이 금방이라도 튀어나올 것처럼 커졌다.

콰콰콰콰콰콰쾅!

폭발하고 있었다.

되살아난 시신들의 몸이 화탄이라도 된 것처럼 마적들 사이에서 가공할 기세로 터져 나갔다.

그들의 육편은 허공을 가르며 흑수(黑水)로 화했고, 그 검은 물에 스친 말과 사람들의 육신은 시커먼 연기를 피워 올리며 촛농처럼 녹아내렸다.

히히히힝! 히히히히힝!

"으아아아아아아아아!"

팔다리의 뼈가 허옇게 드러난 자, 얼굴 가죽이 녹아 없어진 자, 몸통의 가죽이 녹아 내장이 꾸역꾸역 쏟아지는 자.

살이 녹아내리는 고통을 이기지 못한 자들의 입에서 하늘까지 사무칠 듯한 무시무시한 비명 소리가 끝없이 흘러나왔다.

아비규환.

한 폭의 지옥도(地獄圖)였다.

다행인 것은 흑수, 파멸마인독의 사라지는 속도가 빠르다는 점이었다.

마인독은 폭발하며 방원 일 장 이내를 초토화하자마자 사라졌고 그 이상의 범위로는 전염되지 않았다.

하지만 동시에 폭발한 시신의 수가 팔천여 구. 분리된 팔다리의 육편을 하나로 친다면 폭발한 육편은 수만여 점에 달했다.

그 여력이 미친 범위는 방원 일천여 장.

살아 있던 마적 이만 오천여 명 중 폭발에 휩쓸리지 않은 자들의 수는 사오천 명에 불과했다.

말들 또한 그에 가까운 수가 죽어갔다. 그리고 살아남은 말들은 사방으로 달아나서 마적들과 함께 있는 말은 천여 필도 되지 않았다.

검엽이 펼친 사법에 의해 인마 도합 사만이 넘는 수의 생명이 한순간에 고혼(孤魂)이 된 것이다.

살아남은 자들의 시야에 들어온 천지는 온통 붉은빛이었다.

피의 바다[血海].

시산혈해가 그들의 눈앞에 펼쳐져 있었다.

역사에 기록된 어떤 전장도 이처럼 참혹하지 않았으리라.

살아 있는 자들의 상태도 정상은 아니었다

그중 반수 이상이 입에 허연 거품을 물었고, 눈이 돌아갔다.

미친 것이다.

야율료를 비롯한 청랑파의 수뇌들 얼굴에는 핏기가 한 점도 남아 있지 않았다.

그들은 살아 있는 동안 볼 수 있으리라 상상도 해본 적이 없는 광경을 코앞에서 보았다.

수하들처럼 미치지 않은 것만 해도 대단하다 할 수 있었다.

전장에 있는 자들 중 가장 먼저 정신을 차린 자는 타루가였다.

그는 바싹 마른 입안을 침으로 축인 후 혼신의 힘을 다해 외쳤다.

"초원의 전사들이여, 청랑파의 최후가 눈앞에 있다! 다시는 이 땅이 마적들에 의해 희롱당하지 않도록 저들의 뿌리를 뽑자!"

"와아아아!"

거센 함성이 일었다.

공포는 적의 것이었다.

적의 공포는 그들에게 용기가 아닌가.

검엽이 그들을 지키고 있었다.

두두두두두두!

충격으로 멈추었던 연합 측의 전진이 재개되었다.

야율로는 어처구니없다는 얼굴이었다.

서서히 내려와 땅에 발을 딛고 있는 백의인, 검엽을 바라보는 그의 두 눈은 공허했다.

단 일인에 의해 일백 년 역사를 자랑하는 초거대 세력 청랑파의 삼만 무사가 궤멸에 가까운 타격을 받았다는 이 현실을 그는 믿을 수가 없었다.

무엇보다도 자신이 손쓸 틈도 없이 벌어진 일이라는 것을 받아들이기 어려웠다.

깊은 자책과 분노로 그의 두 눈이 타는 듯 시뻘겋게 변했다.

두 사람 사이에는 짧지 않은 거리가 놓여져 있었지만 마치 코앞에 서 마주 보고 있기라도 한 것처럼 검엽의 눈과 그의 눈이 마주쳤다.

어느샌가 순백으로 변한 피풍으로 전신을 가린 검엽의 입가에 소리없는 미소가 떠올랐다.

야율료와 눈이 마주친 검엽은 이제 이 전쟁의 끝을 볼 때가 되었다는 것을 느끼고 있었다.

저벅.

한참 동안 들리지 않던 걸음 소리가 전장을 뒤흔들었다.

청랑파의 마적들을 향해 달려가던 연합 측 전사들이 양옆으로 좌악 갈라지며 길이 났다.

저벅.

낮고 느린 발자국 소리.

그러나 그 소리를 듣는 사람들에게 그것은 사신이 다가오는 소리였다.

정신이 온전한 청랑파의 마적들은 심장이 내려앉는 듯한 공포를 느끼며 주춤주춤 뒤로 물러났다.

저벅.

느린 듯하지만 일보의 너비가 십여 장에 달하는 운신.

걸음과 걸음 사이에 존재하던 공간이 순간적으로 사라지고 있었다.

가히 경신법의 전설이라는 축지성촌(縮地成寸)의 경지.

"오… 오… 오지… 마라, 이 악마야!"

"우아아아악!"

혼란의 극으로 치닫던 청랑파 마적들의 대열은 완전히 무너졌다.

사오천에 달하는 마적들이 일제히 등을 돌리고 달아나기 시작했다. 그 뒤를 연합의 전사들이 말을 몰아 추적하며 사정없는 칼질로 마적들을 도륙했다.

처참한 광경.

그러나 초원의 부족들은 일백여 년 동안 그보다 더한 참경을 청랑파에 의해 강요당하며 살아왔다.

지금 초원 부족의 전사들은 쌓였던 한을 풀고 있었다.

살기와 광기가 초원을 메웠다.

야율료는 자신의 측면을 돌아 도주하는 수하들을 보기만 할 뿐 아무 말도 하지 않았다.

그도 저들의 입장이라면 도주했을지도 몰랐다. 그만큼 그는 수하들의 심정이 진심으로 이해되었다.

저벅.

불과 숨 대여섯 번을 내쉬기도 전에 검엽과 야율료의 거리는 사십 장으로 줄어들었다.

두 사람의 사이로 뛰어든 것은 외단주 다우르와 마오였다.

그들은 절정에 달한 무공의 소유자들이다.

다우르는 넉 자의 대도를 휘두르며 허공에서 검엽의 정수리를 눌러갔고, 마오는 일 장 길이의 장창으로 검엽의 가슴을 찔러갔다.

스팟!

무기가 지나가고 난 뒤에야 공기를 찢는 파공음이 났다.

두 사람은 전력을 다하고 있었다.

이제 그들도 알게 된 것이다.

눈앞의 백의인이 단신으로 혈사풍과 혈련사를 멸망시켰다는 세간의 소문이 한 올의 과장도 섞이지 않은 진실이라는 것을.

검엽의 머리 위와 가슴 부위에 푸른 섬광이 일렁이며 육각형의 방패가 나타났다.

구환마벽.

콰콰!

거센 폭발음과 함께 대도와 장창이 중간 부분까지 산산조각으로 으스러지며 터져 나갔다.

그때까지 검엽의 전신을 가리고 있던 피풍이 그의 등뒤로 넘어가며 순백의 장포와 소매 속에 가려져 있던 두 손이 나타났다.

부서진 병기의 파편이 사방으로 비산하는 그 사이로 아래로 나눠진 검엽의 양손이 비스듬히 허공을 쳤다.

쿠우우!

산더미 같은 묵청색의 강기 기둥이 찰나의 순간 공간을 가로지르며 직격해 오는 것을 본 다우르와 마오의 얼굴이 사색이 되었다.

그들의 눈앞에서 하늘과 땅이 뒤집어지고 있었다.

지존천강수의 제이초 천강번천수였다.

피할 수도 대항할 수도 없는 절대력이 그들의 상체를 강타했다.

비명도 없었다.

콰앙!

허리 위가 으스러져 하체만 남은 두 사람의 시신이 피보라와 함께 십여 장 뒤로 날아갔다.

단 일초.

야율료와 청랑십조, 청랑오단 중 이미 죽은 카주린을 제외한 사단의 단주들은 자신들도 모르게 손끝을 떨었다.

사대외단의 단주들은 북해에 파견되었던 자들 중 백웅천에게만 상수를 양보할 뿐인 절정의 고수들이었다. 그런 자들 둘의 연수합격이 일초에 박살 났다.

믿을 수 없는 일의 연속이었다.

"합공하라. 저자를 죽이는 것은 본 회(會)의 천년대업을 위한 충정이 되리라."

야율료의 알 수 없는 지시를 들은 열네 명의 고수는 이를 악물며 주먹을 움켜쥐었다.

야율료도 앞으로 나서고 있었다.

죽음을 각오한 그의 얼굴엔 방금 전까지 완연하던 경악의 기색은 더 이상 보이지 않았다.

저벅.

한 걸음 내딛는 검엽은 뒷짐을 지고 있었다.

그는 능히 한 지역의 패주가 될 만한 능력을 가진 열다섯 명의 절정고수가 신중한 태도로 자신을 포위하는 것을 보며 다시 한 걸음을 내디뎠다.

저벅.

뒤틀리는 대기.

몸서리치는 대지.

무표정한 얼굴, 그리고 무심한 눈빛.

검엽의 정면으로 접근하던 야율료는 그의 일생 동안 한 번도 겪어본 적이 없는 치욕감에 전신을 떨었다.

백의인은 그들을 전혀 염두에 두지 않고 있었다.

그 이상 오만할 수 없는 태도였다.

청랑사단의 단주 네 명이 무서운 기세로 신형을 날렸다.

일권, 일장, 일도, 일검.

각기 다른 네 개의 공격 수법이 검엽의 전신을 노리며 짓쳐들었다.

검엽의 사방 오 장 이내가 사 인의 엄밀한 공세하에 놓이며 서릿발 같은 살기가 충천했다.

그러나 그들의 공격은 검엽의 걸음을 멈추게 하지 못했다.

저벅.

그들의 공격이 검엽으로부터 석 자 거리까지 접근했을 때 아무것도 없던 허공에 푸른빛 육각형의 방패가 환상처럼 나타났다.

땅, 땅. 퍼퍽!

네 개의 방패가 사라졌을 때 두 자루의 병기는 손잡이만 남긴 채 파편으로 화해 있었고, 육장을 휘둘렀던 자들의 팔은 팔꿈치까지 으스러져 피에 젖은 허연 뼈가 노출되어 있었다.

"으으으……."

"크윽!"

공격을 가했던 사단의 단주들은 정신없이 뒤로 일 장여를 물러났다. 그들의 입가는 자신들이 토해낸 피로 붉게 변해 있었다. 쉴 새 없이 꿀럭거리며 입 밖으로 토해지고 있는 핏물 속에는 조각난 살점들이 보였다.

내장이 상할 정도의 타격을 받은 것이다.

인간이 상상할 수 있는 영역을 가볍게 넘어선 가공할 호신 기공과 반탄지력이었다.

네 사람의 높은 자부심과 오랜 수련으로 얻은 인내심으로 터져 나오려는 비명을 억눌렀다. 그러나 누가 보아도 그들의 모습은 정상이 아니었다.

저벅.

일보.

검엽의 오른손이 날을 세우며 비스듬히 우전방을 쓸어냈다.

달무리와도 같은 반월형의 수강이 검푸른빛을 발하며 날아갔다.

지존천강수의 제오초 천강월인수(天罡月刃手)였다.

검엽의 손날을 떠난 다음 순간 목표의 허리에 도달하는 월인(月刃)의 속도는 경이였다.

그러나 그보다 더 섬뜩한 것은 한 명의 허리를 베어낸 후 살아 있는 것처럼 다음 목표를 찾아 움직이는 모습이었다.

서격! 서격!

뒤로 물러나던 네 명의 허리가 찰나지간 단숨에 양단되며 상체와 하체가 피바다 속에 쓰러졌다.

남은 건 야율료와 청랑십조.

검엽을 보는 그들의 낯빛은 대낮의 귀신이라도 보는 듯 푸르뎅뎅했다.

청랑사단의 단주 네 명도 백의인의 일초를 감당하지 못한 것이다.

그들의 얼굴에 깊은 절망의 기색이 뚜렷해졌다.

대체 천하의 그 무엇이 있어 백의인의 걸음을 멈추게 할 수 있을 것인가.

그들은 자신들이 마치 항거할 수 없는 절대적인 악마(惡魔)의 앞에 발가벗고 서 있는 어린아이처럼 느껴져 진저리를 쳤다.

그들의 심정을 모르는 것일까.

심혼을 뒤흔드는 발자국 소리가 그들의 귀를 파고들었다.

저벅.

야율료는 떨리는 입술을 열었다.

"너는… 너는… 대체 누구냐?"

"혼돈."

검엽은 소리없이 웃으며 대답했다.

야율료는 이를 악물었다.

그는 검엽이 자신을 놀린다고 생각했다.

혼돈(混沌)이라니.

"으드득. 이노옴, 내 죽더라도 너를 지옥으로 데려가겠다!"

검엽의 미소가 짙어졌다.

"그럴 능력이 있다면."

짧막한 그의 말이 끝남과 동시에 야율료와 청랑십조가 날아 올랐다.

그들의 쌍수에서 흘러나온 산더미 같은 강기의 폭풍이 사방 십여 장을 광풍 속으로 몰아넣었다.

그러나 검엽은 무심한 눈으로 공세를 응시하며 한 걸음 더 앞으로 전진할 뿐이었다.

저벅.

검엽의 두 손이 마치 하늘의 한 자락을 잡아 뒤트는 형태를 이루었다.

후우우우우우웅!

야율료와 청랑십조의 얼굴이 노랗게 떴다.

그들의 머리 위에서 검붉은 빛으로 물든 하늘이 굉음과 함께 무너져 내리고 있었다.

지존천강수의 제삼초 천강붕천수였다.

이름 그대로 붕천(崩天).

하늘이 무너지고 땅이 갈라졌다.

그 사이에 존재하는 모든 것이 무(無)로 화했다.

최후를 예감한 야율료와 청랑십조는 손가락 하나 까딱하지 못하는 무력감에 몸서리를 쳐야 했다.

"아아아아아악!"

줄에 꿴 듯 한꺼번에 터져 나온 처절한 비명 소리가 전쟁의 마지막을 알렸다.

장내를 휘감아 돌아나가는 바람에 펄럭이던 순백의 피풍이 서서히 가라앉았다.

검엽의 정면은 거대한 대패로 민 것처럼 방원 삼십여 장에 걸쳐 깨끗하게 깎여 나가 있었다.

깊이는 한 자.

조금 전까지 잘린 육편과 웅덩이를 이룰 정도로 흐르던 피는 보이지 않았다.

두두두두두두!

천지를 진동하는 말발굽 소리가 가까워졌다.

도주하는 청랑파의 마적들을 마지막 한 명까지 척살한 연합 측의 전사들이 돌아오고 있었다.

반 각이 지나지 않아 흥분으로 얼굴이 벌겋게 달아오른 수천의 기마 전사가 검엽의 정면을 가득 채웠다.

"하마!"

타루가의 떨리는 목소리와 함께 살아남은 육천의 전사가 마상에서 뛰어내렸다.

누가 시키지도 않았는데 그들은 검엽의 앞에 한쪽 무릎을 꿇고 고개를 숙였다.

타루가도 마찬가지였다.

그들의 앞에 있는 사람은 사람의 형상을 하고 있었지만 사람이 아니었다.

타루가와 부리그를 비롯한 초원의 전사들은 이제 검엽을 신(神)이 아니라 악마(惡魔)라 여겼다.

그렇지 않다면 지금까지 그가 보여준 능력을 설명할 방법이 없었기 때문이다.

하지만 그가 설령 악마라 할지라도 검엽을 향한 그들의 경외심은 조금도 줄어들지 않았다.

신이든 악마든 검엽은 막북의 저주라 불리던 청랑파의 일백 년 역사를 끝장낸 인물이었으니까.

서 있는 사람은 순백의 검엽뿐이었다.

아무도 입을 열지 못했다.

숨이 막힐 정도로 장중한 분위기가 광막한 테르긴차 대평원을 지배했다.

초원을 떠돌던 바람도 숨을 죽였다.

검엽은 천천히 고개를 들었다.

노을은 사라졌다.

어둠이 밀려오고 있었다.

그의 시선이 남쪽을 향했다.

몇 가지 남은 일을 마무리하면 그는 남쪽으로 가야 했다.

그곳에 중원이 있는 것이다.

검엽은 불현듯 눈앞에 떠오르는 운려의 얼굴을 보며 걸음을 떼었다.

방향은 동쪽.

아직 중원으로 가기엔 일렀다.

장성 이북에서 마무리 짓지 못한 일이 남아 있었다.

*   *   *

일백여 년간 막북을 지배한 변황오패천의 일세(一勢), 청랑파는 멸망했다.

막북은 대혼돈이라 할 수 있는 역사의 격랑 속으로 빠져들어 갔다.

요의 막강한 군세와 청랑파의 잔혹한 무력으로 이루어졌던 민간 지배 중의 양축 중 한 축이 무너지면서 초원의 부족들은 힘을 축적할 수 있는 여유를 얻을 수 있었다.

여진족과 몽골족이 서서히 용트림을 시작할 토대가 마련된 것이다.

북해빙궁에 이은 청랑파의 멸망.

장성 이북에 몰아닥친 피바람은 반년도 안 되는 짧은 시간 동안 새외오마세의 둘을 무너뜨릴 만큼 광포하고 처절했다.

그것은 무림이라는 세상이 존재하는 한 영세토록 절대무적 고금독존의 신화로 남을 절대자, 천마(天魔)의 강림을 알리는 서곡이었다.

第八章

천마검협전

요동.

다갈산.

하늘을 가릴 듯 우거진 숲을 평범한 사람처럼 양손으로 헤
치고 나아가는 백의인.

이십여 일 전 막북을 떠났던 검엽이었다.

얼마나 나아갔을까.

해가 중천을 지나 서쪽으로 기울기 시작할 무렵 검엽은 하
늘 끝까지 치솟은 절벽들이 병풍처럼 삼면을 에워싸고 있는
계곡의 입구에 도착할 수 있었다.

무심하던 검엽의 눈에 감회가 어렸다.

그의 앞에 있는 곳은 신화곡이었다.

심마지해에 들기 전, 이곳에서 여은향을 만난 이후로 십이 년의 세월이 흘렀다.

긴 세월 먼 곳을 돌아 그는 마침내 고향에 온 것이다.

계곡의 입구에 펼쳐진 천극미로진세에 막 발을 들여놓던 검엽의 눈빛이 얼음처럼 차갑게 굳었다.

'인기척? 누가 감히 이곳에?'

빙천혈의, 순백의 피풍이 노을빛으로 물들었다.

그의 감각에 잡힌 것은 분명 인기척이었고, 기척의 발원지는 계곡의 안쪽이었다.

감정의 변화가 거의 없는 검엽도 노할 수밖에 없었다.

그에게 이곳은 그와 그의 허락을 받은 사람 이외의 누구도 발을 디뎌서는 안 되는 곳이었다.

검엽의 신형이 환상처럼 꺼지며 그 자리에서 사라졌다.

입구에 펼쳐진 천극미로진세는 일순간도 그의 운신을 곤란하게 하지 못했다.

십이 년 전의 그날처럼.

거대한 분지의 좌측면.

수백 평은 됨직한 밭이 일구어져 있었다.

밭에는 여러 종류의 약초와 나물들이 구획을 나누어 정연하게 심어져 있었고, 사방으로 싱싱한 향기를 뿜어냈다.

밭이랑 사이에 쪼그리고 앉아 약초 사이에 난 잡풀을 뽑던 중년 여인은 갑자기 전신을 덮어온 어두운 그림자에 흠칫하며 고개를 들었다.

시골의 촌부처럼 소매를 걷어 젖히고 치맛자락을 발목에 묶은 평범한 차림새였지만 고개를 드는 여인은 보기 드문 미인이었다.

삼십대 중반가량.

햇살에 그을린 피부는 갈색이었고, 활력이 넘치는 두 눈은 맑았다.

고개를 든 여인은 자신을 내려다보는 검엽을 보며 환하게 웃었다.

손에 묻은 흙을 털며 일어선 여인은 검엽을 향해 깊이 허리를 숙여 읍했다.

"오셨군요."

오전에 마실 나갔다가 돌아오는 사람을 대하기라도 하는 듯 자연스러운 태도.

검엽의 눈매가 가늘게 떨렸다.

그도 허리를 숙여 마주 읍했다.

"선자께서 이곳에 계신 줄 알지 못했습니다."

여인, 진애명은 검엽의 정중한 인사를 받을 수 없다는 듯 한 걸음 옆으로 피하며 말했다.

"종주님의 예는 과하세요. 과공(過恭)은 비례(非禮)라는 말도 있지 않는지요."

검엽은 고개를 끄덕이며 허리를 폈다.

그가 정중할수록 진애명은 더 어려워할 터였다.

두 사람은 어깨를 나란히 하고 분지의 중앙으로 걸어갔다.

분지는 검엽이 기억하고 있는 어린 시절과 흡사할 정도로 복원되어 가는 중이었다.

삼면의 절벽 아래쪽에 있었던, 예전에 비할 수 없이 키가 작다고는 하지만 바람이 불어올 때마다 파도처럼 눕는 갈대밭도 조성되어 있었다.

그리고 중앙의 거주지를 중심으로 팔방으로 뻗어나간 청석로와 중심부 외곽을 포위하듯 연속적인 원을 그리며 놓여졌던 열다섯 개의 산책로도 원형을 되찾았다.

시간이 좀 더 지나고 중앙 분지에 몇 채의 고풍스런 기와집들이 들어선다면…….

검엽의 눈에 소슬한 바람이 불었다.

천지를 태울 듯 달아오르며 무너지던 그날의 신화곡은 흔적을 찾을 수 없었다.

말없이 가는 미소를 입가에 띤 채 걸어가는 진애명의 옆모습을 일별한 검엽의 눈에 감사의 마음이 담겼다.

생사조차 잡아두지 못하는 경지에 도달한 그였지만, 그도 사람인 것이다.

아득한 세월 이전부터 그의 가문이 터를 일구며 살아온 곳을 보살피며 가꾼 사람에게 어찌 고마움이 없으랴.

중앙에는 작은 초옥 두 개가 세워져 있었다.

초옥의 앞에는 작은 탁자와 의자 두 개가 놓여져 있었는데 탁자 위에 찻주전자와 찻잔이 있는 걸 보면 진애명이 평소 앉아 쉬는 곳인 듯했다.

검엽은 탁자를 사이에 두고 진애명과 마주 앉았다.

심마지해를 나선 후 언제나 무심으로 일관하던 그의 얼굴에 편안한 표정이 떠올라 있었다.

그의 손에 죽어간 자들과 그를 신처럼 여기는 사람들이 보았다면 자신들의 눈을 의심했을 것이다.

검엽이 진애명의 눈을 차분하게 들여다보며 물었다.

"어째서 선자께서 이곳에 계시는 것입니까?"

진애명은 검엽의 앞에 놓인 잔에 차를 따르며 가볍게 웃었다.

편안하고 온화한 웃음이었다.

"호호호, 벌을 받고 있는 중이지요."

검엽의 눈가에 그늘이 드리워졌다.

그는 상황을 바로 이해할 수 있었다.

그녀는 봉황금약에 따른 '면벽' 중인 것이다.

그리고 그녀가 벌을 받는 이유는 전당강가에서 그를 구했기 때문이었고.

"마음에 두실 필요 없는 일이에요. 이곳을 택한 건 저의 뜻이니까요."

진애명의 어조는 밝았다.

진심임을 충분히 알 수 있었다.

그러나 검엽의 마음은 더 무거워졌다.

전당강에서 그가 진애명의 손에 구해진 것이 십이 년 전이었다. 그날 이후 그녀는 이곳에서 십이 년의 세월을 보낸 것이다.

검엽을 바라보는 진애명의 눈빛은 따스했다.

처음 보았을 때 앞을 보지 못하던 열한 살의 아이가 이제는 측량할 수도 없는 기도를 지닌 일대의 종사로 성장해 그녀의 앞에 있었다.

그녀는 곧 육십을 바라보는 자신이 삶이 헛되지 않았다는 충만감으로 행복해졌다.

만약 검엽의 손에 벌써 수만에 달하는 생명이 스러졌다는 것을 알게 된다면 그녀의 생각은 변하지 않을까.

그에 대한 답은 절대 아니다였다.

설령 검엽이 세상을 지옥으로 만든다고 해도 그녀의 생각은 변하지 않을 것이다.

신창비순곡의 여인들에게 검엽은 자식이나 다름없는 존재였기 때문이다.

진애명이 물었다.

"그런데 어인 일로 이렇게 일찍 오셨는지요? 저는 종주님께서 얽힌 인연의 사슬을 모두 풀어버린 후에나 이곳으로 돌아오실 거라고 생각했었는데……."

진애명은 검엽의 종적이 십이 년 동안 묘연했던 것을 알고 있었다. 금제에 묶여 있다고 해도 밖의 소식을 전혀 듣지 못하는 것은 아니었다.

"곡주님께서 말씀해 주셨던 것의 실마리를 찾기 위해서 왔습니다."

"그럼 그날 일어났던 일의……?"

검엽은 고개를 끄덕였다.

찻잔을 내려놓은 검엽이 일어섰다.

진애명도 따라 일어섰지만 걸음을 옮기는 검엽을 지켜보기만 할 뿐 움직이지 않았다.

검엽이 하려 하는 일은 그의 업(業)이었다.

그녀가 나설 일이 아닌 것이다.

검엽은 신화곡에 사흘을 머물렀다.

그동안 그가 한 일은 아침부터 저녁까지 산보하듯 신화곡의 경내를 돌아다니는 것이 전부였다.

진애명은 밭에서 하루 종일을 보냈다.

여름이 다가오고 있었다.

밭은 그녀의 손길을 절실하게 필요로 했다.

도착한 지 사흘째 되는 날의 아침.

검엽은 혼돈귀원대법이 스며 있는 절벽의 아래에 섰다.

'여 곡주님의 예상이 맞았다……'

순백의 빙천혈의가 은은한 노을빛으로 물들었다.

'배신자가 있었다. 아버님께서 신임하던 분들 가운데 한 명이 대법의 경로에 손을 대 그 흐름을 비틀었다.'

그가 지닌 절세적인 능력으로도 신화곡 멸망의 단서를 찾는

데 사흘이라는 시간이 걸렸다.

손에 넣을 수 있는 흔적은 남아 있지 않았다.

그러나 신화곡이라는 거대한 땅을 초토화시켰던 강력한 기의 흐름은 아직도 대기에 남아 있었다.

검엽은 대기에 남아 있는 폭발의 여력 속에서 원하던 단서를 찾아냈던 것이다.

여은향도 검엽이 발견한 것과 비슷한 것을 찾아내긴 했지만 현재 그가 발견한 것보다 명료하지는 못했다.

그의 눈빛이 깊게 가라앉았다.

세 사람의 얼굴이 그의 뇌리에 떠올랐다.

'대법의 경로 가운데 비틀린 부분은 아버님께서 직접 관장하셨던 영역이다. 그곳에 손을 댈 수 있는 사람들은 그분들 셋밖에 없었다. 셋 중의 한 명이 배신자다.'

검엽은 뒷짐을 졌다.

빙천혈의가 순백의 색으로 돌아왔다.

강렬한 집중이 들끓으며 일어나던 그의 살기를 잠재운 것이다.

'그러나… 폭발은 혹시 남아 있었을지도 모를 배신자의 흔적을 모두 지워 버렸다. 아버님조차 시신을 남기지 못할 만큼 강력했던 폭발이 아니던가.'

검엽은 내심 길게 탄식했다.

누군가는 살아남았다. 그러나 불행하게도 그를 추적할 수 있는 단서는 전무했다.

폭발 후 흐른 세월이 이십 년이나 되는 것이다.

그의 능력으로도 없는 단서를 만들어내는 것은 불가능했다.

'세 사람 중 누가 배신자였든 방수가 있었다. 그들의 능력으로는 어떤 수단을 사용하더라도 아버님의 눈을 피하지 못했을 테니까. 혼자서는 결코 가능한 일이 아니야. 그리고 방수의 능력은 아버님에 버금가는 자여야만 한다. 아버님의 눈길을 피할 수 있었어야 하니까.'

검엽의 눈빛이 얼음처럼 투명해졌다.

결론이 났다.

'배신자와 손을 잡은 자는 십방무맥 내의 누군가다. 그것도 종사 급의 인물……'

한순간,

분지 전체가 화산이 폭발하기라도 한 듯 시뻘겋게 물들었다. 하늘에서 용암이 쏟아진 듯했다.

처절한 마기가 광란하듯 분지를 휩쓸었다.

밭에서 일을 하고 있던 진애명은 창백한 얼굴로 다급하게 지면에 엎드렸다.

가공할 기운이 분지를 짓누르고 있었다.

그녀는 가슴을 채우는 공포에 전율했다.

경악한 그녀는 기세의 발원지 쪽으로 시선을 돌렸다.

그리고 그녀는 볼 수 있었다.

혼돈귀원대법이 스며 있는 절벽이 통째로 홍옥처럼 불타오르고 있었다.

용권풍처럼 일어난 공포스러운 살기는 분지를 태풍처럼 휩쓸고, 나타날 때만큼이나 갑작스럽게 사그라졌다.

뒷짐을 진 검엽은 천천히 절벽을 등지고 돌아섰다.

'기다려라. 누가 되었든 본 종을 건드린 것이 얼마나 어리석은 짓이었는지 뼛속 깊이 깨닫게 해주마.'

저벅. 저벅.

장중한 발걸음 소리가 신화곡을 뒤흔들었다.

진애명은 입구로 걸어가는 그를 향해 깊이 읍했다.

검엽의 시선이 잠시 그녀에게 머물렀다.

그는 가볍게 고개를 숙여 그녀의 인사를 받았다.

그러나 그뿐이었다.

그는 걸음을 멈추지 않았다.

두 사람 모두 말이 없었다.

만남이 있으면 헤어짐이 있고, 헤어짐이 있으면 또다시 만날 날이 온다.

그것이 세상 돌아가는 이치가 아니겠는가.

*　　*　　*

정자에 앉아 불어오는 바람에 몸을 맡기고 있던 여은향의 눈매에 가는 주름이 생겨났다.

동북방을 향해 고개를 돌린 그녀의 얼굴빛이 조금씩 딱딱하

206

게 굳어갔다.

그녀는 빠르게 자리를 떨치고 일어났다.

맞은편에서 붓을 들고 난을 치고 있던 이옥빈이 흠칫 놀라며 고개를 들었다.

그림을 그리는 것에 온 정신을 집중하고 있던 탓에 그녀는 여은향의 안색이 변하는 것을 미처 보지 못한 상태였다.

일어선 여은향을 올려다보던 이옥빈은 그제야 여은향의 기색이 심상치 않다는 것을 알아차렸다.

그녀의 안색도 변했다.

굳은 얼굴로 서서 동쪽을 바라보는 여은향의 전신에서 은은하게 흘러나오는 기세를 읽은 것이다.

신창비순곡 비전의 초절기, 초연신공이었다.

그녀는 얼떨떨해하며 입을 열었다.

"사부님……?"

"란아와 란아 아비를 밖으로 나오지 못하게 하고 너도 그들과 함께 있거라."

대답하는 여은향의 음성엔 무거운 울림이 담겨 있었다.

이옥빈이 벌떡 일어났다.

"무슨 일이세요?"

"누군가 이곳을 향해 오고 있다."

그 말을 끝으로 여은향은 입을 다물었다.

이옥빈은 경악했다.

알아보기 어려울 정도로 미약하긴 했지만 여은향의 얼굴빛이 창백하게 변했다는 것을 알아차렸기 때문이다.

천하에 누가 있어 신창무후(神槍武侯) 여은향의 안색을 변하게 만들 수 있으랴.

여은향의 지시를 따르기 위해 신형을 날리려다 미묘하게 변하는 기세를 느끼고 여은향을 돌아본 이옥빈은 놀람을 지나쳐 경악해 버렸다.

언제나 왼쪽 옆구리에 차고 있던 두 개의 길고 짧은 봉을 여은향이 양손에 나눠 쥐는 것을 보았기 때문이었다.

긴 봉은 오른손에 짧은 봉은 왼손의 손목 바깥쪽에 가져다 대는 여은향의 모습은 현실 같지가 않았다.

'조사신병(祖師神兵)인 천상봉황신창(天上鳳凰神槍)과 은린봉황순(銀鱗鳳凰盾)까지…… 대체 무슨 일이시기에……?'

여은향의 손에 들린 길고 짧은 두 자루의 봉은 초연신공이 주입되면 형태가 변한다.

장봉은 일 장 길이의 은빛 장창으로, 단봉은 길이 세 자 폭 두 자의 반투명한 은빛의 방패로.

그 두 가지 병기는 신창비순곡의 역사와 함께 곡주에게 전승되어 온 조사신병 천상봉황신창과 은린봉황순이었다.

이옥빈은 여은향을 스승으로 모신 이후 지금까지 무공을 시연할 때가 아닌 상황에서 여은향이 두 신병을 손에 쥐는 것을 본 적이 없었다.

여은향이 그럴 만한 적수를 만난 적이 없기 때문이었다.

그런 여은향이 신창과 봉황순을 손에 쥐었다는 것은 그녀조

차 긴장할 수밖에 없는 절대초강자가 접근하고 있다는 걸 의
미했다.

'상공… 란아야!'

안색이 변한 이옥빈은 다급하게 신형을 날렸다.

그녀는 여은향에 대해서는 아무런 걱정도 하지 않았다.

무정한 제자라서가 아니었다.

상대가 아무리 강해도 여은향을 위태롭게 할 수 있을 거라
고는 전혀 생각하지 않았던 것이다.

여은향에 대한 그녀의 믿음은 절대적이었다.

그래서 그녀의 걱정은 늘 무사태평한 남편과 아직도 마냥
어린아이로만 여겨지는 딸에게 집중되었다.

동북방을 보며 신창과 봉황순에 초연신공을 불어넣으려던
여은향의 눈이 반짝였다.

'순수하게 정화된 마기… 이 기운은……?'

굳어졌던 그녀의 얼굴이 풀리며 대신 반가움의 빛이 떠오른
것은 순식간이었다.

꺼지듯 그녀의 신형이 사라졌다.

정가장으로부터 오백여 장가량 떨어진 야산 자락.

야산을 관통하는 길의 양편엔 십여 장 높이의 아름드리 거
목들이 늘어서 있었다.

그 길의 한복판에서 검엽은 깊게 가라앉은 두 눈에 희미한
미소를 담고 정면을 응시하고 있었다.

그의 정면 삼 장 앞.

이마와 볼에 아직 소녀티가 완연하게 남아 있는 여인이 서릿발처럼 차가운 눈을 빛내며 그를 향해 장창을 겨누고 있었다.

화사한 연분홍빛 궁장을 차려입은 여인의 키는 다섯 자 일곱 치는 됨 직했다.

여인치고는 큰 키.

묶지 않은 칠흑처럼 검은 머리카락이 허리 아래쪽에서 찰랑였고, 피부는 안이 들여다보일 것처럼 맑고 투명했다.

그리고 유난히 흰 피부 때문에 더 검게 보이는 눈썹과 감은 눈 전체를 내리덮은 긴 속눈썹, 유려한 선을 그리며 솟아오른 콧날과 크지도 작지도 않은 도톰한 입술은 피를 머금은 것처럼 붉었다.

사슴처럼 긴 목 아래 꿈결처럼 흐르는 몸매의 선은 화사한 궁장보다 더 고아했으며 또 풍염했다.

아직 만개하진 않았지만 그리 머지않은 훗날 세상의 어떤 사내라도 단번에 녹여 버릴 것이 자명한 충격적인 염기(艶氣)와 아름다움이 여인의 전신에서 우러나왔다.

가히 인세의 것이라고는 믿어지지 않는 극치의 미(美).

궁장을 입은 절세의 미인이 삼엄한 기세로 장창을 겨누고 있는 광경.

게다가 장창에서 흘러나오는 기운이 범상치 않았다.

창두(槍頭)에 아지랑이처럼 어린 기운은 그녀의 경지가 기를 유형화시키기 직전에 도달해 있다는 것을 알 수 있게 했다.

검으로 말하자면 검기상인(劍氣傷人)을 넘어 검기성강(劍氣成罡)을 이루기 전 단계.

그녀의 나이를 생각한다면 경악할 만한 성취였다.

누구라도 놀라고 황당해할 만한 상황이었다.

그러나 검엽이 전혀 놀라지 않은 모습으로 미소를 짓자 오히려 당황한 사람은 여인이 되었다.

그녀는 당황스러움을 감추려 애쓰며 강한 어조로 말했다.

"더 이상 접근하지 마세요. 한 발자국만 앞으로 나서면 제 창을 원망하게 될 거예요."

검엽은 어깨를 으쓱하며 뒷짐을 졌다.

순순히 여인의 말에 따르는 듯한 태도여서 여인은 조금 안심한 눈치였다.

"당신은 누구죠? 왜 우리 집으로 가고 있는 거죠?"

"그러는 넌 왜 내게 창을 겨누는 것이냐?"

검엽의 음성은 솜사탕처럼 부드럽고 온화했다.

적의라고는 한 오라기도 찾아볼 수 없는 어투와 태도.

그것을 느낀 듯 여인의 서릿발 같은 기세가 눈에 띄게 약해졌다. 여인은 잠시 우물쭈물하다가 대답했다.

"그냥 당신이… 위험하게 느껴져서……."

행동과 말이 외모와는 달리 순진하기 이를 데 없는 여인.

그녀는 겉으로 볼 때 자신보다 두어 살가량밖에 더 많아 보이지 않는 검엽이 자신에게 반말을 하고 있다는 것을 알았지만 화가 나지 않았다. 아니, 거의 의식조차 하지 못했다.

그만큼 검엽의 반말은 자연스러웠고, 그녀도 그렇게 받아들였다.

마주 보는 두 사람의 눈이 허공의 한 점에서 만났다.

바다처럼 깊고 잔잔한 눈과 미미한 떨림이 담긴 눈.

검엽의 강철처럼 단단하던 마음이 그 자신조차 이상하다 싶을 정도로 편안하게 풀어졌다.

"예감 때문에 방문한 사람에게 창을 겨눈단 말이냐?"

여인은 입술을 깨물었다.

그녀는 산책을 하다가 영혼을 자극하는 전율을 느꼈고, 그것을 따라 걷다가 이곳까지 왔다.

그리고 검엽을 보았고, 자신도 모르는 사이에 창을 겨눴다.

왜 자신이 그에게 창을 겨누었는지는 그녀 자신도 제대로 설명할 수 없는 일이었다.

검엽은 크게 숨을 들이마셨다.

이십여 년 전 그의 심신을 취하게 만들었던 향기가 천지간에 가득 차 있었다.

향기의 진원지는…….

검엽의 시선이 여인의 두 눈을 똑바로 바라보았다.

여인은 가슴이 철렁했다.

사내의 눈에는 맑고 투명하면서도 무서운 힘이 깃들어 있었다.

그녀는 숨쉬기가 곤란함을 느꼈다.

눈이 꿰뚫리는 듯했고, 발가벗겨진 채 사내의 앞에 서 있는 듯 부끄러웠다.

그것은 말로 형용하기 어려운 느낌이었다.

그때 검엽이 말했다.

"많이 컸구나."

여인, 정사란은 놀라 눈을 깜박였다.

그녀는 불현듯 깨달았다.

처음부터 창을 겨눈 위협적인 모습으로 나타났던 그녀였다. 그런데도 자신보다 오히려 더 아름다워 보이는 사내의 음성은 시종일관 온화했고 따스하기만 했다.

자신을 모른다면 어찌 그럴 수 있으랴.

"저를… 아세요?"

그녀는 더듬거리며 물었다.

검엽이 흰 이를 드러내며 소리없이 웃었다.

적에게는 염왕의 미소와도 같았던 그 미소가 지금은 봄바람보다 더 부드러웠다.

그는 고개를 끄덕이며 말했다.

"네 이름이 사란이 맞는다면 당연히 잘 알고 있다."

사란은 장창을 슬그머니 내렸다.

사람을 많이 겪어보지 않은 그녀였지만 사내의 말이 진실이라는 것을 본능적으로 느끼고 있었다.

스르르르륵.

장창의 크기가 석 자 길이로 줄어들었다.

그녀는 봉으로 화한 창을 왼손으로 바꾸어 잡았다. 그리고 큰 눈을 깜박이며 검엽에게 물었다.

"저… 누구세요?"

그 태도가 어린아이처럼 맑고 순수해서 검엽은 저절로 웃음이 나왔다.

"하하하하하."

크지 않은 웃음소리는 깊은 여운이 있었다.

정사란의 볼이 사과처럼 발그스름해졌다.

웃음을 멈춘 검엽이 말했다.

"형님이 얼마나 애지중지하며 키웠을지 눈에 선하구나."

여전히 웃음기가 묻어나는 어투였다.

사란을 바라보며 미소 짓던 검엽의 안색이 갑자기 진중해졌다. 그리고 사란의 뒤쪽을 향해 고개를 숙여 인사했다.

"오랜만에 뵙습니다."

사란은 갑작스런 검엽의 태도에 당황하며 뒤를 돌아보았다. 얼마나 강호 경험이 없는지 알 수 있는 행동이었다. 만약 검엽이 적이었다면 그녀는 바로 제압당했을 것이다.

뒤를 돌아본 사란은 자신과 불과 한 자도 떨어지지 않은 곳에 서서 만감이 교차한 시선으로 사내를 바라보고 있는 여은향을 발견할 수 있었다.

"사조 할머니!"

평소라면 웃으며 그녀의 말을 받아주던 여은향이다. 그러나 지금은 그녀에게 시선도 주지 않았다. 어리둥절한 사란은 여은향과 검엽을 번갈아 보며 고개를 갸우뚱거렸다.

여은향이 입을 연 것은 그때였다.

"종주, 십이 년 만이구려."

"예."

여은향의 눈가에 웃음이 걸렸다.

"근 십 년 터울로 간신히 한 번씩 보는 듯하니 참으로 귀한 분이시오."

서운한 마음이 그대로 전해지는 말이었다.

검엽은 쓴웃음을 지었다.

"출관한 지 얼마 되지 않았습니다."

검엽의 대답에 일말의 서운함을 털어낸 여은향은 빙긋 웃었다.

"성취가 내가 예상했던 것보다 더해 이제는 가늠하기조차 어렵구려. 축하드리오."

"감사합니다."

사란의 몸짓이 조심스러워졌다.

'사조 할머니한테 혼나겠다······.'

눈치를 보아하니 자신이 창을 겨누었던 사람의 신분이 범상치 않은 듯했다. 그리고 여은향과의 관계도.

여은향이 이처럼 다정하면서도 정중하게 사람을 대하는 것을 그녀는 처음 보았다.

사란을 돌아본 여은향이 웃으며 검엽에게 말했다.

"종주도 이 아이가 누군지는 대충 짐작하신 듯하오만."

"사란이가 아닙니까."

"많이 크지 않았소?"

검엽은 고개를 끄덕였다.

"형님과 형수님이 얼마나 귀하게 키웠는지 상상이 됩니다."

여은향이 낮게 웃은 후 말했다.

"사위는 저 아이를 아직도 문밖으로 내보내지 않으려 한다오. 엄한 놈이 독수리처럼 낚아채 갈까 봐 무서운 게지."

"하하하."

검엽도 소리 내어 웃었다.

반가운 만남.

평범한 친족 사이에나 오갈 법한 대화.

검엽의 웃음소리를 들으며 그를 보던 여은향의 얼굴에 찰나지간 근심의 빛이 스쳐 지나갔다.

그녀는 웃음을 터뜨리는 검엽의 눈가에 드리워진 우수를 읽을 수 있었던 것이다.

"란아."

"예, 사조 할머니."

대답하는 사란의 태도는 방금 전 창을 겨누었던 여장부와 동일인이라는 것이 믿어지지 않을 정도로 조신해졌다.

"인사드리거라. 아비가 늘 천하에서 제일가는 미남 숙부라고 이야기하던 바로 그분이시다."

“아!”

나직한 탄성을 터뜨린 사란은 허둥지둥 검엽을 향해 깊게 허리를 숙여 인사했다.

“조카 사란이 숙부님께 인사드려요.”

인사를 하는 그녀의 태도에서 미약하나마 불신의 기색을 읽은 여은향이 빙긋 웃었다.

“무엇이 그리 못 미더운 것이더냐?”

사란은 여은향의 눈치를 살피며 살그머니 검엽을 돌아보았다.

검엽은 그녀를 보며 미소짓고 있었다.

사란은 고개를 푹 숙였다.

그런 그녀를 보며 여은향이 검엽에게 말했다.

“란아는 종주가 너무 젊어 보여 아비가 말한 그 숙부라는 걸 인정하기 어려운가 보오.”

여은향도 사란의 심정이 이해가 갔다.

겉으로 볼 때 검엽의 나이는 아무리 많게 보아도 스물두셋 이상으로 보이지 않았으니까.

그녀가 말을 이었다.

“종주, 장에 드시게. 사위 부부는 항상 종주를 걱정하며 보고 싶어했다오.”

“예.”

정철림과 이옥빈의 얼굴을 떠올린 검엽은 마음이 따듯해졌다.

늘 그리워했으면서도 오지 못했던 곳이었다. 이번의 발길도 적잖이 망설인 후에야 가능했었다.

'평화롭구나……'

여은향과 어깨를 나란히 하고 걸어가며 둘러본 정가장의 풍광은 초여름의 온기가 가득했고 평온했다.

검엽은 자신의 마음에 모든 것을 잊고 이곳에 일생을 묻고 싶다는 감정이 차오르는 것을 깨닫고 쓴웃음을 지었다.

그가 이곳에 오는 것을 꺼려했던 이유가 그 때문이었다.

여은향은 기억에 없는 어머니와 같았고, 정철림 부부는 형과 누나를 느끼게 했다.

가족.

선친 고천강이 살아 있을 때조차 그와는 인연이 없었던 그 말을 수시로 생각나게 만드는 분위기가 이곳에는 있었다.

이곳은 그가 걸어가야 할 길과는 극과 극처럼 어울리지 않는 곳이었다.

오십여 장 앞에 정가장의 정문이 보일 때 검엽은 안에서 미친 듯이 뛰어나오는 중년의 남녀를 볼 수 있었다.

"란아야!"

정가장이 떠나가라 소리 지르며 황망한 기색으로 뛰어오는 사내는 이제는 중후한 기품이 전신에서 흘러나오는 정철림이었고, 그 옆의 여인은 이옥빈이었다.

여은향의 지시를 받고 남편과 딸을 찾으러 갔던 이옥빈은 정철림은 찾았지만 사란은 찾지 못했다.

이옥빈으로부터 여은향의 말을 전해 들은 정철림은 정가장 내에서 사란을 찾을 수 없자 눈이 반쯤 돌아서 정가장을 박차고 나온 것이다.

정신없이 달려나오던 두 사람은 편안한 표정으로 걸어오는 여은향 등을 발견하고 걸음을 멈췄다.

그들의 시선이 검엽에게 닿았다.

이옥빈의 눈이 두 배는 되게 커진다 싶은 순간 옆의 정철림이 양팔을 활짝 벌리며 화살처럼 튀어나왔다.

"엽아!"

듣는 검엽의 어깨가 축 늘어졌고, 여은향이 기함하여 입을 딱 벌렸다.

아무리 정철림이 검엽의 진정한 신분을 모르고 있다지만 십방무맥 최강을 다투는 창룡신화종의 당대 종주의 이름을 막냇동생 부르듯 하다니.

여은향은 검엽이 혹시 기분 나빠하지 않을까 걱정되어 그를 돌아보았다.

그리고 안심했다.

검엽은 싱긋 웃으며 마주 두어 걸음 나서며 정철림의 양 팔뚝을 부여잡고 반가워하고 있었다.

"형님."

이십 년 만이었다.

정철림은 현실감이 없는 듯 꽉 잡은 검엽의 팔을 놓지 못했다.

"그 애늙은이가 이렇게 멋지게 컸을 줄이야. 내가 상상하던 것보다 더 훌륭하게 컸구나."

"감사합니다."

환한 어조로 대답하며 웃는 검엽의 얼굴에는 티끌만 한 잡념도 없었다.

第九章

천마검엽전

정가장의 후원 정자.

검엽을 붙들고 쉴 새 없이 질문을 던지던 정철림과 이옥빈
은 사란과 함께 쫓겨났다.

물론 여은향이 쫓아냈다.

그녀는 검엽에게 묻고 싶은 것이 있었다.

맞은편에 앉아 차를 마시는 검엽의 그린 듯 수려한 풍모를
일별한 여은향은 내심 길게 탄식했다.

'…아아… 하늘은 어찌하여 이 아이에게 이처럼 진한 마(魔)
의 향기를 묻혀두시었을까…….'

그녀는 신창비순곡의 곡주 비전 무공이며 기나긴 곡의 역사
를 통틀어도 그 끝을 본 사람이 셋도 되지 않는다는 초연신공

의 극을 눈앞에 두고 있는 불가일세의 여종사다.

정자에서 이옥빈과 함께 있을 때 그녀가 느낀 것은 천지를 뒤덮는 거대한 마의 기운이었다.

초연신공이 절로 반응할 만큼 가공스러운 마기… 그리고 그 마기보다 더 강렬하게 전신을 긴장시키던 처절한 대살기.

검엽이 찻잔을 내려놓자 그녀가 물었다.

"종주는 그곳에 다녀오신 것이오?"

검엽은 잠시 그녀를 바라보다가 고개를 끄덕였다.

"그렇습니다."

여은향이 말한 그곳이 어딘지 그는 단숨에 알아들었다.

그곳은 심마지해였다.

여은향은 눈동자가 일시지간 초점을 잃었다.

예상했던 일이었다. 그럼에도 마음을 파고드는 아픔은 어쩔 수가 없었다.

"하아아……."

여은향의 입술 사이로 긴 한숨이 흘러나왔다.

그녀는 아무 말도 하지 못했다.

심마지해.

천지간에 오직 단 하나의 가문, 창룡신화종만이 입구를 찾을 수 있고, 들어갈 수 있는 불가해의 대지.

신화종의 후인만이 그곳에 드는 게 가능한 것은 심마지해의 입구가 지존신마기를 혼에 담은 자에게만 반응하여 그 앞에 모습을 드러내기 때문이었다.

　그래서 심마지해의 입구가 어디에 있는지 알고 있는 사람이라도 신마기를 잇지 못했다면 결코 그 입구를 보지 못한다.

　십방무맥 내에 전승되는 비전에 의하면 그 안에 들어가 살아 나올 수 있다면 마선지경(魔仙之境)에 드는 것도 가능하다고 했다.

　그렇다면 신화종이 창건된 이후 아득한 세월이 흐르는 동안 신마기를 혼에 품은 자들 중 몇이나 심마지해에 들었을까.

　외부에 알려진 그들의 수는 그리 많지 않았다. 다섯 명이 넘지 않았으니까.

　왜일까.

　살아 나올 수만 있다면 절대지력을 얻을 수 있는 곳에 왜 신화종의 후인들은 들어가지 않은 것일까.

　십방무맥 내에서도 그것은 의문이었다.

　봉황금약이 성립된 이후 그 의문은 더 강해졌다.

　심마지해의 힘을 얻으면 철벽처럼 앞을 막고 있는 혼천무극문을 넘어설지도 몰랐다. 그런데도 신화종의 후인들은 심마지해를 찾지 않았다.

　그러나 그들의 의문은 의문으로만 남았다.

　의문을 풀어준 신화종의 인물이 아무도 없었으니까.

　“돌아가신 오라버니가 심마지해에 관해 지나가듯 말씀하셨던 적이 있었다오. 부디 종주께서는 자신의 몸을 아끼시기를.”

　말을 하는 여은향의 눈매가 가늘게 떨렸다.

　검엽은 정중하게 고개를 숙였다.

"명심하겠습니다."

그를 걱정하는 그녀의 진심이 온전히 마음에 전해졌다.

'아버님께서… 고모님을 진심으로 아끼셨구나. 가문의 비밀이라 할 수 있는 것까지 말씀해 주셨을 줄은 몰랐군.'

심마지해는 그 안에서 생존한 자에게 절대지력을 준다. 그러나 그 힘을 얻기 위한 대가는 실로 가혹하기 이를 데 없고, 힘을 얻은 후에도 심마지해는 생존자에게 무서운 대가를 요구한다.

절대역천마기는 이름 그대로 역천지력(逆天之力).

그 힘을 몸 안에 둔 자는 한시도 쉬지 않고 역으로 흐르려는 마기를 다스려야 한다.

문제는 역천마기의 힘이 일정한 수준으로 유지되지 않는다는 것에 있었다.

신마기의 인력에 의해 끌려오는 역천마기는 혼돈에서 피어나 세상에 퍼진 기운.

인력에 끌려오는 마기가 사라지지 않는 한 역천마기는 무한히 증가될 수밖에 없었다.

그러나 사람의 몸은 무한의 힘을 품는 것이 가능하지 않다.

그것이 가능하다면 어찌 그를 사람이라 부를 수 있으랴.

그래서 심마지해에서 살아 나온 사람에게는 세 가지 길만이 놓여 있게 된다.

무한히 증가하는 역천마기에 의해 몸이 터져 죽는 것이 하나이고, 역천마기를 폭주시켜 외부로 발산하는 것이 다른 하나, 마지막이 육신의 한계를 넘어 역천마기를 품는 것이다.

두 번째 방법은 단지 죽음의 순간을 연장시킬 뿐이지만 마지막 방법도 크게 다르지 않다.

육신의 한계를 벗어난다는 것은 완전히 다른 차원의 정신과 육신이 되는 것, 곧 마선(魔仙)의 경지에 드는 것을 의미하지만 외견상으로는 죽음의 또 다른 형태이기 때문이다.

결국 심마지해에 든 사람은 죽는다.

모든 생명은 죽지만 그 최후가 언제 올지는 아무도 모른다.

그러나 심마지해에서 살아 나온 사람의 죽음은 예측이 어느 정도 가능하다.

아무리 늦어도 십 년을 넘기지 못하는 것이다.

검엽 이전에 심마지해를 거쳤던 다섯 명의 선조 중 십 년 이상을 산 사람은 한 명도 없었다.

심마지해를 나섰을 때 제정신을 가지고 있었던 사람이 둘에 불과할 정도였으니 그들의 운명은 심마지해를 떠날 때 이미 정해진 것이나 다름없었다.

천지의 균형을 무너뜨릴 정도의 힘을 얻은 대신 치러야 하는 대가였다.

그 때문에 신화종의 후인들은 심마지해에 들지 않았던 것이다.

가뜩이나 신마기를 혼에 품고 태어나는 후인의 수가 일 세대에 일백 명이 채 되지 않는 가문이 신화종이다.

많은 수가 심마지해에 든다면 신화종은 절멸될 위험이 있었다.

그래서 신화종을 창건한 초대 종주는 심마지해에 드는 이들의 조건을 한정 지었다.

그 조건이 바로 혼돈귀원대법을 받아들이는 데 성공해야 한다는 것이었다.

지금까지 신화종의 후예로 심마지해를 거친 사람은 검엽을 포함 여섯.

그중 다섯은 봉황금약이 만들어지기 이전에 심마지해를 거쳤다. 그리고 봉황금약 이후로 심마지해를 거친 신화종의 후예는 검엽이 최초였다.

그것은 봉황금약이 성립되던 십방무맥 쟁패의 시기에 혼돈귀원대법의 정수가 실전되었기 때문이다.

대법을 펼칠 수가 없으니 심마지해에 들고 싶었던 후인도 들어갈 수가 없었던 것이다.

"종주, 부탁 하나 들어주시겠소?"

"말씀하십시오."

"하고자 하시는 일이 마무리된 후에 본 곡에 꼭 들러주시구려."

검엽은 싱긋 웃었다.

"반드시 찾아뵙겠습니다."

여은향의 눈가에 드리워진 그늘은 곧 사라졌다.

시정잡배로 살아가는 사람이든 역사의 흐름에 영향을 주는 거인으로 살아가는 사람이든 선택의 몫은 그의 것이다. 그 선택에 따른 결과 또한 그의 몫이고.

더구나 검엽은 절대라는 이름이 어색하지 않은 무맥의 당대 종주.

그의 선택은 존중되어야 했다.

미래에 그 결과가 어떤 것으로 다가올지라도.

그러나 지금 맺은 약속을 지키기 위해 그들 사이에 얼마나 긴 세월이 흘러야 하는지 두 사람 모두 상상조차 하지 못했다.

그녀는 화제를 바꾸었다.

"연 문주는 만나보았소?"

"아직 만나지 못했습니다."

여은향의 눈에 의혹의 기색이 번졌다.

그녀는 고개를 갸우뚱했다.

검엽이 중원에서 어떤 일을 당했는지 알고 있는 그녀다. 검엽이 앞으로 어떤 일을 하려 하는지도 충분히 짐작하고 있었다. 그가 하고자 하는 일을 하려면 반드시 통과해야 하는 절차가 바로 연휘람과의 봉황비무였다.

"그럼 천제산에 가지 않은 것이오?"

"갔었습니다만 만날 수 없었습니다. 동방 부주의 말씀에 의하면 연 문주는 십여 년 전 거처에서 실종되었다고 하더군요."

여은향의 안색이 대변했다.

"…그런 말도 안 되는……?"

충격이 얼마나 컸는지 흘러나오는 그녀의 음성은 사시나무처럼 떨리고 있었다.

혼천무극문주 창궁고학 연휘람의 실종.

그녀가 아니라 십방무맥에 적을 둔 사람이라면 누구라도 믿을 수 없는 일이었다.

그러나 운중천부주 신무자 동방록이 그리 말했다고 한다.

믿지 않을 도리가 없었다.

"대체 누가 있어 연 문주를……."

동방록이 행방을 알지 못한다면 소식을 전할 틈도 없었다는 말이 된다.

그런 경우는 단 하나, 납치뿐이었다.

"동방 부주는 짐작가는 게 있는 듯했지만 말을 하지 않더군요."

여은향의 눈빛이 깊게 가라앉았다.

동방록의 입장이야 충분히 이해가 갔다.

그럴 수밖에 없었으리라.

그녀는 탄식했다.

"세상 돌아가는 일에 관심을 두지 않았더니… 연휘람 문주에게 그런 일이 벌어진 것도 모르고 있었구려."

검엽은 그녀의 마음을 충분히 이해할 수 있었다.

아마도 다른 십방무맥의 종사들 대부분도 연휘람의 실종 사실을 알지 못하고 있을 터였다.

그들이 지닌 개인적인 능력과 그들이 보유한 무맥의 저력을 생각하면 이해가 가지 않는 일이었지만 실상을 알고 보면 그리 이상한 일도 아니었다.

십방무맥은 세상과 거리를 두고 있는 무맥들이고, 오랜 세월 그렇게 살아오며 무맥에 속한 사람들은 자신들의 무맥 외부에서 어떤 일이 벌어지든 관심을 갖지 않게 되었던 것이다.

무맥의 인물들 중에는 현재의 중원을 차지하고 있는 황조가 당나라인 줄 아는 사람도 있을 정도였으니 그들의 무관심이 어떠한지는 두말할 필요가 없었다.

그나마 그들이 관심을 보이는 건 무맥끼리의 교류였는데, 그 교류라고 해봐야 다른 무맥의 당대 종주가 누구인지 아는 정도를 벗어나지 못했다.

여은향도 그들과 크게 다르지 않았다.

현재의 중원 황조를 당나라라고 알 정도는 아니었지만 가끔 당나라인지 송나라인지 헷갈리곤 하는 수준이었다.

무맥 내부의 인물들 중 연휘람의 종적에 관심을 가질 사람은 봉황비무에 뜻을 둔 사람밖에 없는 것이다.

여은향이 검엽에게 물었다.

"종주는 이제 어쩌시려오?"

"연 문주를 기다리고 있을 수는 없습니다."

"흠······."

검엽의 뜻은 명백했다.

"금약에 위배되는 일이지 않소?"

"이미 시위를 떠난 상황입니다."

"그게 무슨 말씀이시오?"

"북해의 빙궁과 막북의 청랑파가 제 손에 무너졌습니다."

여은향의 눈이 커졌다.

빙궁과 청랑파라면 그녀도 아는 것이 적지 않았다.

봉황비순곡이 요동에 위치하고 있는데다가 혈육처럼 아끼는 막내 제자의 사위 정철림이 표국을 하고 있기 때문이었다.

하지만 그녀는 두 문파가 무너졌다는 소식을 듣지 못했다. 검엽의 이동 속도가 소문이 퍼지는 속도보다 좀 더 빨랐다.

여은향은 굳은 얼굴이었다.

검엽은 봉황금약의 첫 번째 항을 정면으로 위반했다.

무맥의 후예들은 무공으로 천하의 정세에 개입하면 안 된다는 선조들의 뜻을.

"종주, 연 문주와 평수를 이루는 것으로 해결될 일이 아니라는 걸 알고 있소?"

검엽은 말없이 고개를 끄덕였다.

모를 수가 있겠는가.

이런 경우의 해결 방법은 하나뿐이었다.

봉황금약의 수호자, 혼천무극문주를 패배시키든지 그의 손에 죽든지.

"하아……."

여은향은 가볍게 도리질을 했다.

검엽이 걸어갈 길은 그녀와 같은 사람도 쉽사리 뭐라 말할 수 없을 정도로 험했다.

"중원에는 언제 가시려오?"

"가는 길에 들렀습니다."

여은향의 눈에 애잔한 빛이 어렸다.

검엽은 심마지해의 생존자.

이제 그녀도 아는 것이다.

어쩌면 검엽을 다시 보지 못할 수도 있다는 것을.

"며칠만이라도 쉬어가라고 한다면 무리한 부탁이 되겠소?"

검엽은 잠시 대답을 하지 못했다.

그는 여은향의 얼굴을 바라보다가 조용히 웃으며 말했다.

"말씀하시지 않아도 쉬어갈 생각이었습니다. 형님과 밀린 회포는 풀고 가야지요."

여은향의 얼굴이 환해졌다.

"다행이오, 참말 다행이오."

그녀를 마주 보며 검엽도 담담하게 웃었다. 그는 여은향에게 묻고 싶은 것이 있었지만 묻지 않았다.

그녀는 천외천(天外天)에 사는 여인.

세속의 일에 얽히게 만들고 싶지 않았기 때문이다.

지난날 검엽은 무공을 수단으로 군림과 지배를 꿈꾸는 자라면 상대가 누구든 파멸시키겠다는 맹세를 했었다.

십방무맥은 무공의 최고 극점에 존재하는 자들.

그럼에도 현재까지 검엽의 맹세에 십방무맥은 해당되지 않았다.

십방무맥에 속한 문파는 무공으로 군림과 지배를 꿈꾸지 않기 때문이다.

그러나 만약 십방무맥 중 무공으로 군림과 지배를 꿈꾸는 자가 있다면 그들은 검엽의 방문을 받게 될 터였다.

그의 맹세에 예외는 존재하지 않으니까.

"멋진 분이지?"

옷을 누비던 이옥빈은 넋이 나간 사람마냥 멍하니 창밖에 시선을 주고 있는 딸의 옆구리를 손가락 끝으로 살짝 찌르며 말했다.

사란은 화들짝 놀란 얼굴이 되었다.

그녀의 우윳빛 하얀 뺨에 투명한 홍조가 떠올랐다.

"누… 누구… 말씀이세요?"

이옥빈의 얼굴에 미소가 번졌다.

"딴청 피울래?"

사란은 고개를 숙이며 어물어물 대답했다.

"어머니도 참, 누가 딴청 피운다고 그래요."

"사부님께서 당신의 목숨보다 더 아끼는 사람이란다."

이옥빈이 말하는 사람이 누군지야 자명한 일.

더 이상은 사란도 모르는 척할 수가 없었다.

궁금한 게 너무 많아서 정신이 혼미할 지경인 것이 현재 그녀의 상태였으니까.

고개를 숙인 채 눈만 위로 살짝 치켜뜬 사란이 물었다.

"저보다도 더요?"

"글쎄… 아마 못하시지 않을걸."

"그렇게나요?"

　여은향이 자신보다 더 관심을 두는 사람을 본 적이 없는 사란은 입술을 삐죽였다.

　신창비순곡 내에서 여은향이 그녀를 손안의 보석처럼 아낀다는 걸 모르는 사람은 아무도 없었다.

　"그럼. 나는 아직도 열한 살이던 저분을 데리고 이곳에 오셨던 사부님의 표정이 눈에 선하단다. 내색하지 않으려 애쓰셨지만 정말 애달파 하셨지. 아마 그때의 사부님 눈빛은 내가 죽을 때까지 잊지 못할 거야."

　호기심을 가득 담은 사란의 두 눈이 별처럼 반짝였다.

　"숙… 부님께 사연이 있으신 모양이죠?"

　이옥빈이 사란의 머리에 작은 꿀밤을 먹였다.

　"그건 어미도 모른단다. 사부님께서는 저분에 대해서 아무 말씀도 하지 않으시니까. 두 분 호위선자 사저는 아실 테지만 그분들도 저분에 대해서는 아무 말씀도 하신 적이 없어. 아무튼 사부님과의 인연이 있어 네가 저분을 사숙이라 부르고 그것을 사부님께서 탓하지 않으시긴 하지만 원래 그렇게 부를 수 있는 분이 아니시다. 너도 실수하지 않도록 조심해야 한다."

　정철림과는 달리 이옥빈은 검엽의 신분을 안다. 검엽에게 존칭을 사용하는 것도 그래서였다.

　사란이 혀를 쏙 내밀며 대답했다.

　"예, 어머니."

　"녀석."

“그런데 어머니, 정말 그분 나이가 서른이 넘었어요?”

“안 믿어지니?”

“그 얼굴을 보고 어떻게 믿어요?”

“그렇지? 사실은 나도 믿기지가 않아.”

“공력이 세월을 거스를 정도여서일까요?”

“아마도 그렇지 않을까?”

“사조 할머니도 볼 때마다 신비스러웠는데 저분은 더한 것 같아요.”

“나도 동감.”

이옥빈의 입가에 걸린 미소가 진해졌다.

하지만 미소와 달리 사란을 보는 그녀의 두 눈 깊은 곳엔 형용할 수 없는 슬픔이 깔려 있었다.

＊　　＊　　＊

“아우, 오늘도 한잔해야지.”

이십 년 전의 그때처럼 이제는 그의 몫이 된 정자에 앉아 밤바람을 쐬고 있던 검엽은 정철림의 떠들썩한 방문을 받았다.

정철림은 양손에 커다란 술병을 하나씩 들고 있었다. 허리춤에 매달려 걸음따라 흔들흔들 거리는 건 술잔 두 개다.

안주는 보이지 않았다.

하지만 검엽은 정철림의 두툼한 가슴 상의 안쪽에 육포가 넘치도록 들어 있을 거라는 걸 알고 있었다. 지난 이틀 밤 내

236

내 그러했던 것처럼.

검엽은 자리에서 일어나 정철림을 맞았다.

"좋지요. 올라오십시오, 형님."

정철림은 검엽의 예를 당연하게 받았다.

검엽의 심상치 않은 신분을 모르는 바 아니었지만 그에게
검엽은 그저 사랑스러운 동생일 뿐이었다. 검엽 또한 정철림
의 태도를 자연스럽게 받아들였다.

가족에게 신분과 힘, 그리고 권위를 내세우는 사람이 있을
수 있을까. 그런 사람은 정신병자일 뿐이다.

주거니 받거니 술잔이 서너 순배 돌았을 즈음.

정철림이 물었다.

"중원으로 간다며?"

"예."

"싸울 상대가 구주삼패세 중의 한 곳이라는 말을 들었다. 맞
아?"

"그렇습니다."

"센 놈들이야. 알고 있지?"

검엽은 대답없이 빙긋 웃었다.

정철림이 혀를 찼다.

"너도 그만큼 세서 웃는 거냐?"

"상대할 수 있을 정도는 됩니다."

"넌 세력도 없잖아."

"세력은 필요없습니다."

정철림의 눈이 휘둥그레졌다.

중원무림을 삼분하고 있는 구주삼패세의 한 축을 상대한다면서 세력이 필요없다고 말하는 사람이 있을 수 있으리라고는 생각해 본 적도 없는 그였다.

"정말이냐?"

"형님한테 농담하겠습니까."

정철림은 무언가를 생각하는 듯 잠시 침묵했다.

검엽의 중원행과 그의 상대에 대해 넌지시 언질을 준 사람은 물론 여은향이었다.

그녀는 자신이 잘 모르는 중원 정세에 대해 정철림이 아는 것들을 검엽에게 말해주기를 원했다.

그리고 그것을 부탁하던 여은향의 어투는 그리 심각하지 않았다. 검엽에 대한 걱정이 없는 건 아니었지만 마치 먼 길 떠나는 아들을 걱정하는 정도에 불과했다.

정철림은 여은향이 검엽의 적이라며 구주삼패세를 언급할 때 그녀가 삼패세를 마치 뒷골목 삼류 흑도무리처럼 여기고 있다는 인상을 받았었다.

여은향을 여신처럼 숭앙하는 정철림이다.

그녀가 걱정하지 않는 검엽의 능력이라면 그가 염려할 일이 아니었다.

그는 여은향이 부탁한 자신의 몫을 다하는 것으로 족하다고 믿고 이곳에 온 것이다.

"어머님 말씀으로는 네가 중원을 떠난 지 십 년이 넘었다고

들었다. 그동안 중원 정세가 묘해졌어. 알고 있냐?"

검엽은 가볍게 고개를 저었다.

"모릅니다."

"머리 좋은 네가 지피지기면 백전불태라는 말을 모를 리 없을 텐데, 중원의 정세를 모른다면서도 전혀 걱정하는 기색이 아니구나."

"가면 알게 될 테니까요."

"으하하하하, 속 편한 놈이구나."

정철림이 고개를 젖히고 대소를 터뜨리며 비어 있는 검엽의 잔에 술을 따랐다.

"좋아, 좋아. 그래야 내 동생답지. 한잔해라."

검엽과 함께 단숨에 술잔을 들이켜고 소맷자락으로 입가를 훔친 정철림이 말을 이었다.

"네 말대로 중원에 가면 어차피 알게 될 일이지만 그래도 몇 가지는 알고 있는 것이 나을 것 같다. 내가 표국일 하는 거 알지?"

"예."

"그 때문에 주워들은 얘기가 몇 가지 있다. 크게 관심도 없고 나와 상관있는 일도 아니어서 귀담아듣지는 않았다. 그래서 상세한 사정은 알지 못한다만 대략적인 걸 얘기해 줄 정도는 된다."

"말씀하십시오, 형님. 경청하겠습니다."

"십 년쯤 전인가… 중원에 한 번 난리가 난 적이 있었다."

정철림의 어조가 진중해졌다.

검엽도 귀를 기울였다.

내용이 얼마나 중요한가는 둘째 문제였다.

지금 하는 말속에 정철림의 진심이 들어 있었다.

그는 그것을 받고 싶은 것이다.

정철림의 말이 이어졌다.

"중원의 무림인들이 고금팔대고수라고 부르는, 무림사를 통틀어 가장 강한 여덟 명의 고수가 있었단다. 알고 있냐?"

"예."

정철림이 무슨 얘기를 하려고 서두를 이렇게 거창하게 꺼내나 궁금해하면서 검엽은 싱긋 웃었다. 그중의 한 명 만련자의 진전을 이은 사람이 그가 아니던가.

"십 년 전에 그 고금팔대고수인가 하는 사람들 중 몇 명의 비급이 한꺼번에 무림에 나타났었다. 무림 전체가 뒤집어졌지."

검엽의 미간에 가는 주름이 잡혔다. 그리고 그의 눈에 떠돌던 미소가 사라졌다.

정철림의 얘기는 계속되었다.

"몇 명의 비급이 나온 건지는 아직까지도 밝혀지지 않아서 나도 잘 모른다. 하지만 꽤 여러 명의 비급이 나온 건 확실해. 중원 도처에서 동시다발적으로 혈겁이 일어나고 구주삼패세 전체가 움직였었으니까. 그 혼란이 근 일 년을 갔다."

"주인이 정해졌군요."

정철림은 고개를 끄덕였다.

"사람들 얘기는 그래. 하지만 누가 비급을 얻었는지는 십 년이 지난 지금까지 밝혀지지 않았다. 밝혀지면 바로 혈겁을 당할 테니 얻은 사람들이 죽어라 비밀을 지킨 거지. 아무튼 그 때문에 중원의 정세가 묘해졌다."

정철림은 술잔이 양에 차지 않는다는 표정으로 병을 집어 들었다. 그리고 병째로 몇 모금을 들이켰다.

"일단 무림을 아는 사람들은 어떻게 고금팔대고수라는 절대자들의 무공비급이 동시에 무림에 뿌려질 수 있었는지 이해할 수 없다고 한다. 절대로 일어날 수 없는 일이 일어났다는 거지. 내가 생각해도 그들 의견이 옳다. '보이지 않는 세력이 있지 않았다면 그런 일이 어떻게 가능하냐' 라는 질문을 하곤 했지만 누구도 결론을 얻지는 못했다."

그도 의혹이 꽤 되는 듯 말을 하는 와중에도 가끔 고개를 갸웃거렸다. 그가 말을 이었다.

"그 일 이후 삼패세의 영향력은 겉으로 볼 때는 여전하지만 내부적으로 삼패세에 속한 문파들이 예전처럼 강력하게 결속하지는 않는다는 게 무림의 중론이다. 귀가 밝은 사람들은 고금팔대고수의 비급을 얻은 사람들이 삼패세에 속해 있어서 그렇지 않은가 하는 말들을 한다. 그들의 말도 일리는 있어. 이삼 년 전부터 삼패세에 속한 문파 중 몇몇 문파가 꽤 빠른 속도로 세력을 확장하고 있다더라. 삼패세 전체의 세력 구도를 흔들 정도로 말이야. 그런데 미안하게도 그 문파들이 어디인지

나는 잘 모른다. 듣긴 들었는데 기억을 못해. 관심이 없었거든."

정철림은 조금 미안한 듯 머쓱한 표정을 지었다.

"중원에 가면 바로 알 수 있는 일입니다. 신경 쓰지 마십시오."

단순한 성격의 정철림은 금방 밝은 표정으로 돌아왔다.

"그건 그렇지. 너라면 오래 걸리지도 않을 거다. 하하하."

웃음소리가 잦아들었다.

정철림의 말은 끝나지 않았다.

"나는 병법을 잘 모르지만 거대한 세력을 상대할 때는 합종연횡이라던가 조호이산이라던가 하는 계책을 쓰면 좀 더 쉽게 적을 쓰러뜨릴 수 있단 건 안다. 네가 어떻게 하든 그건 네가 결정할 일이다만… 세상에 독불장군은 없어. 혼자 움직이는 건 정말 위험하다. 절대 무리하지 마."

"형님의 조언 잊지 않겠습니다. 걱정하지 마세요, 형님."

"그래그래, 네가 어련히 알아서 하겠냐."

말은 그렇게 하면서도 마음에 걸리는 것이 있는지 정철림은 몇 마디를 더했다.

"아무튼 사십여 년간 중원을 삼분해서 군림해 온 삼패세의 천하에 균열이 생긴 것만은 틀림없는 사실 같다. 노파심에 하는 말이다만 중원에 가면 그 팔대고수인가 하는 자들의 무공을 익힌 자들과 그걸 뿌린 자들에 대해 파악하고 나서 움직이는 게 어떨까 한다. 잘 나가다가 뒤통수 맞으면 열받잖아."

정철림의 마지막 말에 검엽은 풀썩 웃었다.

"그럴게요, 형님."

이후로 일각가량은 두 사람 다 아무 말도 없이 술만 마셨다.

지난 이틀 동안 저녁때마다 정철림은 검엽을 찾아왔지만 그때도 특별히 많은 얘기를 나눈 건 아니었다.

그저 마주 보고 웃으며 술을 마셨을 뿐이었다.

그것으로 족했다.

서로를 아끼는 마음을 잘 아는 그들이다. 굳이 말로 그것을 확인해야 할 필요는 없는 것이다.

따스한 침묵이 흘렀다.

검엽으로서는 평생 몇 번 겪어보지 못한 분위기였기에 더 소중한 자리였다.

그러나 그는 떠나기 전에 풀고 싶은 궁금한 것이 있었다.

조용히 술잔을 내려놓은 검엽이 불쑥 물었다.

"형님."

"왜?"

"란이… 어디 아픕니까?"

생각지도 못한 질문에 놀란 듯 검엽의 눈을 바라보는 정철림의 안색은 딱딱하게 굳어 있었다.

가만히 검엽의 눈을 보던 정철림의 시선이 아래로 떨어졌다.

그는 자신의 손에 들린 술잔에 찰랑거리는 술만 멀거니 보다가 푸욱 하고 길게 한숨을 내쉬었다.

고개를 들지 않은 채 그가 말했다.

"어떻게 알았냐?"

"기의 흐름이 정상이 아니었습니다."

"너도… 어머님과 같은 얘기를 하는구나. 내 딸인데도 아비인 내가 알아볼 수 없는 것을 어머님과 너는 어렵지도 않게 알아보는구나……."

정철림의 얼굴은 쓸쓸한 빛이 가득했다.

"죄송합니다."

"죄송할 게 뭐 있겠냐. 태어나길 그렇게 태어난 것을……."

허탈한 듯 술잔을 비우는 정철림의 어깨가 처져 있었다.

검엽은 마음이 아렸다.

수천, 수만의 적을 무정하게 죽이는 그였지만 그들은 적이었고, 무인이었다.

그러나 정철림은 무사도 아니었고, 적도 아니었으며 무엇보다도 그에겐 가족과 같았다.

그도 사람인 것이다.

"병명은 모른다. 천하에 모르는 것이 없는 어머님께서도 병명을 알 수 없다고 하시니……. 특별히 아픈 것도 아니다. 너도 겪어봐서 알겠지만 오히려 기가 너무 왕성해서 탈이지. 그런데도 수명이 앞으로 십 년을 넘기지 못한단다. 어머님께서는 란아의 생기가 타오르는 속도가 너무 빠르다고 하셨어. 란아의 천재성과 관련이 있다는 추측을 하시지만 천재들이 전부 요절하는 것도 아니잖냐. 그래서 어머님께서도 그런 것이 아닐까 하는 추측밖에 하지 못하고 계신다.”

검엽의 눈빛이 무거워졌다.

정가장 밖에서의 첫 만남 이후 그는 항상 자신을 따라다니는 사란의 눈길을 느끼고 있었다.

척천산장을 떠나고 그의 진면목이 드러났을 때 따라붙었던 여인들의 시선과 같은 눈길이었다.

예전의 여인들과 다르다면 그 눈길에 깃든 염원이 더 강하고 깊다는 것뿐.

검엽은 사란의 눈길을 느낄 때마다 속으로 쓴웃음을 짓고 말았다.

사란과 그의 나이 차이는 열한 살이었다. 더구나 형님과 형수님으로 생각하는 사람들의 딸이 아닌가.

세속의 예(禮)에 구애받지 않는 그였지만 그녀의 뜨거운 눈길을 받는 건 상당히 부담스러울 수밖에 없었다.

그녀의 시선이 늘상 자신을 따라다니는 터라 그도 자연스럽게 그녀를 보게 되었다.

그리고 그녀의 몸에 이상이 있다는 것을 알게 되었다.

타인의 기(氣)를 느끼는 능력에 있어 당세의 누가 그보다 나을 수 있겠는가.

사란의 몸 안에 흐르는 기는 정철림의 말처럼 그 나이 대에 볼 수 있는 정도와는 차원이 다를 정도로 강하고 활기찼다.

그 왕성한 기가 내공 수련에 의해 얻어진 진기라면 그보다 더 좋을 수 없는 일이었을 것이다. 하지만 그렇지 않다는 게 문제였다.

믿기지 않을 정도로 활성화되어 있는 기는 진기가 아닌 생명력, 원기(原氣)였던 것이다.

그녀처럼 평상시의 사소한 몸짓 하나하나에 원기가 끊이지 않고 넘쳐흐르면 천하제일고수도 오래 버티지 못한다.

원기 또한 자연의 이치에 따라 보강되기는 한다. 그러나 신공이나 심법류를 운기하여 보강되는 진기와는 달리 원기는 시간이 흐르며 자연스럽게 보강된다.

시간 이외에 다른 어떤 것도 원기를 보강하지 못한다. 인위적인 방법은 존재하지 않는 것이다.

사람이 손을 써서 그것을 보강할 수 있는 수단이 있었다면 인간은 오래전 불사(不死)의 능력을 얻을 수 있었으리라.

원기가 보강되는 속도보다 소모하는 속도가 빠르면 결과는 정해져 있다.

사란은 또래의 누구보다 건강했지만 그 이면의 실상은 참혹했다. 그녀는 불치의 병을 앓고 있는 것이다.

검엽은 여은향이 지금 어떤 심정일지 능히 짐작이 갔다.

절대라 불러도 어색함이 없는 그녀의 능력으로도 사랑하는 사손녀가 죽어가는 것을 지켜보고 있어야만 하는 심정이 오죽 가슴 아플까.

"란아도 알고 있습니까?"

"너라면 알려주겠냐?"

정철림의 풀죽은 되물음에 검엽은 씁쓸하게 웃었다.

우문(愚問)에 현답(賢答)이었다.

그라 해도 알려주지 않았을 테니까.

"란아를 치유할 수 있는 방법을 찾아보겠습니다, 형님."

정철림이 반색을 했다.

그에게는 마냥 아끼는 동생이지만 여은향이 그 능력의 끝을 알 수 없다는 말까지 하는 검엽이다.

술잔을 놓은 그는 검엽의 손을 덥석 잡았다.

"그래 주겠냐! 정말 고맙다."

검엽은 망설임없이 고개를 끄덕였다.

정철림이 말했다.

"어머님 말씀으로는 귀혼신의라는 분이라면 란아의 병을 치료할 방법을 알고 계실 수도 있다고 하셨다. 그런데 예전부터 그분을 찾으려 사람을 풀었다고 하시는데 아직까지 찾을 수가 없다고 하시는구나."

"살아만 있다면 반드시 그분을 데리고 오겠습니다."

검엽의 음성은 담담했지만 그 말을 들은 정철림은 사란의 병을 알게 된 후 처음으로 마음이 편해지는 것을 느꼈다.

검엽의 마음이 진심이라는 것을 알 수 있었기 때문일까.

구름 한 점 없는 밤하늘의 달이 유난히 밝게 느껴지는 밤이었다.

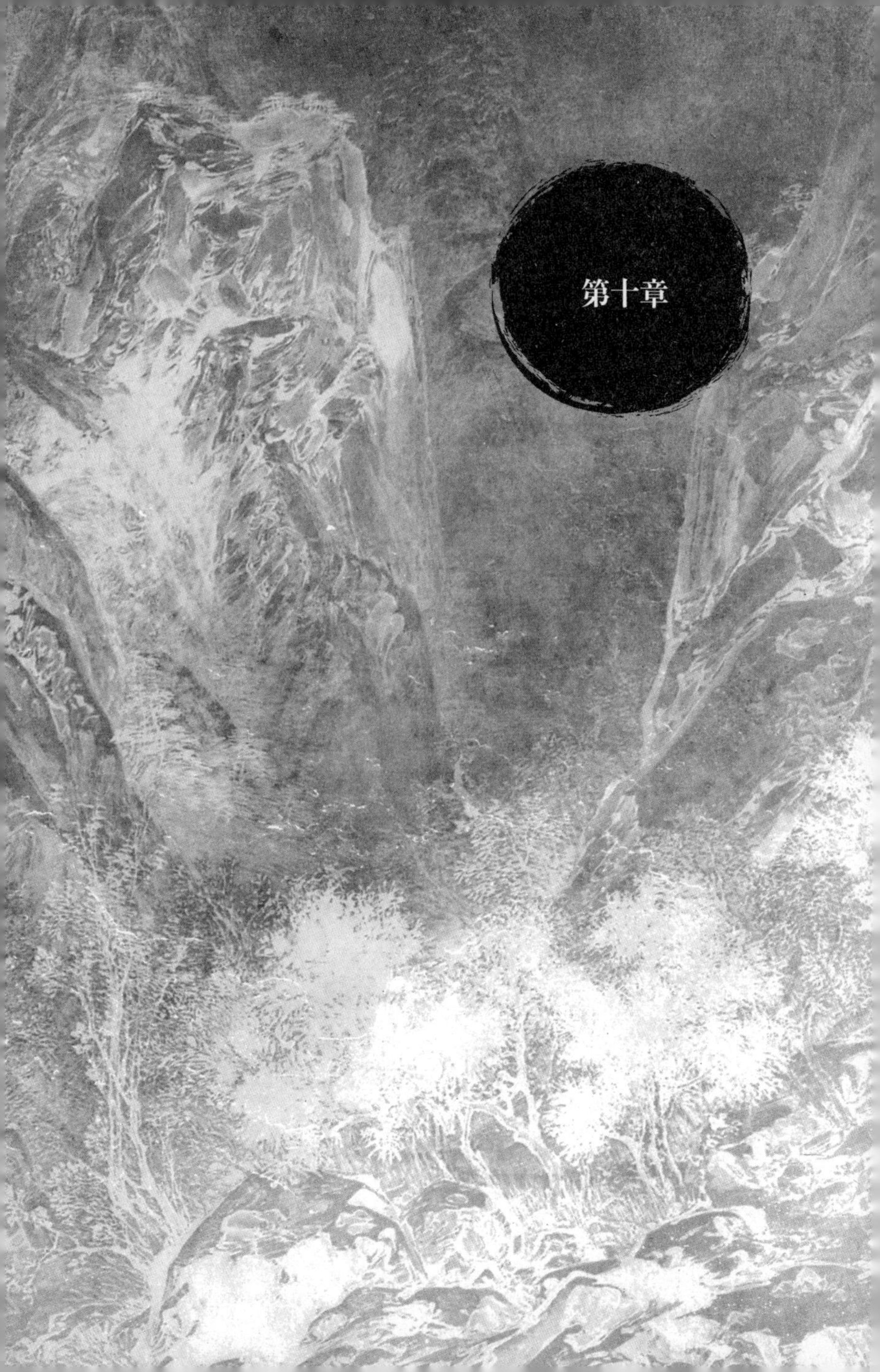
第十章

천마
검협
전

오악을 축소한 듯 웅장한 가산과 연못이 곳곳에 산재해 있고, 길을 벗어난 곳은 기화이초로 뒤덮여 있는 정원.

이십대 후반으로 보이는 준미한 은의미장부가 뒷짐을 진 채 느린 걸음으로 꽃밭 사이로 난 백석로를 걷고 있었다.

만 명의 사람 속에 섞여 있어도 눈에 뜨일 만큼 기도가 헌앙한 청년.

세월이 비껴간 듯 젊은 그는 사마결이었다.

그는 곤란한 일에 봉착해 있는 듯 칼끝처럼 뻗어나가 검미(劒眉)라 불리는 눈썹이 낫처럼 꺾여 있었다.

우뚝.

사마결은 걸음을 멈췄다.

손에 만져질 것만 같은 진한 향기가 그의 주변을 안개처럼 떠돌고 있었지만 사마결의 굳은 안색은 풀어질 기미가 보이지 않았다.

"막북 총단의 정기 연락이 끊어진 지 하루가 지났다. 전서구와 인편이 동시에 활용되는 연락이 끊어진 적은 지난 오십여 년 동안 한 번도 없었거늘……."

천하의 각지를 관할하고 있는 총단주의 재량권이 폭넓게 인정되는 회의 운영 체계상, 총단에서 곡(谷)으로의 보고가 잦지는 않다.

이미 천하의 정세가 안정된 상황이었기에 보고가 잦을 이유도 없었다.

그래서 정기 보고는 석 달에 한 번, 일 년에 총 네 번밖에 되지 않았다. 그러나 보고 횟수가 적은 대신 정해진 기일에 도달해야 하는 소식을 거르는 것은 큰 문제가 되었다.

지난 수십 년 동안 정기 보고가 지체되거나 누락된 적은 한 번도 없었다. 그런데 어제 도착했어야 할 막북 총단의 보고서가 아직도 감감무소식이었다.

"소자량은 매사에 꼼꼼한 성격이라 일을 이렇게 처리할 리가 없는데……."

나직하게 중얼거리던 그의 음성이 조금 높아졌다.

"담우룡!"

그의 일 장 뒤편 공간이 환상처럼 일그러지며 머리부터 발끝까지 흑색 무복으로 감싼 흑의인이 나타나 부복했다.

“부르셨습니까.”

“인령전에서 가장 뛰어난 세작 다섯 명을 뽑아 막북 총단에 다녀오거라.”

“예.”

“소자량과 야율료를 만나 정기 보고가 지체되고 있는 사유를 알아오너라. 변고가 있다면 지체하지 말고 보고하도록. 그리고 만약 그들이 일을 태만하게 하고 있다면 즉시 그들을 소환하라. 내가 직접 책임을 묻겠다.”

사마결의 음성은 엄하기 이를 데 없었다.

담우룡이라 불린 흑의인은 깊숙이 고개를 숙였다.

“알겠습니다.”

“가라.”

명령이 떨어지자마자 흑의인의 신형은 꺼지듯 그 자리에서 사라졌다. 나타날 때만큼이나 경이로운 경신술이었다.

담우룡이 사라진 후 잠시 미간을 찌푸리고 서 있던 사마결은 눈을 들어 하늘을 보았다.

구름 한 점 없이 청명한 하늘 한복판에 해가 뜨거운 열기를 뿜어내고 있었다.

하늘을 보는 그의 마음에 기적처럼 아름다운 사내의 얼굴이 선명하게 떠올랐다.

‘전당강가에서 보았던 그놈의 마지막 모습이 잊혀지지 않는다. 대사형을 따라 먼저 떠나지 않았다면 그놈의 최후를 내 눈으로 볼 수 있었을 것을…… 벽력진천뢰가 터진 바다 밑에

서도 살아 나올 만큼 끈질겼던 놈이 그리 쉽게 죽으리라고는 생각도 못했다.'

사마결의 입가에 무어라 형용하기 어려운 미소가 걸렸다.

'언제 어떻게 반발할지 알 수 없어서인지 밟는 재미가 있는 놈이었다. 살아 있어라. 본 회의 권력 투쟁이 끝나고 본격적인 천하군림이 시작되더라도 너를 상대할 때와 같은 소소한 재미를 느끼지는 못할 것 같다.'

사마결의 입가에 떠오른 미소의 색이 분명해졌다.

그것은 강한 자신감과 원하는 모든 것을 손에 넣은 자에게서나 볼 수 있을 법한 오만함이었다.

*　　　*　　　*

새벽의 서늘함이 아직 가시지 않은 시간.

양편이 아름드리나무로 꽉 들어찬 숲길. 남쪽으로 향한 그 길의 한복판에 서서 검엽은 잠시 정가장을 돌아보았다.

어느새 십여 리나 걸어온 터.

정가장은 아주 작아져 있었다. 물론 검엽에게 그 거리는 아무 장애도 되지 못했지만.

'반드시 돌아와 인사드리겠습니다… 고모님.'

서로 대면하고 있을 때는 무맥의 종주로서 대했지만 마음속으로까지야 그럴 필요는 없었다.

그가 정가장에 머문 기간은 육 일.

254

짧다면 짧은 그 시간 동안 그는 열한 살 때 정가장을 떠난 후로 받아보지 못했던 여은향과 정철림 부부의 애틋한 정을 또다시 듬뿍 받았다.

검엽의 얼굴에 쓸쓸한 기색이 스쳐 지나갔다.

사랑하는 사람들을 두고 고향을 떠나야 하는 사람들에게서나 볼 수 있는 그런 기색이었다.

천천히 등을 돌린 검엽은 두어 걸음 걷다가 걸음을 멈추며 우측의 숲을 쳐다보았다.

"나오너라."

부스럭. 부스럭.

조심스럽게 풀을 헤치는 소리가 나더니 백색 무복을 단단히 차려입은 정사란이 나타났다.

그녀는 책망을 들을까 두려워하는 어린아이처럼 검엽의 눈치를 살폈다. 하지만 두 눈 깊은 곳에서 흘러나오는 알 수 없는 결기는 의외로 강렬했다.

검엽은 자신의 앞에 도착한 후 고개를 푹 숙이고 있는 사란을 바라보며 잠시 아무 말도 하지 못했다.

자신을 몰래 뒤따르고 있는 그녀의 존재를 알아차린 건 정가장을 떠난 직후였다.

사란의 성취는 그 또래에서 비교할 대상이 드물 정도였다. 하지만 검엽에게 그런 성취는 아무 의미도 없었다.

검엽은 사란이 자신을 어느 정도 따라오다가 돌아가려니 하고 내버려 두었다. 그러나 그녀는 돌아가려는 기색을 보이지 않았고, 오히려 그와의 거리를 좁혔다.

십방무맥의 후예인 사란이다. 여은향이라는 한 무맥의 종주에게 사사하기도 한 그녀가 아닌가.

당연히 그녀는 무맥의 종주들이 어떤 능력을 갖고 있는지 잘 알고 있었다. 그래서 검엽이 자신의 존재를 알아차리지 못할 거라는 생각은 애당초부터 하지 않았다.

자신이 뒤따르는 것을 알아차리고도 내버려 두는 검엽의 태도를 보고 그녀는 자신을 허락한 것이 아닐까 하는 희망을 갖고 거리를 좁힌 것이다.

물론 터무니없는 오해였다.

검엽은 내심 한숨을 길게 내쉬었다.

겉모습이 어떻든 그의 나이는 서른이 넘었다. 그리고 무공은 물론이고 정신의 경지 또한 무림사를 통틀어도 도달한 사람이 몇 없는 경지에 이르렀다.

사란의 마음을 읽는 건 그에게 너무나 쉬운 일이었다. 그 때문에 오히려 그는 쉽게 말문을 열지 못했다.

첫사랑에 빠진 소녀에게 대체 무어라 말할 수 있을 것인가.

정가장에 머무는 동안 그는 여은향 등과 함께 식사를 할 때를 제외하고는 사란을 보지 않았다. 그녀의 시선에 담긴 의미를 파악했기에 일부러 피한 것이다.

그는 들릴 듯 말 듯한 탄식과 함께 말했다.

"…장으로 돌아가거라. 어른들께서 걱정하실 거다."

사란의 어깨가 조금 부풀어 올랐다. 말을 할 용기를 얻기 위해 크게 숨을 들이마시는 것이다.

그녀가 고개를 들었다.

"따라가고… 싶어요."

검엽의 눈가에 가는 떨림이 일었다. 순간적으로 나타났다가 사라졌지만 그것은 그가 적지 않은 충격을 받았다는 것을 뜻했다. 고개를 든 사란은 육 일 동안 그가 보아온 소녀가 아니었던 것이다.

소녀는 여인이 되어 있었다.

사란의 외모는 육 일 전과 같았다. 조금 마른 듯한 느낌도 있었지만 티가 나지는 않았다. 그럼에도 그녀는 육 일 전과 비교할 수도 없을 만큼 성숙해져 있었다.

검엽은 그 이유가 사란의 눈빛 때문이라는 것을 깨달았다.

그와 정면으로 마주쳐 오는 그녀의 눈빛은 더 이상 소녀의 감상에 젖어 있지 않았던 것이다.

검엽은 깊은 빛을 발하는 그녀의 맑고 강한 두 눈을 마주 보았다. 그리고 천천히 고개를 가로저었다.

"안 된다."

돌아가라는 말을 들었을 때부터 각오했던 말이었다.

사란은 흔들림없는 시선으로 검엽의 눈길을 받으며 물었다.

"제가 어리기 때문인가요?"

"그것도 이유의 하나이긴 하지만 전부는 아니다."

“말씀해 주세요. 이유를 알고 싶어요.”

“이유를 말해주면 돌아가겠느냐?”

사란은 망설임없이 고개를 저었다.

“아니요. 저는 돌아가지 않아요.”

“고집이 세구나.”

“사숙보다는 못합… 니다.”

말을 하는 사란은 입술을 깨물고 있었다. 습막이 그녀의 눈에 어려 있는 것이 보였다. 그녀는 눈물을 참고 있는 것이다.

우회적이긴 하지만 생애 처음의 고백이 거절당하고 있었다. 눈물이 나지 않을 수 없는 일이었다.

검엽은 뒷짐을 졌다.

그는 사란을 설득할 수 있는 단계가 지났다는 걸 알아차렸다. 그러나 포기시켜야 했다. 그것이 그를 아끼는 여은향과 정철림 부부에게 해줄 수 있는 최선이었다.

그가 말했다.

“지금까지 나는 삼만에 가까운 사람을 죽였다.”

사란의 눈이 두 배는 커졌다.

옥으로 정성 들여 깎은 듯 아름다운 검엽이 곡식을 먹고 물을 마시며 자신처럼 볼일을 보는 사람이라는 것이 신기하기까지 했던 그녀다.

표현이 묘하지만 그녀는 검엽을 처음 보았을 때 그가 이슬만 먹고사는 사람이 아닐까 라는 생각까지 하지 않았던가.

그런 그가 삼만을 죽였다니.

쉽게 믿을 수 없는 일이었다.

검엽의 무심한 음성은 계속해서 이어졌다.

"앞으로 내 손에 죽어갈 자의 수는 그보다 더 많다. 알겠느
냐? 천하무림이 내 손아래 부서질 것이고, 내가 가야 할 길은
피와 시신으로 덮일 것이다. 네가 따라올 수 있는 길이 아니
다."

말을 하던 검엽의 얼굴이 굳어졌다.

사란이 단정하게 무릎을 꿇고 있었다.

그녀는 두 자루의 단봉을 무릎 위에 올려놓고 검엽을 올려
다보았다.

그 눈길이 절실하기 그지없었다.

"상관없어요. 사숙께서 무엇을 하시든 저는 상관없어요. 저
는 사숙 옆에 머무는 사람이고 싶을 뿐이니까요."

한계에 다다른 것일까.

그녀의 눈에서 맑은 눈물이 흘러내렸다.

"방해가 되지 않을게요. 옆에 있게 해주세요."

무릎을 꿇고 눈물을 흘리고 있었지만 사란의 자세는 속되지
도 흐트러지지도 않았다. 음성은 절제되어 있었고, 몸짓은 단
아한 기품이 있었다.

이십여 년간 한결같았던 여은향과 이옥빈의 가르침이 그녀
를 지탱하고 있는 것이다.

그것이 더 절절한 그녀의 마음을 느끼게 했다.

검엽은 탄식하지 않을 수 없었다.

설득할 수 있는 방법이 없었다.

그의 마음이 움직였다.

그와 동시에 사란의 눈에 빛이 꺼지며 천천히 지면으로 쓰러졌다.

의형수형(意形隨形).

그러나 그녀의 몸은 지면에 닿지 않았다. 어느새 검엽이 그녀를 안아 들었기 때문이다.

그의 등 뒤에서 안타까운 한숨 소리가 들려왔다.

"하아아……."

이미 알고 있었던 듯 검엽은 놀라는 기색없이 돌아섰다. 삼 장가량 떨어진 곳에 여은향이 쓸쓸한 표정으로 서 있었다.

검엽이 고개를 숙였다.

"죄송합니다……."

여은향은 고개를 저었다.

"그 아이의 마음이 그리 흘러간 것을… 어찌 종주에게 책임을 물을 수 있겠소."

사란의 몸이 둥실 허공에 떴다. 그리고 느리게 여은향을 향해 날아갔다.

검엽의 눈가에 다시 잔떨림이 일었다.

'향기…….'

첫날 사란을 만났을 때 그의 심신을 취하게 만들었던 그 향기가 다시 천지를 가득 채우며 퍼져 나가고 있었다.

그의 안색이 미미하게 창백해졌다.

향기는… 운명이었다.

그는 말없이 여은향에게 고개를 숙여 목례한 후 신형을 돌렸다.

돌아선 그는 이를 악물고 있었다.

그의 두 눈에 생사대적을 맞이하기라도 한 것처럼 무서운 신광이 이글거렸다.

'비틀린 운명은 나 하나로 족하다…….'

그의 신형이 안개처럼 흩어지며 사라졌다.

길에 남은 여은향은 정신을 잃은 사란을 가슴에 꼭 끌어안고 검엽이 사라져 간 방향을 향해 하염없는 시선을 던질 뿐이었다.

＊　　　＊　　　＊

이틀 후.

만리장성을 경계로 호북성을 마주 보고 있는 건평(建坪).

해가 조금씩 서쪽으로 기울어가는 미시 중반.

눈이 닿은 곳이라면 모두 황토로 뒤덮인 척박한 평원의 구릉 위.

검엽은 뒷짐을 지고 서서 장성을 바라보고 있었다.

장성의 위에는 경계를 서는 병사들 몇의 모습이 보였다.

261

그들을 훑어보는 검엽의 두 눈이 무저처럼 깊게 가라앉았
다.
'단목천……'
빙천혈의에서 조금씩 붉은빛이 새어 나왔다.
잊을 수 없는 그날의 기억이 되살아났다.
'려아……'
뒷짐을 지고 있던 손이 풀렸다.
검엽은 마치 운려가 눈앞에 있는 것처럼 손을 뻗었다. 순백
의 피풍이 무언가에 떠밀리듯 그의 등 뒤로 넘어갔다. 허공을
움켜쥔 그의 손에 미미한 떨림이 일어났다.
'단목천, 근본도 알 수 없는 비천한 동이의 오랑캐 따위라고
했던가……'
흑백이 뚜렷하던 검엽의 눈에서 흰 부분이 사라지고 있었
다.
전율을 불러일으키는 극한의 마기가 서서히 사방으로 뻗어
나갔다.
하늘과 땅이 숨을 죽였다.
'네가 경멸하던 비천한 동이 오랑캐가 이제 너를 찾아가려
한다. 하지만 바로 네게 가지는 않을 거야. 나는 네가 살아 있
다는 것 자체를 재앙이라 여길 때쯤 너를 방문하겠다.'
검엽의 입가에 스산한 미소가 드리워졌다.
'네가 과연 어떻게 나를 상대할지 궁금하군. 단목천, 나는
지켜야만 했던 사람을 지키지 못했다. 그래서 강해졌다. 이제

는 네 차례다. 너도 지켜야 하는 것들이 있겠지. 그렇다면 지키도록 해보아라. 하지만 그러기 위해서 너는 충분히 강해야만 할 것이다. 그렇지 않다면 잃을 것은 네가 상상한 것보다 더 클 테니까.'

빙천혈의의 색이 완전히 붉게 변했다.

검엽의 몸에서 시작된 핏빛의 물결은 황토 평원을 시뻘겋게 변화시켰고, 하늘도 붉게 물들였다.

살아 있는 것은 모두가 벌벌 떨며 몸을 움츠리고 둥지와 서식지로 숨어들었다.

천지의 말일이 이러할 것인가.

장성 위에 서 있던 병사들의 안색도 사색이 되었다.

지루하기까지 했던 장성 이북의 풍광이 완전히 변해 있었다.

보이는 것은 오직 핏물이 떨어질 것만 같은 붉은빛.

천지가 시뻘겋게 타올랐다.

심장을 옥죄어 오는 것은 무한의 공포와 전율.

불가해한 눈앞의 광경을 보고 오줌을 지리지 않은 자가 없었다.

그리고 그 순간,

검엽의 신형이 날아올랐다.

장성과 그의 사이에 있던 십여 리의 거리는 일수유지간에 사라졌다.

전신을 사시나무 떨 듯 떨던 병사들은 자신들도 모르는 사이 성벽 위에 엎드려 온몸을 웅크렸다.

영문을 알 수 없는, 하지만 항거가 불가능한 절대적인 공포가 그들의 머리 위를 유성처럼 스쳐 지나가고 있었다.

검엽이 중원에 들어선 것이다.

*　　　*　　　*

"란아!"

정철림은 평생 한 번도 딸에게 보여준 적이 없는 대로한 표정으로 소리를 질렀다.

사란은 무릎을 꿇고 있었고, 그 정면에 무거운 표정의 여은향이, 그 반보 뒤에 대로한 정철림과 당황한 얼굴의 이옥빈이 서 있었다.

정가장의 대청이었다.

정철림이 말했다.

"그놈은 꼭 돌아오겠다고 했어. 알겠냐? 돌아온다고 했단 말이다. 그럼 기다리면 될 일이지 무엇 때문에 중원으로 가겠다고 고집을 피우냔 말이다! 중원이 무슨 이웃 마을 장터처럼 가까운 곳인 줄 아느냐? 수천 리 길인데다 너 혼자 돌아다닐 수 있을 만큼 만만한 곳도 아니다. 난 허락 못해. 절대로 허락 못해!"

사란은 아랫입술을 꼬옥 깨물고 있을 뿐 아무 말도 하지 않았다.

　안쓰러운 눈으로 사란을 보고 있던 이옥빈이 말문을 열었다.
　"애야, 고집 피울 일이 아니란다. 네가 어떤 말을 해도 우리가 어떻게 허락할 수 있겠니. 그리고 아버지 말이 틀리지 않다는 걸 너도 알고 있지 않니? 그분은 네가 따라다닐 수도 없고 따라다녀서도 안 되는 분이란다. 고집 피우지 말고 그만하자."
　그때까지 조가비처럼 입을 다물고 있던 사란이 입을 열었다.
　"그분이 돌아오실 때까지 제가 살아 있을 수 있나요, 어머니?"
　생각지도 못한 반문이어서 이옥빈은 숨이 막혔고, 정철림의 얼굴빛도 변했다.
　정철림이 떨리는 음성으로 물었다.
　"네가 어떻게?"
　"저를 보실 때마다 그처럼 가슴 아픈 눈빛들이 되시는데 제가 아무리 어리석어도 어떻게 모를 수 있겠어요."
　가볍게 숨을 들이마신 사란이 말을 이었다.
　"얼마나 남았을지 모르는… 마지막 순간까지 저는 그분 곁에 있고 싶어요. 제 소원은 그것뿐이에요. 제발 허락해 주세요."
　이옥빈을 올려다보는 사란의 강렬한 눈빛은 그녀의 성장과정을 지켜보아 왔던 사람들을 놀라게 했다.

그들은 말을 잊었다. 무엇으로도 꺾을 수 없는 의지가 사란의 눈에 어려 있었다.

벌써 한 시진째였다.

드릴 말씀이 있다면서 정철림과 이옥빈을 여은향의 거처로 오게 한 사란은 충격적인 선언을 했다.

중원으로 가겠다고, 검엽과 함께 있고 싶다고.

정철림과 이옥빈은 할 수 있는 모든 수단을 동원해 사란의 뜻을 돌이키려 했다.

그러나 사란은 자신의 뜻을 굽히지 않았다. 그리고 결국 정철림 부부가 언제까지나 지키려 했던 마지막 비밀을 이미 알고 있다는 것까지 밝힌 것이다.

사란이 말을 이었다.

"사조 할머니와 두 분께서 저를 얼마나 어여삐 여기시는지 잘 알아요. 하지만… 저는 제가 사랑하는 분 옆에서 정말 하고 싶은 일을 하다가 가고 싶어요. 아빠, 엄마… 제 마음을 이해해 주세요."

정철림과 이옥빈의 얼굴에 허탈함과 안타까움이 복잡하게 뒤엉킨 표정이 떠올랐다.

정철림은 턱이 부서져라 이를 악물었다.

"너는 절대로 죽지 않아. 내가 그걸 두고 볼 성싶더냐!"

그의 눈에 습막이 어리고 있었다.

그때였다.

"장주 부부는 잠시 진정하시게."

온화한 목소리.

여은향이었다.

정철림 부부와 사란은 자세를 바로 하고 귀를 기울였다.

"나는 사란이 뜻을 받아들이는 게 어떨까 싶으이."

"어머님!"

"사부님!"

놀란 정철림과 이옥빈이 다급하게 여은향을 불렀다.

그러나 여은향은 담담한 미소를 지으며 두 사람에게 고개를 저어 보였다.

"란아가 이미 자신의 명(命)에 대한 비밀을 알고 있는 마당일세. 언제까지 저 아이를 품 안의 병아리처럼 정가장 안에만 두려 하시는가. 바깥바람을 좀 쏘이는 것도 나쁘지 않아."

정철림과 이옥빈의 얼굴이 창백해졌다. 반면에 사란의 얼굴은 복사꽃처럼 화사하게 피어났다.

허락을 자신하지 못했던 여은향이 의외로 선선히 그녀의 편이 되어준 것이다.

정철림 부부를 번갈아 보며 여은향은 계속 말했다.

"어미도 아는 것처럼 란아의 무공은 중원에서 적을 찾기 어려울 정도일세. 바깥에 나가도 위험할 일은 없을 게야. 그리고 지금 신화곡에 있는 애명을 시켜 란아를 보살피게 하겠네. 그리하면 란아가 돌아올 날까지 걱정하지 않아도 될 것일세."

"어머… 님."

정철림이 나직하게 부르는 것을 눈짓으로 막은 여은향이 사란을 보았다.

"란아."

"예, 사조 할머니."

"엽아는 성정이 독특하단다. 그 집안 내력이 본래 고집이 센 터라 네 의지가 아무리 강하다 해도 엽아에게는 통하지 않을 게야. 천하의 누구도 엽아를 제어할 수 없다. 오직 그 자신만이 자신을 제어할 수 있을 뿐. 그가 너를 어떻게 대할지는 나조차 예단하기 어렵단다. 아마도… 너는 그의 옆에 다가가지 못할 수도 있다. 지켜보는 것마저 쉽지 않을지도 모르고. 그래도 상관없느냐?"

"각오하고 있습니다."

사란의 대답은 일말의 망설임도 없이 나왔다.

정철림 부부의 입에서 동시에 한숨이 흘러나왔다.

여은향은 따스한 눈으로 사란을 지켜보다가 허리춤에 있는 두 자루의 짧고 긴 단봉을 풀어 손에 쥐었다.

"애명이 오는 대로 중원으로 가거라. 엽아를 찾는 건 어렵지 않으리라."

사란은 눈물을 글썽이기만 할 뿐 말을 하지 못했다.

그녀는 여은향의 무릎에 뺨을 묻었다.

그녀의 머리를 쓰다듬던 여은향이 그녀를 살짝 밀어 허리를 세우게 하고 두 자루의 단봉을 그녀에게 건넸다.

"이것을 가져가거라."

두 자루의 단봉이 무엇인지 잘 아는 이옥빈의 안색이 확 변했다. 놀란 그녀는 여은향의 앞으로 뛰어나오며 말했다.

"사부님, 란아는 그것을 받을 자격이 안 됩니다!"

사란도 흠칫 놀라 두 자루의 단봉을 받지 못했다.

여은향이 한시도 허리춤에서 떼어놓지 않던 물건들이었다. 그 의미가 가벼울 리 없는 것이다.

하지만 여은향은 마치 사랑하는 손녀에게 사탕을 쥐어주듯 단봉들을 사란의 손에 쥐어주었다.

입가에 온화한 웃음을 머금은 그녀가 말했다.

"이 물건들의 이름은 천상봉황신창과 은린봉황순이라고 한다. 본 곡을 여신 창선(槍仙) 단유림님께서 쓰시던 병기들이지. 조사신병이라고 불리기도 하는 물건들이니 다루는 데 소홀함이 있어선 안 된다."

당황한 사란이 자신도 모르게 이옥빈을 돌아보았다. 받아도 되는지 감을 잡을 수가 없었기 때문이다.

하지만 이옥빈은 말이 없었고, 여은향의 의사는 분명했다.

단봉을 품에 꼭 안은 사란이 고개를 깊이 숙였다.

"소중하게 여기겠습니다, 사조 할머니……."

"그래야지, 녀석."

여은향의 손길이 사란의 머리를 쓰다듬었다.

그녀가 말했다.

"애명이 올 때까지 며칠 걸릴 테니 그동안 중원의 지리를 익혀놓도록 하거라. 애명이 잘 알긴 하지만 항상 그녀에게만 의지해서는 안 되니까."

"예."

자리에서 일어선 사란은 세 사람에게 인사를 하고 방을 나섰다. 그 뒤를 여은향의 눈치를 살피던 정철림이 후다닥 따랐다.

미칠 것처럼 안타까웠지만 그는 여은향의 결정에 토를 달지 않았다.

그에게 여은향은 신성불가침한 존재.

그녀가 사란의 중원행을 허락한 것에는 깊은 뜻이 있으리라 생각했던 것이다.

두 사람이 나가고 나자 이옥빈은 여은향의 앞에 무릎을 꿇었다.

"사부님, 어째서 조사신병을 저 아이에게 주셨습니까? 그것은 본 곡의 후계자에게만 전해지는 것이 아니옵니까. 하늘이 애달파하지 않는다면 요절할 수밖에 없는 것이 저 아이의 숙명이온데……."

여은향은 이옥빈의 어깨에 손을 짚었다.

그리고 가볍게 고개를 저었다.

"막내야."

"예."

"신화곡에서 연이 닿은 후 나는 어렴풋하게나마 천명(天命)을 볼 수 있게 되었단다. 란아는 요절할 상이 아니란다. 오히려 우리보다도 훨씬 더 오랫동안 살게 될 상이다. 그러니 걱정하지 않아도 되리라. 조사신병은 저 아이의 손에서 이전 어느 시대보다 더 환한 빛을 발하게 될 것이다.”

이옥빈의 눈이 동그래졌다.

정철림에게 여은향이 신성불가침의 존재라면, 그녀에게 여은향은 신 그 자체와 같은 존재.

그녀의 눈에서 눈물이 주르륵 흘렀다.

목숨보다 사랑하는 딸의 운명 앞에서 좌절하며 흘리던 눈물과 달리, 그것은 기쁨의 눈물이었다.

“아아… 사부님…….”

여은향은 자리에서 일어났다.

천천히 창가로 다가선 그녀는 창 너머 푸르름을 더해가는 정원에 시선을 주며 내심 쓸쓸하게 중얼거렸다.

‘막내야, 내가 이미 전에 란아의 운명을 보았음에도 너희들에게 얘기하지 않았던 것은 그 아이의 운명이 엽아와 연결되어 있다는 것을 알았기 때문이란다. 란아는 요절할 상이 아니지만… 그 아이의 앞에 놓인 숙명은 가혹할 것이다. 막내야, 그것은 그 아이가 사랑하게 된 사람이 엽아이기 때문에 결코 피할 수 없는 일이란다……. 엽아는 절대역천마기의 결정체이며 마로부터 힘을 얻는 지존신마기의 주인……. 역천마기를 제어하는 신마기의 근본은 혼돈지력. 혼돈이 극에 이르면 그것을 순천으로 되돌리려는 힘이 움직이는 게 하늘의 이치……. 그러나 나 또한 그 무엇도 장담하지는 못하겠구나. 천명을 볼 수 있게 된 나의 능력으로도 엽아에 대한 것은 장막에 가려진 것

처럼 아무것도 볼 수가 없으니……'

여은향의 눈빛이 아련해졌다.

'오라버니… 오라버니는 알고 계셨나요? 엽아의 앞에 어떤 운명이 놓일 것인지를. 무정하신 분…… 부디 엽아와 그 아이와 이어질 란아에게 자비를……'

여은향은 손을 가슴 앞에 모았다.

그것은 지금의 그녀가 할 수 있는 최선이었다.

第十一章

천마
검협
전

중원의 북방이 술렁였다. 믿기 힘든 소문이 연이어 장성을 넘어 남하했기 때문이었다.

북해빙궁의 봉문.

청랑파의 멸문.

더구나 소문은 그 일이 단 한 명에 의해 이루어졌다고 했다.

처음 소문을 들은 사람들은 어이없어 하며 헛소문으로 치부했다. 그들의 반응은 정상이었다. 소문을 믿는 것이 오히려 비정상적인 반응이었다.

하지만 시간이 흐르자 상황이 변했다.

북해빙궁은 거리가 너무 멀어 소문의 진위가 빨리 확인되지는 않았다.

　그러나 청랑파는 장성 바로 너머의 대초원을 일백 년간 지배한 무법자들. 그들의 멸망을 확인하는 데는 그리 많은 시간이 필요하지 않았다.

　호기심이 과한 몇몇 무림인이 장성을 넘어 초원을 찾아 소문의 진위를 추적했다.

　그들에 의해 청랑파의 멸망이 사실로 확인되었다. 그리고 기적과도 같은 그 일을 이루어낸 사람이 진실로 단 일인이라는 것도 밝혀졌다.

　북방의 무림인들은 경악했다.

　장성을 넘어갔던 사람들은 초원 부족민들 중 많은 사람들이 그를 신처럼 숭앙하고 받들고 있는 것을 직접 보고 겪었다. 마침내 그들의 입을 통해 청랑파를 멸문시키고 아마도 북해빙궁마저 봉문시킨 것으로 추정되는 자의 별호가 장성을 넘었다.

　하늘 밖[天外]에서 날아든 무적(無敵)의 악마(天魔).

　그가 어디에서 왔는지 어디로 갔는지 왜 청랑파를 무너뜨렸는지 아무것도 알려진 것이 없었다. 그를 추적했던 자들도 그의 정체를 밝히는 데는 실패했다.

　귀가 밝은 자들은 새외오마세의 둘을 단신으로 지워 버린 절대초강고수의 등장에 긴장했다.

　물론 그들은 단신으로 수만의 인마를 시산혈해 속에 묻어버렸다는 소문의 내용을 전부 믿지는 않았다.

　그러나 그 소문의 백분지 일을 현실에서 가능하게 할 능력을 갖고 있기만 해도 그는 주목해야만 하는 자였다.

그들은 장성 이북에 많은 사람을 풀어 그의 종적을 찾았다.

오마세의 둘이 무너지며 천하무림계의 힘의 균형은 심각하게 뒤흔들렸다.

시간이 흐르면 그 여파가 어느 정도인지 좀 더 분명해질 터였다.

그 가공할 사건을 일으킨 자는 반드시 찾아내야 했다.

어쩌면 그의 행보에 따라 천하의 정세가 극적으로 변할 가능성도 배제할 수 없었으니까.

그러나 장성 이북에서 그의 종적을 발견한 사람은 단 한 명도 없었다.

시간이 갈수록 사람들의 궁금증은 증폭되어 갔고, 중원의 거두들은 세력을 동원해 그를 찾아 나섰다.

천외무적천마.

북방으로부터 남하하기 시작한 공포라는 이름의 절대자.

천하는 숨죽이며, 종적을 알 수 없는 그의 다음 행보를 기다리기 시작했다.

*　　　*　　　*

요동과 면한 장성의 이남, 진황도.

오십여 장 높이의 깎아지른 듯한 해안가 절벽 위에 일남일녀가 모닥불을 사이에 두고 앉아 있었다.

순백의 피풍을 전신에 두른 절세의 미남과 특이하게도 머리카락이 푸른빛인 청의궁장여인.

달빛을 받아 은가루처럼 부서지고 있는 수면을 보며 검엽은 쓴웃음을 지었다.

'이렇게 편해도 좋은지 모르겠군.'

바다는 잔물결만이 일고 있을 뿐 거대한 침묵에 잠겨 있었다.

수면에서 시선을 거둔 검엽은 청의궁장여인을 보았다.

그녀는 무릎을 꿇고 있었는데 간간이 손에 든 나뭇가지로 모닥불을 건드려 불의 화기를 조절하곤 했다.

마치 검엽의 시종이라도 된 듯 공손한 여인의 태도는 그녀의 외모와 정말 어울리지 않았다.

비록 한 덩이의 얼음으로 조각을 한 듯 표정이 없고 눈빛도 차갑고 서늘했지만, 그조차 그녀의 절세적인 미모를 가리지 못할 정도로 그녀는 아름다웠다.

가히 경국지색이라는 말이 어색하지 않은 미모였고, 여인의 전신에는 일국의 공주라 해도 갖추기 어려운 우아한 기품이 흘렀다.

'빙령(氷靈).'

검엽의 입가에 드리워진 쓴웃음이 진해졌다.

누가 저 여인을 보고 하루 전까지 목관 안에 들어가 공동묘지에 묻혀 있던 여인이라고 생각할 수 있을 것인가.

청의궁장여인은 사대접혼 중의 한 여인이었다.

장성을 넘자마자 검엽은 사대접혼을 무덤(?)에서 꺼냈다. 그리고 그녀들에게 부르기 편한 이름을 붙여주었다.

수기(水氣)가 흐르는 청의여인에게는 빙령(氷靈)이라는 이름을, 금기(金氣)가 흐르는 금의여인에게는 금령(金靈)을, 목기(木氣)가 흐르는 녹의여인에게는 목령(木靈)을, 화기(火氣)가 흐르는 적의여인에게는 화령(火靈)이라는 이름을 주었다.

'창의성은 떨어지지만 그런대로 어울리는 이름인가……'

그의 뜻이라면 그것이 죽음이라도 당연하게 받아들일 여인이 옆에 있어서인지 검엽은 평소에는 하지도 않던 가벼운 생각들을 할 수 있었다.

그는 오른손을 피풍 밖으로 꺼냈다. 그리고 손바닥을 펴 그 안에 놓인 진주를 보았다.

달빛을 받아 신비로운 빛을 발하는 진주는 엄지손가락 한 마디 크기였고, 색이 고왔다. 만만치 않은 가격일 것이 분명해 보였다.

'돈 벌기 쉽군.'

검엽의 미소는 가벼웠다.

사대겹혼을 데리고 남하하던 그는 이곳에서 발걸음을 멈추고 겹혼을 시켜 바다 밑을 뒤지게 했다.

중원에서 움직이려면 북해나 막북에서와 달리 돈이 필요했다. 하지만 그는 수중에 은자 하나 갖고 있지 않은 상태.

그의 지시를 받은 사대겹혼은 바다 속을 한 시진 동안 뒤졌고, 한 움큼씩의 진주를 가지고 뭍으로 돌아왔다.

그의 품에는 개당 은자 오백 냥 이상을 받을 수 있는 진주

일백여 개가 있었다.

그는 이제 금전 걱정을 할 필요가 전혀 없는 부자였다.

그만한 부(富)를 불과 한 시진 만에 얻을 수 있다는 것이 그를 웃게 만든 것이다.

'취령만 있으면 혼돈오행기(混沌五行氣)가 완성되겠군.'

오래전 섬서의 동굴에서 만났던 기이한 존재를 떠올리며 생각을 이어가는 검엽의 눈빛이 깊어졌다.

'취령과 이 여인들은 심마지해만큼이나 불가사의한 존재들이다. 혼돈 속에 흐르던 오행의 씨앗, 혼돈오행기의 정화가 어떻게 사람의 형상으로 현세에 나타나게 된 것일까……. 이들은 사람의 겉모습을 하고 있을 뿐 진정 사람이 아니다. 이들은 천지를 이룬 오행의 영(靈)들이야. 이 세상에 존재할 수도, 존재해서도 안 되는 존재들인데…….'

검엽의 닫혀 있던 심안이 개방되었다.

지금 달빛 아래 모습을 볼 수 있는 건 빙령뿐이었다. 다른 세 여인, 금령과 목령, 그리고 화령은 허공에 녹아들어 가듯 은신해 있는 상태였다.

천하의 어떤 절대고수라도 그녀들의 은신을 발견하지 못할 것이다. 그녀들은 신법을 펼쳐 은신한 것이 아니라 허공이라는 무(無)의 공간과 완전히 동화되어 있었기 때문이다.

검엽조차도 심안이 없었다면 그런 세 여인의 모습을 뚜렷하게 잡아내기 어려울 것임을 자인할 정도였으니 그녀들의 능력에 대해 더 이상의 그 어떤 설명이 필요하겠는가.

'사마결……. 네가 가져간 구천겁화혈주나 염왕의 유진은 이들에 비하면 먼지만큼의 가치도 없다. 아마도 너는 영원히 그것을 알 기회가 없을 테지만…….'

오만하게 웃는 은의청년의 모습을 떠올린 검엽의 입끝이 조금 비틀렸다.

처절한 마기가 안개처럼 사방으로 퍼져 나갔다.

검엽은 천천히 자리에서 일어났다.

그가 사대겁혼을 깨운 것은 그녀들의 조력을 받기 위해서가 아니었다.

삼백 년 만에 세상에 다시 나온 그녀들을 땅속에 묻어두는 것이 마음에 걸려서였을 뿐.

결자해지라.

그가 나오게 했으니 그는 그녀들을 책임져야 했다.

"빙령."

"예."

검엽을 따라 일어선 빙령이 이제 갓 말을 배우는 아기처럼 어색한 어투로 대답했다.

"저들과 함께 있도록."

"예."

짤막한 대답과 함께 빙령의 몸이 공기 중으로 스며들 듯 흐릿해지다가 한순간 흔적도 없이 사라졌다.

'말을 할 수 있어서 다행이다. 언젠가 저들과 온전한 대화를 할 수 있는 날이 오겠지. 그날까지 내가…….'

검엽은 가볍게 고개를 저어 이어지려는 생각을 털어냈다.

한가하게 감상에 젖을 시간은 없었다.

북방은 단 두 개의 문파에 의해 지배되었다. 그래서 그의 행보 또한 단순하고 분명했었다.

하지만 이곳은 중원이었다.

구주삼패세라는 초거대 세력 세 개가 중원을 삼분하여 지배하고 있었고, 그들의 총타에 속한 독자적인 세력을 제외하고서도 거대 문파의 수가 수십 개에 달했으며, 기인고수가 얼마나 되는지 누구도 정확하게 말하지 못할 만큼 강자들이 즐비한 곳이었다.

'본격적으로 움직이기 전에 기본적인 정보를 얻을 필요가 있다. 겉으로 드러난 세력을 부수는 건 어렵지 않은 일. 진정으로 어려운 것은 숨어서 무언가를 꾸미는 자들을 끌어내는 것이다. 이 전쟁의 끝은 그들을 무너뜨려야만 올 테니까.'

검엽은 뒷짐을 졌다.

절벽을 타고 올라온 세찬 바닷바람에 휘말린 피풍이 넓게 펼쳐지며 펄럭였다.

'삼패세는 표면에 드러난 자들, 일단 그들부터 부순다. 그러면 숨어 있던 자들도 움직일 것이다. 제일은 정무총련, 제이는 군림성이다. 무맹은 그 뒤에 방문한다. 단목천, 너는 보게 될 것이다. 중원을 무너뜨린 사람이 너를 찾아가는 것을. 기다리는 기분이 어떠했는지 네 입을 통해 직접 듣겠다.'

가공할 마기의 폭풍이 잔잔한 바다를 강타했다.

우르르르르.

갑자기 들이닥친 재앙이었다.

그 무시무시한 기세를 견딜 수 없다는 듯 바다가 뒤집어지며 용틀임을 쳤다.

곳곳에 거대한 소용돌이가 생겨났고, 십여 장 높이의 산더미 같은 해일이 일어났다가 무너지기를 반복했다.

검엽의 삼십 장 방원 내의 공간 네 곳이 부르르 진저리를 치며 일그러졌다.

허공 속에 녹아들어 가 있는 네 여인의 두 눈에 선명한 공포와 경외심이 떠오르고 있었다.

*   *   *

산동성 제남.

동부 외곽의 빈민촌.

"후아아, 떠그럴 무쟈게 심심하네 그랴. 뭐 좀 재미있는 일 안 터지나."

오원진은 턱이 떨어져 나갈 듯 하품을 하며 투덜거렸다.

본격적인 여름이 시작되고 있었다.

하오의 햇살은 아무것도 하지 않고 가만히 앉아만 있어도 옷이 젖을 정도로 뜨거웠다.

그래서 오원진은 뭔가 재미있는 일을 보려면 돌아다녀야 한다는 것을 잘 알면서도 쪼그려 앉은 처마의 그늘 밑에서 꼼짝도 하지 않은 채 간간이 오가는 사람들을 보기만 할 뿐이었다.

손가락만 까딱해도 땀이 흐를 지경인 날씨에 돌아다닌다는 건 하오문 제남 지부에서도 첫손가락 꼽힐 정도로 게으르다고 소문난 그에겐 생각조차 할 수 없는 일인 것이다.

그가 있는 곳은 빈민촌의 중심지였다. 하지만 중심 지역이라고 다른 곳보다 나은 것이 있을 턱이 없다. 단지 지역이 중앙인 것에 불과했다.

그나마 다닥다닥 붙어 있는 손바닥만 한 토가(土家)들 사이사이 미로처럼 팔방으로 나 있는 길들을 한눈에 볼 수 있다는 장점은 있어 다행이었다.

몇 끼를 굶었는지 감도 잡히지 않는 반 걸인 행색의 사람들이 때때로 골목에서 불쑥불쑥 튀어나는 것을 보는 것도 오원진에게는 소일거리가 되었으니까.

그렇게 오가는 사람들을 지켜보던 오원진의 눈이 커지며 호기심을 가득 떠올렸다.

'뭐 하는 작자인데 저런 차림으로 이곳에 온 거야?'

그는 막 골목을 벗어나고 있는 장신의 백의인을 보며 내심 고개를 갸웃거렸다.

그가 이상하게 생각할 만큼 백의인은 특이했다.

칠흑처럼 검고 윤기가 흐르는 머리카락을 목과 등 중간 어림 두 군데에서 백건으로 묶었고, 계절에 어울리지 않는 피풍으로 전신을 가렸으니까.

걸음을 옮길 때마다 살짝 엿보이는 신발도 백피화였고, 피풍의 안쪽도 백색이었다.

머리부터 발끝까지 백색으로 통일한 자였다.

'어지간히 흰색을 좋아하는 놈이로구만. 인물만 좀 더 따라 줬으면 그럴싸했겠다.'

흑발을 뒤로 넘겨 묶은 터라 햇살 아래 환하게 드러난 백의 인은 이목구비가 정연하고 피부가 맑은 데다 흑백이 뚜렷한 눈동자의 소유자였다.

절세미남이라고까지 하기는 어려워도 흔하게 보기 어려운 미남이었다.

자신의 얼굴과 백의인의 얼굴을 무의식중에 비교하던 오원 진의 이마에 주름살이 가득 생겨났다.

'어떤 놈은 부모 잘 만나서 미남으로 태어나고, 누구는 얼굴 도 모르는 부모를 안 봐도 어떻게 생겼는지 알겠다는 소리나 듣고. 빌어먹을 놈의 세상 참 불공평해. 그건 그렇고 저런 놈 이 여긴 왜 왔을까? 소리 소문 없이 해체되서 만두 속으로 들 어갈 팔자로 변할 수도 있다는 걸 모르나?

이곳은 빈민촌이다.

사람도 짐승의 일종이라 먹어도 된다는 생각을 가진 사람이 무수했다.

그만큼 배고픈 사람이 많은 것이다.

엉뚱한 생각을 이어가던 오원진의 눈에 살며시 긴장된 기색 이 떠올랐다.

백의인이 두리번거리거나 머뭇거리지 않고 똑바로 그에게 걸어오고 있었기 때문이다.

'쳇, 본 문에 볼일이 있는 자로구만.'

오원진은 혀를 찼다.

어차피 백의인을 처음 보았을 때부터 무림인이라는 걸 알고 있던 그였다. 그렇지 않은 자라면 저런 복장으로 이곳에 혼자 들어올 리가 없었으니까.

그의 앞 오 척 정도 떨어진 곳에서 백의인은 걸음을 멈췄다.

그는 오원진과 정면으로 눈을 마주치며 천천히 입술을 뗐다.

"이곳이 하오문 제남 지부인가?"

오원진의 눈썹이 대번에 역 팔자로 곤두섰다.

그는 자리에서 일어나 짝다리를 짚고 백의인을 흘기며 소리쳤다.

"허, 내 귀가 잘못되었나? 방금 …인가? 라고 한 거냐?"

백의인, 움직일 때마다 집중되는 시선을 피하기 위해 변체환용공으로 외모를 약간 손본 검엽은 싱긋 웃었다.

이제 삼십 중반쯤으로 보이는 오 척 서너 치가량의 단신의 사내가 보여주는 태도에서 불현듯 오래전에 만났던 사람이 떠올랐기 때문이었다.

'위무양……. 그도 찾아봐야겠군. 강호에 해박한 사람이니 도움이 될 것이다.'

그는 미소가 가시지 않은 얼굴로 고개를 끄덕였다.

"그렇게 말했다. 다시 묻지. 이곳이 하오문의 산동성 제남 지부가 맞는가?"

한 번 더 들이대려던 오원진은 갑자기 등골이 쭈뼛하며 곤두서는 전율에 황망하게 입을 다물었다.

백의인의 입가엔 아직도 미소가 걸려 있었지만 그의 두 눈은 전혀 웃고 있지 않았다. 그리고 그 눈동자 너머에 소용돌이 치고 있는 것은 오원진으로서는 설명하는 것조차 불가능한 무시무시한 기세였다.

별 볼일 없는 무공을 익힌 채 강호의 칼밥을 먹으며 오래 명줄을 유지하려면 눈치가 빨라야 한다. 다행히 오원진은 눈치가 빨랐고 더해서 임기응변에도 능했다.

그의 태도가 대번에 바뀌었다. 그는 짝다리를 풀고 자세를 바로 하며 물었다.

"맞습니다만… 뉘십니까?"

"듣기로 대가만 맞으면 의뢰인의 정체 같은 건 개의치 않는다고 하던데 틀린 소문인가 보군."

"아니… 그건 맞습니다……."

일시지간 할 말을 찾지 못한 오원진이 어물어물거렸다.

검엽이 다시 물었다.

"자네가 제남 지부를 맡고 있는 사람인가?"

"아… 닙니다."

"그럼 지부장에게 안내를 해주겠나."

"그러… 지요."

오원진은 인상을 있는 대로 썼다.

마치 억만 근 바위가 목구멍을 누르고 있기라도 한 것처럼 백의인에게 하고 싶은 말을 할 수가 없었기 때문이다.

그는 십여 세 이후 지금처럼 완전히 피동에 몰린 적이 없었다.

그것이 정말 마음에 들지 않았다. 평소라면 발작을 해도 벌써 했을 그였다. 하지만 그는 발작하지 못했다.

그의 머릿속은 끊임없이 울려대는 경종으로 시장바닥처럼 시끄럽게 변해 있었다.

이 바닥에서 수십 년 동안 그를 살아남게 했던 그 느낌은 분명하게 말하고 있었다.

눈앞의 백의인이 정말 위험한 자라는 것을.

방 안 정중앙에 큰 대자로 누워 뒹굴거리고 있던 곡풍은 주렴을 헤치고 들어서는 오원진과 검엽을 보고 눈을 멀뚱거렸다.

그의 시선이 오원진에게 향했다.

그들이 함께한 세월은 이십 년이 넘는다. 웬만한 일은 서로의 눈빛을 교환하는 것만으로도 충분하다.

그의 눈빛은 이렇게 묻고 있었다.

'너 미쳤냐? 비상신호도 울리지 않고 외인을 대뜸 안으로 데리고 들어오면 어쩌자는 거야?'

그에 대한 오원진의 눈빛 대답.

‘이 자식은 진짜 위험해요. 비상신호 울렸으면 난 아마 벌써 시체가 되었을 거라고요. 그러니까 지부장님이 이 자식 좀 어떻게 해보시라고요.’

검엽은 팔짱을 낀 채 방바닥에 퍼질러 누워 있던 뚱뚱한 사내가 자신을 안내한 단구의 사내와 바쁘게 눈짓을 교환하다가 이마에 흐르는 땀을 훔치며 일어나는 것을 보았다.

빈민촌에 사는 자의 몸이 출렁거리는 살로 뒤덮여 있다는 것이 잠시 그의 흥미를 자극했지만 곧 그 흥미는 식었다.

이백 근이 넘는 몸무게를 가진 자의 오락가락하는 눈동자가 주는 교활한 느낌이 별로 마음에 들지 않은 때문이었다.

어색하게 일그러진 얼굴로 오원진은 검엽과 곡풍을 번갈아 보며 말했다.

“이분이 여기를 맡고 있는 곡풍 지부장님이십니다. 지부장님, 이분은 본 문에 볼일이 있다고 찾아오신 분인데, 뉘신지는… 저도 아직 모릅니다.”

곡풍의 눈에 완연한 긴장의 빛이 어렸다.

오원진이 느낀 위험함이다. 그보다 훨씬 더 많은 세월을 산 곡풍이 검엽의 분위기를 읽지 못했을 리가 없는 것이다.

그는 몰래 심호흡을 하고 아랫배에 힘을 주었다. 그리고 검엽에게 창가의 의자를 손짓으로 권했다.

권유대로 검엽이 의자에 앉자 그 맞은편에 앉은 곡풍이 말했다.

“제가 산동성 제남 지부를 맡고 있는 곡풍입니다. 무슨 일로

본 지부를 찾으신 겁니까?"

"사람을 찾으려 한다."

곡풍의 숨결이 찰나지간 거칠어졌다.

그의 나이가 오십이다. 많게 봐주어도 이제 스물서넛으로밖에 보이지 않는 새파란 후생 소배가 입을 열자마자 반말을 하니 열이 뻗치지 않을 수 없는 것이다.

"뉘신지 모르겠습니다만… 말씀이 좀……."

검엽의 눈썹이 슬쩍 찌푸려졌다. 저들은 지금 그가 얼마나 깊은 배려를 하고 있는지 모르고 있었다.

하오문은 정보를 다루는 능력만을 볼 때 개방과 쌍벽을 이룬다는 평가를 받는 문파였다. 만약 하오문이 개방처럼 정보와 더불어 무력을 갖추고 천하정세에 개입했다면 그들은 검엽의 진면목을 보았을 터였다.

그는 말없이 의자를 한 자가량 뒤로 물렸다. 피풍에 덮인 터라 그의 몸짓은 보이지 않았지만 의자와 그는 마치 일체가 된 것처럼 미끄러지듯 물러났다.

호기심 어린 눈으로 그를 보던 오원진과 갑작스런 검엽의 움직임에 당황한 곡풍이 눈을 껌벅거렸다.

곧 그들의 눈은 금방이라도 튀어나올 것처럼 변했다.

의자가 한 치가량 허공에 떠서 움직인 것은 검엽의 피풍에 가려진 채로 이루어진 일이라 그들은 보지 못했다. 그러나 누구의 손도 닿지 않은 탁자가 저 혼자 허공으로 두 자를 떠오르는 것은 똑똑히 보았다.

꿀꺽.

침이 그들의 목구멍을 넘어가는 소리가 천둥처럼 났다.

두 사람의 입에서 동시에 같은 말이 흘러나왔다.

"허공섭물……."

곡풍은 사색이 된 얼굴로 자리에서 벌떡 일어났다.

백의인이 사술을 부린 것이 아니라면 그는 구주삼패세의 주인이라는 천공삼좌에 버금가는 절대고수였다.

곡풍은 자신의 말과 행동에 따라 그와 하오문 제남 지부의 운명이 결정될 것이라는 사실을 순간적으로 깨달았다.

간단한 무력시위 한 번이 쓸데없는 신경전을 날려 버렸다.

곡풍이 재빨리 물었다.

"하명하실 일이 무엇인지요. 본 문의 이름과 제 명예를 걸고 최선을 다하겠습니다."

"사람을 찾아 내 앞에 데리고 오라."

"누구를……?"

"몽완과 위무양."

검엽이 말한 이름에 대해 잠시 생각하는 듯하던 곡풍이 놀란 듯 눈을 크게 떴다.

"혹시 말씀하신 분들이 개방의 무중개(霧中丐) 몽완(夢完) 대협과 풍파만리(風波萬里)라 불리는 추풍객(追風客) 위무양(偉務良) 대협이십니까?"

검엽은 고개를 끄덕였다.

평생 정보를 다루며 살아온 터라 곡풍의 호기심은 범인의 백배가 넘는다. 그 오랜 습관이 도졌다.

"그분들은 왜 찾으시는지……?"

"호기심이 많군."

검엽의 담담한 한마디.

곡풍은 정신이 번쩍 드는지 안색이 변했다.

강호에서 만수무강하려면 과한 호기심은 금물이다. 비록 직업 때문에 버릴 수는 없지만 그것도 때와 장소를 가려야 했다. 지금은 호기심을 버려야 하는 때인 것이다.

"위무양 대협의 행적을 찾는 건 어렵지 않은 일입니다만 몽완 대협은 십수 년째 강호활동을 하지 않으시는 분이라 시간이 좀 걸릴 듯합니다."

"시간은 얼마나 필요한가?"

"적어도 두 달은……."

"한 달."

"그건 너무……."

"한 달."

곡풍은 한숨을 푹 내쉬었다.

"맞춰… 보겠습니다."

그가 조심스럽게 검엽의 눈치를 살피며 말을 이었다.

"찾을 수는 있을 겁니다만 두 분을 모시고 오는 건 쉽지 않을 겁니다. 강제로 끌고 올 수 있는 분들이 아니라는 건 대협께서도 아실 거라 생각합니다만……."

"섬서의 순양에서 함께 술을 마셨던 사람이 보고 싶어한다고 말하면 군말없이 따라올 것이다."

검엽의 대답은 막힘이 없었다.

곡풍은 더 이상 할 말이 없었다.

"알겠습니다."

검엽은 품에서 진주 두 알을 꺼내 곡풍에게 건네주었다.

"모자라는가?"

엉겁결에 진주를 받은 곡풍의 눈이 휘둥그레졌다.

시중에서 쉽게 볼 수 없을 만큼 알이 굵고 빛이 아름다운 물건이었다.

그는 진주들이 임자를 제대로 만난다면 개당 육칠백 냥을 받을 수 있는 가치가 있다는 것을 알 수 있었다.

"충분합니다."

"제남 시내에 머무르고 있겠다."

"예. 최선을 다하겠습니다."

"그러기를 바란다."

곡풍의 눈을 들여다보며 말한 검엽이 등을 돌렸다.

저벅. 저벅.

낮게 울리는 발자국 소리가 심장을 짓누르는 것을 느끼며 곡풍과 오원진은 있는 대로 인상을 썼다. 속에서 온갖 쌍욕이 목구멍까지 솟구쳤다.

하지만 그들은 감히 속내를 겉으로 드러내지 못했다.

그랬다가는 저 정체를 알 수 없는 백의인이 다시 돌아서서 그들을 볼지도 몰랐다.

그들은 두 번 다시 백의인의 눈을 마주하고 싶지 않았다.

*   *   *

태화객잔(太和客棧).

이 객잔의 이름은 흔하디흔한 것이지만 제남의 중심부에 자리 잡고 백 년이 넘는 세월 동안 유지되고 있는 전통있는 객잔이다.

검엽은 이곳 후원에 있는 별채 네 채 중 한 곳을 통째로 빌려 이십 일째 머물고 있었다.

그는 보기 드문 미공자인 데다가 한 달치 비용을 선뜻 계산한 물주였다. 그래서 처음 며칠 동안 그는 객잔 점소이들의 관심을 한 몸에 받았다.

그러나 이십 일이 지난 지금 그에게 관심을 기울이는 사람은 아무도 없었다.

일단 그는 별채에 아무도 접근을 허락하지 않았다. 하루 한 번 청소하는 사람을 들이는 것이 전부였다. 심지어 식사를 시키지도 않았다.

점소이들 입장에서 그는 최악의 손님이었다.

심부름 값을 받을 수 있는 기회 자체가 아예 없는 손님이었기 때문이다.

서편 하늘이 뉘엿뉘엿 노을빛에 물드는 초저녁.

294

별채에서 가장 큰 방의 중앙.

객잔에 오며 구입한 간편한 백색 상하의만을 걸치고 눈을 감은 채 가부좌를 틀고 앉아 있던 검엽이 눈을 떴다. 그는 변체환용공을 풀고 본모습을 회복하고 있었다.

흑백이 뚜렷한 눈동자에서 맑은 빛이 흘러나왔다.

전신 어디에서도 파멸천강지기는 흘러나오지 않았다. 심마지해에서 무의식중에도 천강지기를 발산하던 습관이 이제는 완전히 사라진 것이다.

'흠… 지존천강력의 응집과 폭발이 칠륜(七輪)에서 더 이상 진보가 없구나. 심마지해에서 이루어졌던 진보에 비하면 십분지 일도 되지 않는 속도다. 그곳에 웅덩이처럼 고여 있는 역천마기와 바깥 세상에 떠도는 역천마기는 질과 양에서 차이가 너무 많이 난다. 이 속도로 구륜(九輪)에 도달하려면 십 년은 걸리겠다.'

검엽은 혀를 찼다.

마음이 조급하거나 하지는 않았다.

북해빙궁과 청랑파를 처리하면서 그는 자신의 능력이 어느 정도인지 충분히 자각했다. 지금의 능력만으로도 그는 당세무적에 가까운 절대초강고수였다.

그러나 그것은 십방무맥 밖의 무인들 사이에서나 통용될 말.

목표로 하고 있는 연휘람을 생각하면 그는 언제나 자신의 능력이 부족하다고 느끼고 있었다.

물론 지금 당장 연휘람과 부딪친다 해도 그는 자신이 패할 거라 생각하지 않았다. 그렇지만 필승을 자신하지도 못했다.

그가 절대역천마기를 신화(神化)시키는 지존신마기의 주인이라면 연휘람은 지존신마기에 필적한다는 무상의 대자연지기, 천지일원기(天地一元旗)의 주인이었다.

고대부터 이 두 기운을 가진 자들의 승부는 개인의 자질과 수련 정도에 따라 갈렸다.

'지존천강력이 구륜경에 도달하면 나는 필승한다. 연휘람이 혼천무극진기의 최후 단계인 혼천무극결을 완성한 상태라 할지라도. 그리고 현재 상태에서도 내가 그를 이길 가능성은 육 할을 넘는다. 나의 지존천강력은 선조들의 것과는 다르니까……'

검엽의 눈빛이 심원하게 빛났다.

연휘람과의 승부를 그가 자신하는 것에는 그럴 만한 이유가 있었다.

그가 익힌 지존천강력은 이름만 같을 뿐 그의 가문에 전해 내려오는 것과는 구결부터가 다른, 완전히 별개라 해도 무방할 만큼 변한 초절기였다.

그는 심마지해에서 지존천강력을 수련하며 뿌리부터 천강력을 바꾸었다.

천무신화전에서 그가 얻은 선대의 지존천강력은 절대역천마기를 끌어당겨 몸 안에서 응축한 후 폭발시켜 파멸천강지기로 환원한다. 그리고 그 힘을 외부로 투사한다.

이론상으로 지존천강력의 위력은 파멸천강지기를 응축 폭발시키는 횟수가 늘어남에 따라 무한대로 증가하지만 현실적으로는 여섯 번 이상 응축 폭발시킬 수가 없었다.

그 이상은 사람의 몸이 버틸 수가 없기 때문이었다.

설사 금강불괴지신을 이룩한 육신이라도 파멸천강지기의 힘을 견디지 못하고 자체 붕괴되는 것이다.

검엽을 고민케 했던 것은 지존천강력을 여섯 번 응축 폭발시키는 경지에 도달했던 선대의 인물들조차 혼천무극문주와의 싸움에서 백전백승하지 못했다는 사실이었다.

승패가 반반씩 갈렸다는 선대로부터의 기록은 검엽에게 엄청난 결심을 하게 만들었다.

검엽은 심마지해를 거치며 지존천강력의 한계를 벗어날 수 있는 방법을 끊임없이 모색했고, 결국 그 방법을 찾아냈다.

그에게 단서를 제공한 것은 전륜구환공이었다.

아홉 개의 륜이 면면부절 이어지며 끊임없이 신체의 내외부를 보호하고, 그 과정을 통해 마르지 않는 내력의 순환을 가능케 하는 도가일맥 초상승의 절학, 전륜구환공.

검엽은 지존천강력의 이론상 가능한 무한의 응축 폭발력을 아홉 번으로 제한했다.

대신에 응축과 폭발하는 과정에서 걸리는 시간을 구분지 일로 줄였고, 한 번의 폭발을 아홉 번 겹치게 했다.

한 번의 응축, 그리고 빠른 시간에 거듭되는 구 회의 폭발.

그것은 당연히 더욱 강력한 힘의 배출로 이어졌다.

그로 인해 발생할 수 있는 육신의 붕괴는 폭발의 과정을 하나의 원(圓)으로 이어지는 회전력 속에 풀어냈다.

오직 수직의 형태로 위로만 상승하며 폭발하던 역천마기를 아홉 번 상승하며 순환하는 수평의 원 안에 가둔 것이다.

한 번의 응축과 그 속에서 이루어지는 아홉 번의 폭발을 검엽은 일륜(一輪)이라고 칭했다.

일륜이 끝나면 이륜이 시작된다.

두 번째의 륜은 일륜의 수직적 위에서 시작되지만 신체가 견디지 못할 정도의 힘은 아래쪽에 자리 잡은 첫 번째 륜이 흡수하고, 세 번째 륜이 시작될 때 일륜은 흡수한 힘을 삼륜에 투사하여 응축의 속도와 폭발 속도를 배가시킨다.

그런 식의 과정이 아홉 번 반복된다. 그것이 구륜(九輪)이었다.

기존의 지존천강력은 응축과 폭발의 연속에 집중되어 있었다. 그러나 검엽이 발전시킨 지존천강력은 그들뿐만이 아닌 흡수를 통해 여력을 풀어내고 연환을 거치며 힘을 배가시키는 공능이 더해졌다.

그가 칠륜을 이룬 것은 심마지해에서였다.

그것만으로도 심마지해의 마물들은 그에게 저항할 의지 자체를 상실했었다. 검엽도 연휘람에게 승리를 자신했기에 심마지해를 떠났던 것이고.

검엽은 떴던 눈을 다시 감았다.

'무(武)의 길을 걷는 이상 타인과의 승부를 떠나 구륜을 완

성하고 싶다. 앞으로 신마기를 품은 후예가 계속해서 나온다
고 해도 그들은 내가 창안한 지존천강력을 익힐 수 없다. 혼돈
귀원대법을 익힌 후예라도 마찬가지다. 내 경우처럼 대법이
폭주하고 그 와중에도 살아남는 후인이라면 혹 익힐 가능성이
있을 수도 있겠지만……이 무공은 오직 나만이 익힐 수 있고
또 완성할 수 있는 무공이다.'

검엽의 입술 사이로 가는 한숨이 흘러나왔다.

그렇다.

그가 뿌리부터 바꾼 지존천강력은 신마기를 품고 태어났다
는 것만으로 익힐 수 있는 것이 아니었다.

아홉 번의 순환 속에 아흔아홉 번의 폭발을 가능케 하기 위
해 필요한 절대역천마기의 양은 막대했다.

검엽의 선친 고천강이 펼친 혼돈귀원대법의 폭주 아닌 폭주
에 의해 검엽의 몸에 유입된 역천마기의 비정상적인 토대가
아니라면 검엽조차 그가 창안에 가깝게 바꾼 지존천강력을 펼
치는 것이 가능하지 않았다.

第十二章

천마
검협
전

사마결은 신광이 이글거리는 눈으로 부복한 담우룡을 내려다보았다.

"백웅천과 야율료가 죽어? 더구나 전 세력은 전멸당하였고?"

그의 전신에서 살기와 노여움이 불길처럼 일어났다.

숙이고 있던 담우룡의 머리가 밑으로 가라앉았다.

그가 말했다.

"하좌가 조사한 대로라면… 그것은 사실입니다."

"하하하……."

사마결은 어이가 없다는 듯 헛웃음을 흘렸다.

"빙궁과 청랑파가 어떤 문파들인데 일개인에게 궤멸당한다는 말이냐!"

"하좌와 인령전의 수하들이 조사를 시작했을 때 북해와 막북에서 빙궁과 청랑파의 힘은 전혀 느낄 수가 없었습니다. 그리고 막북에서 수집한 정보는 청랑파를 붕괴시킨 자가 장성을 넘어 중원으로 들어섰다고 말하고 있습니다. 이에 대한 조사와 응징이 필요하다는 것이 하좌의 마지막 의견입니다."

사마결은 입술을 깨물었다.

그가 빙궁과 청랑파에 들인 공은 실로 적지 않았다.

그는 잔혹한 살기가 어린 눈으로 담우룡을 내려다보며 말했다.

"인령전의 모든 힘을 기울여 그자를 찾아라. 네 말대로 그자가 장성을 넘어 중원에 들어온 것이 사실이라면 너는 반드시 그자를 찾아내야 한다. 그리고 빙궁과 청랑파에 대해 좀 더 정확한 조사를 하도록 조치하라. 시간이 걸리더라도 두 세력이 진실로 무너졌는지, 그렇다면 그 과정이 어떠했는지 그 모든 것을 조사하게 하라. 그리고 명심하거라. 두 세력에 대한 명확한 정보가 내 손에 쥐어지는 시간보다 네가 그자를 잡는 것이 더 오래 걸린다면 네게 책임을 묻겠다."

"존명."

담우룡은 이마를 바닥에 댔다.

그리고 다음 순간 그의 신형은 연기처럼 사라졌다.

홀로 남은 사마결의 눈에 스산한 살기가 넘실거렸다.

검엽은 자리에서 일어났다.

귀에 거슬리는 소음이 문밖의 정원에서 끊임없이 들려오고 있었다. 더해서 천둥치는 것 같은 숨소리까지.

당사자는 귀식대법류의 호흡과 살수들이나 사용할 법한 은신술을 펼치고 있었지만 검엽에겐 세 살짜리 아이가 움직이는 것보다 더 시끄러울 뿐이었다.

그는 천천히 문을 열고 밖으로 걸어나갔다.

태평객잔의 별채는 담장으로 나눠진 독립된 가옥의 형태였다.

건물 정면에 작은 연못과 정자, 그리고 가산까지 들어찬 아담한 정원이 있고, 삼면은 담장으로 막힌 구조.

처마 밑에서 걸음을 멈추고 선 검엽이 연못 옆에 놓인 기묘한 형상의 바위를 보며 말했다.

"일문의 문주가 시궁창의 쥐새끼처럼 숨어 있는 건 별로 보기 좋은 광경은 아니구려. 나오시오."

"쿨럭."

밭은기침 소리가 나며 바위가 들썩였다.

바위 뒤편의 공간이 허깨비처럼 흐느적거리며 흐트러지는가 싶더니 곧 사람의 형태로 변했다.

나타난 사람은 중키의 평범한 용모를 한 오십대 중반쯤 되어 보이는 초로의 문사였다.

생김새만큼이나 평범해 보이는 마의유삼 차림인 그는 저잣거리 어디서나 늘상 만날 수 있는 분위기를 갖고 있었다.

초로인은 혀를 차며 검엽의 앞으로 걸어왔다.

"쩝, 문도들이 본 것은 공자의 역용한 모습이었구려."

그는 검엽의 외모에 조금 놀란 듯했다.

그가 말을 이었다.

"본 문의 문도를 기세로 강제한 사람이 누구인가 궁금했는데 보아도 궁금증이 풀리지 않으니 본 문의 선조들이 아시면 경을 칠 일이외다. 더구나 공자는 나를 아는데 나는 공자를 모르니 이처럼 불공평한 일이 어디 있겠소?"

"궁금해서 온 거요?"

초로인, 강호십오숙에 속한 절정의 고수이며 당대 하오문주인 광이선생(廣耳先生) 기호성은 어깨를 으쓱했다.

"그도 그렇고, 공자께서 의뢰하신 일의 결과도 알려줄 겸해서 겸사겸사 왔소이다."

오십대 중반으로 보이지만 실제 나이는 칠십이 넘은 기호성의 강호상 배분은 대단히 높다.

척천산장의 이천룽보다 반 배 정도 낮으니 당대에 그보다 배분이 높은 사람은 극히 드물다 할 수 있었다. 검엽도 그것을 알고 있었기에 반존칭을 해주고 있었고.

검엽이야 그렇다 쳐도 기호성이 검엽과 반존칭으로 대화를 나누는 것의 의미는 가볍지 않았다.

　검엽을 보는 기호성의 눈은 영활하게 빛나고 있었다.

　'곡풍이 허공섭물을 펼치는 위험한 분위기의 인물이라고 입에서 침을 튀기며 말하기에 궁금해서 와봤는데 누군지도, 그 속내도 전혀 읽을 수가 없구나. 곡풍이 헛것을 본 것이 아니라면 저 젊은 친구가 허공섭물을 시전할 수 있는 초강고수라는 건데… 믿어야 하나 말아야 하나……. 그것이 문제로다.'

　그가 말했다.

　"공자가 의뢰한 두 명 중 위무양은 지금 하남성 낙양에 있다가 부리나케 이곳으로 달려오는 중이오. 열흘 이내에 도착할 것이라는 연락을 방금 받았소. 무중개 몽 대협은 찾아서 연락을 하긴 했지만 기일 내에 도달하기는 어려울 것 같소이다. 그분이 계신 곳이 섬서성이라서 말이오."

　몽완은 기호성보다 배분이 반 배 높은 이천룡과 동배다. 비록 일문의 문주지만 기호성은 몽완을 언급할 때 존칭을 사용했다. 배분도 그랬고, 그가 몽완의 지난 행적을 존경했기 때문이었다.

　검엽은 쓴웃음을 지었다.

　몽완은 여전히 섬서성 순양에 머물고 있었던 듯했다.

　검엽이 그 이유를 짐작하는 건 어렵지 않았다.

　'취령이 담근 술 때문에 그곳을 떠나지 않으셨었군.'

　날개가 달린 새끼곰 형태의 영물, 취령.

　그가 순양에 머물 당시 동굴에서 담갔던 술의 절반가량은 취령이 담근 것이었다. 물론 취령은 술을 정제하거나 하는 사람의 기술을 사용하지는 못했다.

취령은 검엽이 없는 동안 산중의 과일을 따다가 술이 숙성되는 항아리에 던져 넣었을 뿐이었다.

그리고 그것만으로 충분했다.

그곳에서 술을 숙성시켰던 것은 특이한 지기(地氣)였지 사람의 손길은 아니었으니까.

검엽의 기색을 살피던 기호성이 말을 이었다.

"몽 대협이 도착하는 데는 빨라도 공자께서 지정한 기일보다 열흘은 더 걸릴 거요."

"글쎄……."

검엽은 싱긋 웃었다.

반면에 기호성은 눈살을 잔뜩 찌푸렸다.

"그분이 기일 내에 도착할 거라 생각하는 거요?"

검엽은 말없이 고개를 끄덕였다.

"밤낮을 가리지 않고 말을 바꾸어 타도 그건 불가능하오."

"지켜보면 알겠지……."

검엽의 낮은 중얼거림을 들으며 기호성은 어이없어했다. 무엇이 저런 확신을 가능케 했는지 이해할 수 없었던 것이다.

검엽이 물었다.

"이제 볼일은 끝난 것이오?"

검엽의 말은 매몰찼다.

질문이지만 담긴 뜻은 명백한 축객령.

기호성은 어물어물하며 검엽의 눈치를 살폈다.

그의 신분으로 이런 태도는 상식 밖의 것이었다. 그럼에도 그는 그럴 수밖에 없었다.

그는 검엽을 보고 오원진과 곡풍이 느꼈던 것보다 더한 심리적 압박을 받았던 것이다.

고수일수록 상대의 기세에 민감하다.

더구나 검엽은 곡풍 등을 만났을 때와는 달리 기세의 강도를 조절해 슬쩍 기호성에게 방출하고 있는 상태.

내력을 운용해 벌렁거리는 가슴의 답답함을 어느 정도 억누른 기호성이 말했다.

"공자의 정체가 궁금하오. 알 수 있겠소?"

"사내의 정체를 알아서 무엇에 쓰려고 궁금해하는지 모르겠소만."

여태까지와 완연히 다른 심드렁한 어투. 어찌 들으면 장난기까지 섞였다고 보이는 말투였다.

예상치 못한 태도였고 대답이었다. 황당한 표정의 기호성이 밭은기침을 토했다.

"쿨럭."

그는 가슴을 두드려 막힌 숨을 터주며 말했다.

"공자의 나이에 그만한 무위를 가진 사람을 나는 평생 한 번도 보지 못했소. 지난날 삼패세가 쟁패하던 시절 천공삼좌가 놀라운 능력을 보여주었지만 당시 그들의 나이는 사십대였소.

어찌 공자의 정체가 궁금하지 않겠소.”

“말해주는 건 어렵지 않은데… 설마 공짜로 대답을 들을 생각은 아니리라 생각하오만.”

검엽의 대답에 기호성의 양 볼살이 중풍 걸린 노인네마냥 푸들푸들 떨렸다.

천하의 하오문주에게 대가를 요구하는 사람이 있을 줄이야.

그러나 정보가 돈이 되는 분야에서 평생을 살아온 기호성이다.

그는 검엽을 보며 진한 황금의 냄새를 맡고 있었다.

그가 평생 정보를 이용해 번 돈에서 맡았던 것보다 더한 황금의 냄새. 가히 떼돈의 냄새였다.

“원하는 것이 있으시오?”

검엽은 말없이 문에서 한 걸음 비켜서며 활짝 편 손바닥으로 안쪽을 가리켰다.

기호성은 입맛을 다시며 걸음을 옮겼다.

확실히 중요한 대화를 나누기에 정원은 적합하지 않았다.

열흘 후.

기호성은 별채의 월동문을 박차며 구르듯이 안으로 들어서는 두 사람을 보고 넋을 잃었다.

앞선 위무양이야 이맘때쯤 도착할 거라 예상하고 있었기에 놀랄 게 없었다. 그러나 그 뒤를 따르는 사람은 그의 예상과 어긋나도 한참을 어긋났다.

까치집이 된 백발과 꼬질꼬질한 염소수염, 더해서 땟국물이 줄줄 흐르는 해진 옷을 입은 오 척 단구의 노인은 바로 무중개 몽완이었던 것이다.

기호성은 오늘쯤 위무양이 도착할 것이라는 수하들의 연락을 받고 아침 일찍 별채를 찾아와 죽치고 있었다. 몽완이 도착했다는 연락은 받지 못한 채였고.

하오문의 정보망은 대단하긴 하지만 몽완과 같은 경공 대가의 종적을 한시도 놓치지 않고 추적할 수 있는 고수는 흔치 않았다.

몽완을 놓치지 않고 추적해야 할 이유가 있었다면 상황은 달랐을 테지만 하오문이 몽완을 감시할 이유는 없었다. 더구나 그는 수일 내로 이곳에 도착할 사람이었다.

그의 놀람이 지나쳐 경악이 된 건 당연했다.

기다리고 있었다는 듯 가옥의 문 앞에 서서 미소 짓고 있는 검엽을 본 몽완은 허리를 숙이고 가슴을 두드리며 헉헉거리다가 견딜 수 없다는 듯 그 자리에 벌러덩 누워버렸다.

"헥헥헥……. 늙은이 죽이려고… 작정했냐? 십이 년 만에 나타난 놈이… 죽을 날만 기다리고 있는 늙은이한테 칠 일 안에 섬서에서 여기까지 오라고 하면 어쩌자는 거냐!"

검엽은 빙긋 웃으며 몽완에게 목례를 했다.

"제시간까지 오실 줄 알았습니다."

과장되게 비틀거리며 일어서는 몽완의 눈에 한가득 반가움이 어려 있었다.

"예나 지금이나 동문서답하는 건 변하지 않았구나."

"사람이 갑자기 변하면 죽을 때가 된 거라고 하신 분이 어르신 아니었습니까?"

"내가 그런 말을 했던가?"

검엽이 옆에 머물던 시절 자신이 그런 말을 한 적이 있는지 긴가민가하다는 표정으로 다가온 몽완이 덥석 검엽의 팔뚝을 잡았다.

"반갑다, 이놈아."

"저도 그렇습니다, 어르신."

검엽도 몽완의 팔을 마주 잡았다.

그때 위무양이 끼어들었다.

"자네는 나는 보이지도 않는 모양일세."

"그럴 리가 있겠습니까."

검엽은 여전히 미소 띤 얼굴로 위무양을 보며 말했다.

세 사람을 번갈아 보는 기호성의 눈에 호기심과 놀람이 복잡하게 뒤엉킨 빛이 떠올랐다. 세 사람의 관계에 대해 아무것도 모르는 그가 아닌가.

일다향 정도가 지난 뒤 네 사람은 안으로 들어가 탁자 주위에 빙 둘러앉았다.

몽완이 말했다.

"얼굴 보니 반갑긴 하다. 그런데 우릴 부른 이유가 뭐냐?"

"부탁드릴 일이 있습니다, 어르신."

"부탁?"

"예."

"우리에게?"

"믿을 수 있는 분들이 있어야 했습니다."

검엽의 대답을 들은 몽완의 얼굴에 만족한 미소가 흘렀다.

"네가 불러 오긴 왔다만 쉴 시간도 주지 않을 생각이냐?"

"어르신을 한 달 동안 기다렸습니다."

"그건 네 사정 아니냐. 좀 쉬게 해주라."

"조금 덜 쉬시면 어르신께서는 더 많은 사람의 생명을 구하실 수 있게 될 겁니다."

웃음기 어린 목소리.

그러나 그 대답을 들은 몽완 등은 갑자기 등골이 쭈뼛거리는 오싹함을 느끼고 자신도 모르게 몸을 떨어야 했다.

몽완의 조글조글한 얼굴이 심각해졌다.

"그게 무슨 소리냐?"

검엽은 몽완의 질문에 대답하지 않고 기호성을 돌아보았다.

"대가는 가져왔소?"

그의 말을 들은 몽완과 위무양의 안색이 살짝 변했다.

기호성이 누군가.

위무양과 마찬가지로 강호십오숙에 들어 있는 절정고수일 뿐만 아니라 하오문이라는 무림양대정보문파 중의 하나를 거느리고 있는 사람이 그였다.

검엽은 그런 기호성에게 반공대를 하고 있었다.

영문을 모르는 두 사람이 놀랄 수밖에.

그러나 그들의 놀람은 약과였다.

"물론이오. 공자께서도 제 호기심을 충족시켜 주실 준비는 되었소?"

몽완과 위무양의 입이 헤벌어졌다.

기호성이 화를 내기는커녕 오히려 반공대로 답변하다니.

그들로서는 상상도 못했던 일이 벌어진 것이다.

검엽은 고개를 끄덕였다.

기호성은 서슴없이 품 안에서 얇은 서책 하나를 꺼내어 검엽에게 건네주었다.

기호성이 숨기려 하는 기색이 없었기에 몽완과 위무양은 서책 표지에 적혀 있는 제목을 어렵지 않게 엿볼 수 있었다.

천하삼십대세력상황분석도(天下三十大勢力狀況分析圖).

그들의 눈에 강한 의혹이 떠올랐다.

그들이 아는 검엽은 저런 것을 필요로 할 사람이 아니었기 때문이다. 게다가 작성자가 하오문주 기호성이다. 그 안의 내용이 범상할 리 없었다.

몽완이 물었다.

"너무 오래 못 봐서 그런가, 너 이상해졌다. 너한테 그런 게 왜 필요하냐?"

검엽이 손에 쥔 서책의 표지에 시선을 고정시킨 채로 대답했다.

"무너뜨려야 할 세력을 고르기 위함입니다."

몽완과 위무양은 물론이고 서책을 건네준 기호성조차 기함한 얼굴이 되었다.

"뭐… 뭐라고?"

몽완은 어처구니가 없다는 듯 멍한 어조로 되물었다.

기호성이 꼽은 천하삼십대세력이다. 그 안에 들어간 문파의 면면이야 확인할 필요도 없는 거대 문파들.

검엽이 대체 무슨 힘이 있어 저들 중 무너뜨릴 문파를 선별하겠다는 말인가. 이해가 되면 그게 더 이상한 일일 수밖에 없었다.

그러나 기호성은 몽완이나 위무양과 반응이 달랐다. 두 사람은 예전의 검엽을 생각할 뿐이지만 기호성은 불과 한 달 전 검엽의 능력에 대한 보고를 받은 사람인 것이다.

"공자의 정체가 무엇이오? 이제 대답해 주시오!"

미미하게 떨리는 음성으로 묻는 기호성의 안색은 무겁기 이를 데 없었다.

그가 건네준 서책에 적힌 내용은 검엽이 정체를 말해주는 대가였다.

검엽의 시선이 기호성을 향했다.

"내 이름은 고검엽이오."

이미 그의 신분을 아는 몽완과 위무양은 식상한 얼굴이었고, 기호성은 눈살을 찌푸렸다. 어디선가 한번 들어본 적이 있는 것 같은데 기억이 나지 않았던 것이다.

검엽이 혈조사마를 패사시키고 철혈권마라는 이름을 얻은 것은 십이 년 전이다. 그것도 그 이름을 얻고 얼마 지나지 않아 종적을 감췄다. 기호성이 쉽게 기억해 내지 못하는 것도 무리는 아니었다.

그러나 이어지는 검엽의 말을 들은 세 사람의 안색은 동시에 흙빛이 되어야 했다.

"최근 북방의 무림인들은 나를 천외무적천마라고들 부르고 있소."

"……"

세 사람은 눈을 부릅떴다.

무서운 침묵이 흘렀다.

장성을 넘어 남하한 소문은 이미 장강을 넘고 있었다.

소문에 밝은 기호성과 위무양은 물론이고 세상과 어느 정도 담을 쌓고 살았던 몽완조차도 그 별호를 알고 있었다.

천하의 어느 누가 그 별호에 무관심할 수 있겠는가.

변황오패천, 달리 새외오마세라 불리우던 초거대 세력 중 북해빙궁과 청랑파를 단신으로 무너뜨렸다는 신비로운 절대 초강자의 별호를.

"진정 막북에서 천마… 라 불리는 분이란 말씀이오……?"

목소리가 가늘게 떨리는 기호성의 어투는 변해 있었다.

하오문의 정보 취급 능력은 천하에서 짝을 찾기 어렵지만 무력은 칠대세가의 한 곳에도 미치지 않을 만큼 보잘것없다.

북해의 빙궁과 막북의 청랑파는 단일세력으로 구주삼패세의 한 곳과도 자웅을 결할 수 있으리라는 평을 받던 초강세력들.

그런 세력 둘을 단신으로 무너뜨린 자의 능력……. 기호성으로서는 상상이 되지도 않는 것이다.

몽완이 굳은 얼굴로 물었다.

"진실이더냐?"

"예."

짤막한 대답.

몽완은 길게 한숨을 내쉬었다.

그는 검엽을 지근거리에서 두고 겪은 사람이다. 척천산장의 다섯 노인을 제외하면 천하에서 그보다 검엽을 더 잘 아는 사람은 없다고 할 수 있었다.

검엽이 그렇다면 그런 것이다.

몽완이 서책을 눈짓으로 가리키며 물었다.

"왜 그들을 무너뜨리려 하는 거냐?"

검엽은 말없이 자리에서 일어나 창가로 다가갔다.

그는 뒷짐을 진 채 침묵했다.

세 사람의 시선이 일제히 그의 등에 고정되었다.

잠시 후 검엽의 담담한 음성이 그들의 귀를 파고들었다.

"무(武)를 이용해 세력을 만들고, 그 세력을 이용해 권력을 잡은 후 천하를 자신의 뜻 아래 두려는 자들이라면 그가 누구든, 그 세력이 무엇이든 반드시 제 손으로 그들을 무너뜨리겠다고 맹세했기 때문입니다."

"그런 자들의 정점에 있는 존재가 천공삼좌이고 그들이 이끄는 세력이 구주삼패세라는 것을 모른단 말이냐?"

몽완은 검엽이 창을 등지고 돌아서는 것을 보았다.

조각처럼 아름다운 그의 얼굴에 긴 음영이 드리워졌다.

그 어두운 그림자의 한가운데 푸르스름한 빛을 발하는 귀기 어린 두 눈이 있었다.

"그들도……."

검엽은 잠시 말을 멈추고 몽완의 눈을 응시했다.

"…제 손 아래 무너질 것입니다."

당장에라도 문을 열고 뛰쳐나가고 싶은, 항거하고 싶다는 마음이 생기는 것 자체가 불가능한 가공할 기세가 검엽의 전신에서 흘러나왔다.

소름 끼치는 침묵이 좌중을 휘감았다.

몽완을 비롯한 세 사람은 자신들의 눈앞에 시산혈해로 뒤덮이는 중원의 산하를 보았다.

그렇게 검엽의 음성에서 맡아지는 혈향은 진했다.

지금의 그들은 알지 못했다.

자신들이 들은 말이 그대로 현실이 되어 그들의 눈앞에 펼쳐질 거라는 것을.

후일 고금무림사상 유례가 없는 대혈겁 혈하구만리(血河九
萬里), 천마무적행(天魔無敵行)이라는 공포스러운 이름으로 불
리게 되는 검엽의 중원행은 산동성 제남의 객잔 별채에서 작
고 초라하게 시작되고 있었다.

<제7권 끝>

천마검섭전

인세에 지옥이 구천되고 마의 군주가 현신하면
그 누구도 그를 막지 못하리라!
이는 태초 이전에 맺어진 혼돈의 맹약, 육신에 머문 자나
육신을 벗은 자나 누구도 피할 수 없는 구속의 약속일지니……

주검과 피, 그리고 살기가 강물처럼 흐르는 전장에서
본연의 힘을 되찾게 되는 신마기!
신마기의 주인은 전장을 거칠 때마다 마기와 마성이 점점 더 강해져
종국에는 그 자체로 마(魔)가 된다……

제어되지 않는 신마기…
이는 곧 혼돈의 저주, 겁화의 재앙이다!

天山魔帝
천산마제
일류 新무협 판타지 소설

내일을 기약할 수 없는 땅, 천산.
소녀로부터 은자 한 닢의 빚을 진 소년 용악.
청년이 된 용악은 천산의 하늘이 된다.

하늘을 가르고 땅을 뒤엎는다!
한 호흡에 만 개의 벽(壁)!!
지금껏 내게 이빨을 드러낸 것들은 모두 죽었다.

은자 한 닢의 빚을 갚으며 시작된
십천좌들과의 승부.
오너라! 천산의 제왕, 천산마제가 여기 있다!

유행이 아닌 자유추구 -
WWW. chungeoram.com
Book Publishing CHUNGEORAM